SOMBRA

SUMA de letras

ELENA P. MELODIA

SOMBRA

Tradução
Eliana Aguiar

SUMA
de letras

A meu irmão Michele

Um carro de fogo, em asas velozes, voa
para mim! Estou pronto
para novas esferas de obras puras.
Acaso mereces esta vida sublime, este prazer divino,
tu, que há pouco não passavas de um verme?
Sim. Então, toma uma decisão:
vira as costas ao doce sol da terra,
e ousa penetrar nas portas
que todos os homens preferem evitar.
É chegada a hora de provar que de fato
a dignidade humana não cede
à grandeza dos deuses,
de não tremer diante do antro escuro
onde tormentos imaginários nos ameaçam,
de descer à abrupta garganta onde
ardem todos os infernos,
de caminhar para ela com a mente serena
mesmo diante do risco de desaparecer no nada.

JOHANN WOLFGANG VON GOETHE
Fausto I (702-719)

1

A todos vocês que fazem da razão uma religião, que dividem os sentimentos em pequenas porções de sobrevivência e pensam que estão seguindo o caminho que escolheram, a todos vocês que dizem que conhecer o futuro influencia as escolhas do presente, que esquecer o passado liberta, quero contar como continua a minha história. Quero mostrar que o destino, desprezando qualquer ilusão, arrasta nossas vidas na direção que ele mesmo estabeleceu. E o máximo que nós, almas rebeldes, ansiosas para escapar de sua teia, podemos fazer é tentar mudar seu curso. O dia em que todos finalmente entenderão que a estrada já está traçada e não há nada a fazer além de segui-la está chegando, irremediavelmente. Mas, para mim, esse momento ainda não chegou. Sou uma alma rebelde.

Talvez seja por isso que estou deitada, com sensações confusas, num duro piso de madeira com um corpo imóvel caído a meu lado.

Um carrossel de imagens e pensamentos gira em minha cabeça. Abro os olhos com dificuldade. A luz queima como se fosse de fogo. E cria uma névoa confusa de formas coloridas que, pouco a pouco, vão ficando mais nítidas. Começo a me lembrar. Estou na papelaria do centro da cidade. Vim até aqui para falar com o homem-anjo. Encontrei a porta aberta e entrei. Ele estava em pé, perto do balcão, e me olhava com intensidade, como se esperasse por mim. Todas as prateleiras ao redor estavam vazias e a atmosfera era estranha, meio decadente.

Perguntei se estavam fechando. Ele respondeu que precisava mudar para outro bairro. Por quê?

* * *

Ergo o busto, sem conseguir me levantar. Olho ao redor. E logo encontro o homem-anjo. Ele não está muito longe de mim, imóvel, deitado no chão de madeira dura, como eu. Parece morto. Faço um esforço e consigo chegar mais perto. Toco seu rosto, a pele não passa de uma película fina que transmite apenas uma sensação gelada. Não há nenhum sinal de respiração na boca entreaberta ou de movimento no peito murcho como uma bola furada.

Está morto, não há dúvida.

Quando examino o outro lado do rosto, os olhos são mais impressionantes do que o resto, escancarados e quase transparentes, as íris sem qualquer cor, como se a vida daquele homem tivesse sido sugada através delas.

E até imagino quem pode ter feito isso.

As imagens se recompõem como as minúsculas peças de um quebra-cabeça. Foi o Master. Apareceu na loja quando eu estava falando com o homem-anjo, perguntando justamente por que ele tinha me vendido a caneta e o caderno roxo que deram início a meus piores pesadelos. Mas o homem-anjo não teve tempo de responder.

O Master entrou e pulou em cima de nós. Não me lembro de mais nada.

Estremeço.

E penso que preciso ir embora daqui o mais rápido possível. Antes que alguém me encontre. Não há mais ninguém na loja. Apenas um desespero profundo.

Se o alvo do Master era eu, por que ainda estou viva e ele não? Os cabelos brancos do velho dono da papelaria, a pele pálida, quase sem rugas, os olhos escancarados, os membros rígidos fazem com que pareça uma estátua de cera. Sinto muito por ele, por sua morte inexplicável e pelas respostas que não pôde me dar.

Dou uma olhadinha rápida na direção da porta fechada. Abaixo da cortina que cobre três quartos da porta de vidro, vejo as pernas das pessoas desfilarem na calçada, numa direção e na outra. Estão andando, apenas andando. Não sabem o que acontece do lado de cá da porta. Mas se entrassem... se me encontrassem aqui dentro...

Não tenho escolha: preciso fugir.

Estico a mão num gesto instintivo e abaixo as pálpebras do cadáver, como vi fazerem no cinema. Sempre pensei que fosse uma coisa estúpida. No entanto, depois que fecho aqueles olhos, percebo que só assim o corpo parece ficar realmente em paz.

Quanta força tem um olhar, mesmo vazio?

Caminho para a porta com as pernas bambas. Agarro a maçaneta, tão gelada quanto o homem-anjo, giro e puxo a porta para mim. O ar do lado de fora me envolve, estimulante e cheio de vida. Fico quase sem fôlego, até parece que fiquei presa na papelaria por uma eternidade.

O barulho e a confusão da rua me invadem, me deixam tonta. Minha cabeça dá voltas, ouço um zumbido nos ouvidos. Reconheço a faixa de pedestres, corro até o botão do sinal, aperto e espero que fique verde. Passo para a outra calçada, procurando um telefone. Preciso avisar a polícia.

Ando um pouco e encontro uma cabine. Digito o número da emergência e falo, tentando disfarçar a agitação. Com uma voz incerta, dou o endereço da papelaria. Não digo mais nada com medo de me revelar. Desligo e percorro a área com os olhos. Há várias lojas, um bar, gente, um jornaleiro, mais gente e um pequeno beco, tão escondido que parece um erro, como se o desenhista da cidade tivesse deixado o lápis cair, traçando uma linha que não tinha sido planejada. Entro no beco. Enquanto espero a polícia chegar, encostada na parede, minha respiração volta quase ao normal. A ruazinha é ocupada por uma grande caçamba de lixo cercada de sacos de plástico meio abertos e malcheirosos. As paredes dos edifícios que ficam de um lado e de outro sobem retas, como as margens de um profundo canal. Só dá para ver umas poucas e minúsculas janelas, nuas e escuras. Lá no alto, o céu parece um retângulo de vidro opaco fechando tudo.

Não muito tempo depois, ouço o grito torturante das sirenes se destacando entre os mil barulhos da cidade até cobrir todo o resto. Estico a cabeça, me afastando um pouco da parede que me serve de apoio e abrigo. Na frente da papelaria, vejo uma ambulância e dois carros da polícia. De um deles, descem dois policiais e um homem com uma jaqueta de couro. O tenente Sarl.

O pequeno grupo entra na papelaria, seguido pelos homens com a maca. Mais dois policiais isolam toda a área com uma fita amarela.

Depois, começam a interrogar os comerciantes da vizinhança. O pensamento de que algum deles possa ter me visto corta a minha respiração. Pensando bem, aquele policial pode estar anotando em seu bloco a descrição detalhada da minha pessoa. Talvez em breve o mesmo policial avise Sarl, que mandará seus homens atrás de mim. E então...

Trato de me encolher ainda mais contra a parede. Mas nada do que temia acontece. Sarl reaparece na porta da papelaria, sério e espantado. Massageia a nuca com a palma da mão, enquanto a maca desfila às suas costas com o homem-anjo sendo carregado para a outra vida dentro de um reles saco negro.

Não há mais nada para ser visto.

Está na hora de eu ir embora também.

O ônibus que vai me levar para casa para na minha frente, soltando sua fumaça escura e tóxica. Subo num pulo e me enfio num banco desocupado entre dois velhos, como uma peça de Tetris. Realmente, estou me sentindo como um personagem de video game.

Do lado de fora da janela, tudo se move, enquanto o ônibus abre caminho na rua que palpita com o tráfego das cinco horas. Impiedosamente, a luz se despede do dia e nos deixa nas garras da escuridão que encobre tudo. Diante dos meus olhos, as cenas do acontecido na papelaria se sucedem: o homem-anjo, a chegada do Master, o chão de madeira dura.

Por quê?

Não tenho a menor ideia, claro.

A última pergunta que me permito fazer antes de desligar o cérebro é: onde está você, Morgan?

2

Chegar em casa foi pior do que tinha imaginado. Nem tanto pela carga que trouxe do mundo exterior, mas sim pelo peso que cai em cima de mim dentro daquelas quatro paredes imperturbáveis.

A primeira coisa que encontro é o olhar de desprezo do meu irmão, Evan. Desde aquela noite do incidente no ginásio, quando... bem, quando tentei matá-lo... não nos falamos muito. Na verdade, simplesmente não nos falamos. Mais do que qualquer outra coisa, a gente se esbarra nos ambientes comuns da casa e se esconde em seguida, cada um em sua própria toca. Acho que ele me odeia mais ainda do que antes e mais do que qualquer outra pessoa no mundo. Bi, sua namorada, sempre despenteada e malvestida, está com ele. Ela resolveu manter o mundo separado de sua vida de um jeito claro e preciso, como duas cores diferentes numa bandeira.

Dou um "oi" vacilante demais para conseguir penetrar na armadura de meu irmão, que, de fato, não se dá nem ao trabalho de responder.

— Oi — responde Bi, fazendo um esforço para entreabrir a gaiola de seus dentes amarelados de cigarro.

— Deixa ela pra lá! Já não falei que é doida? — reclama Evan.

Doida, doida, doida. Talvez tenha razão. De que outro jeito poderia definir uma irmã que aparece na frente do irmão com uma barra de ferro na mão e o faiscante olhar de louca?

Duas palavras se formam em minha garganta e saem quase sem perceber:

— Sinto muito.

Mas os dois já desapareceram dentro do caos pré-histórico do quarto de Evan e noto que acabei de falar com uma porta fechada.

Não sou do gênero que pede desculpas ou que sente muito. Mas a verdade é que a minha vida está mudando, e eu, mesmo contra a vontade, acabo mudando junto com ela.

— Oi, querida, tudo bem na escola?

Minha mãe está na sala, sentada no sofá. Está costurando um botão numa camisa. A seu lado, Lina tenta fazer a mesma coisa com um vestido velho, as mãozinhas atentas para não deixar a linha escapar da agulha, os olhos grandes concentrados no local em que a agulha entra num dos buraquinhos do botão.

— Tudo bem.

Lina levanta a cabeça de cabelos castanhos presos por um arquinho rosa de bolinhas brancas. Sorri para mim.

— É mesmo? Parece chateada — diz Jenna, dirigindo seu olhar indagador para o meu rosto.

"Chateada": acho que não é a palavra certa para definir o jeito como me sinto.

— Coisa de escola, as de sempre — respondo, esperando que seja suficiente.

Mas ela está muito ocupada com outras coisas para tentar se aprofundar nos meus dramas.

Estou indo para o meu quarto quando chega mais uma pergunta.

— Sabe o que aconteceu com seu irmão, por acaso?

Minha respiração fica bloqueada por um segundo, mas faço um esforço para não deixar transparecer nada.

— E por que devia saber? Não fala comigo. Nem comigo, nem com mais ninguém...

— Não foi assistir ao ensaio dele no ginásio?

Pois é, fui e tentei matá-lo com uma barra de ferro. Satisfeita, mãezinha querida?

— Não, me perdi no caminho e, depois de um tempo, resolvi voltar. Bem, preciso estudar agora. Com licença. — E desapareço antes de explodir.

Entro no quarto e fecho a porta atrás de mim. Estou salva, por enquanto. Mas será que esse é mesmo o único lugar seguro para mim?

Continuo a pensar em Morgan, que me deixou sozinha sem uma palavra de explicação. Com quem posso me abrir? O homem-anjo está morto, o Master que me seguia continua me seguindo e nem sei o motivo. Sou um perigo para mim mesma e para os outros. O que devo fazer?

Corro até o armário, abro e remexo no fundo. Por um instante, acho que não vou encontrar o caderno roxo, imagino que minha irmã pode ter pegado para brincar ou, pior ainda, que Evan o encontrou. Seria um desastre, mas por sorte meus dedos tocam na capa macia e agarram o caderno.

A chave está ali. Naquele caderno.

Tem que ficar sempre comigo, repito. É muito arriscado deixá-lo longe dos meus olhos. Enfio o caderno na mochila entre os livros da escola. Estão velhos, as páginas rabiscadas. Não são abertos há um bom tempo. O que aconteceu com a menina de 17 anos perfeita, com a aluna-modelo? Onde foi parar? Como é possível que esteja pensando em homicídios, meninos que desaparecem sem uma palavra e homens que querem me ver morta?

Deito na cama com a cabeça pesada. Como alguém já disse: "Amanhã será outro dia." Uma frase idiota, mas pela primeira vez na vida espero que seja verdade.

Já é de manhã. Acabei de acordar. Raios de luz penetram pela persiana abaixada. Verifico imediatamente o caderno: não escrevi nada. Suspiro de puro alívio.

Um novo dia começa, igual a todos os outros.

Não encontro ninguém em casa. Trato de me arrumar rapidamente e saio também. No espelho do elevador, me examino: não tenho a menor ideia do que vesti. Aquilo que era tão importante antes já não é mais. Jeans e suéter, o que importa se vou morrer mesmo?

Lá fora é pior ainda. Ar pesado entrando pelo nariz como gás. Tenho a sensação de estar embaixo d'água, esmagada por uma pressão forte demais para que eu possa resistir.

Vou até a banca de jornal de sempre, cheia de gente a essa hora da manhã, e adquiro um exemplar de um jornal qualquer. Sei muito bem o que vou encontrar.

A notícia está na primeira página:

MORTE "INEXPLICÁVEL" NUMA PAPELARIA DO CENTRO

O corpo de um homem de cerca de 60 anos foi encontrado ontem à tarde, por volta das cinco horas, por policiais da Delegacia de Homicídios. O homem estava caído no chão da papelaria em que trabalhava, em pleno centro da cidade. As primeiras informações dizem que a polícia foi avisada por um telefonema anônimo: uma voz jovem, de mulher. O tenente Sarl, responsável pelas investigações, mantém o mais absoluto silêncio sobre as circunstâncias da morte e declarou apenas que, por enquanto, ela é "inexplicável". De fato, não foram encontrados indícios de arrombamento na papelaria e nada foi roubado, pois a loja estava sendo transferida para outra área e todas as mercadorias já haviam sido retiradas. O corpo também não apresentava sinais de violência. A polícia espera que os resultados da autópsia possam ajudar a desvendar o crime. Algumas testemunhas viram um homem de luvas e chapéu saindo da papelaria e logo em seguida uma moça vestindo uma jaqueta escura. Mas nenhuma delas foi capaz de fornecer uma descrição mais precisa.

Leio a assinatura: Roth.

Uma moça com uma jaqueta escura! É exatamente isso que está escrito. E sou eu!

Dou uma olhada rápida na minha jaqueta. É a mesma de ontem. Volto correndo para casa. Entro no quarto e tiro o casaco. Verifico as alternativas: vermelho, berrante demais; cinza, muito escuro e muito parecido com a descrição; verde, pode ser. É um pouco leve demais, mas não importa. Melhor congelar de frio do que acabar na prisão.

E se alguém me reconhecer? Como posso ter certeza de que, neste exato momento, outra testemunha, desconhecida pelo jornal, não está fornecendo à polícia os elementos necessários para fazer meu retrato falado?

Prendo o cabelo. Um corte mais radical provocaria perguntas indesejáveis por parte de Jenna.

O homem-anjo morreu.

Tudo o que posso fazer é esquecer que ele existiu.

3

A escola. Um contêiner de juventude pré-fabricada. A única novidade é que agora Morgan não está mais aqui e tudo parece diferente, estranho, imóvel, como se eu estivesse observando de fora. Um filósofo, cujo nome não lembro, escreveu uma vez que cada pessoa decide se quer viver ou se limitar a observar a vida. Fico me perguntando se é possível alguém se observar vivendo. Talvez não, talvez o simples fato de observar a vida impeça a ação de viver a vida. É assim que me sinto agora: bloqueada e impotente.

Quando chego na sala, minhas amigas já estão em seus lugares. A única cadeira vazia é a de Agatha, no fundo. Seline folheia sem vontade as páginas de uma revista de moda e nem me vê chegar. Naomi olha pela janela. Sei no que está pensando.

— Oi, alguma novidade sobre o processo? — pergunto em voz baixa.

— Vai ser daqui a dois dias.

Abaixa os olhos. Seu olhar não é o mesmo de antes. Parece que uma esponja absorveu sua força, seu brilho.

— O que houve?

Levanta os olhos para mim.

— Estou com medo, Alma.

Dou de ombros.

— Tito está preso, não pode fazer mais nada contra você.

— E se não conseguir testemunhar contra ele? E se o juiz não acreditar em mim?

— Não vai acontecer, fique calma. Temos provas e, se não me falha a memória, você tem um ótimo advogado. Mostre que tem raça!

— Que raça?! Não sou mais a mesma.

Como posso dizer que está errada, se penso a mesma coisa de mim mesma?

— Tenha fé, que tudo vai se arranjar.

— E desde quando você virou crente?

— Desde que conheci o mal.

Não sei por que disse aquela frase. Foi como se estivesse ali, na ponta de língua, até aquele instante, pronta para ser lançada no ar. Sento atrás da carteira sem dizer mais nada. Percebo a presença do caderno roxo na mochila, como se vibrasse com uma força sinistra.

O professor de história entra em seguida.

Junto com o diretor Scrooge. Fazem um sinal para a turma levantar.

O diretor está de terno cinza-escuro, camisa branca e gravata bordô. Parece saído de um daqueles filmes dos anos sessenta em que todo mundo se ama e a vida é um longo e festivo cruzeiro navegando em mares de uísque com gelo.

Começa a falar com sua voz estridente e venenosa:

— Bom dia, meus jovens. Estou aqui para dar uma notícia maravilhosa.

Meus colegas e eu trocamos olhares cheios de desconfiança, e ele parece quase feliz com isso. E continua:

— Acabamos de fechar um acordo com o Museu de Arte Contemporânea, e cada turma vai poder fazer uma visita gratuita a uma de suas exposições anuais. E os primeiros sorteados foram justamente vocês...

Scrooge fala como um publicitário tentando vender o último modelo de aspirador de pó autolimpante, ecológico, de baixo consumo e mais inteligente que você, mas que custa o triplo do modelo que você já possui. E, ainda por cima, você tem que acreditar que está fazendo um grande negócio.

— A exposição deste ano é uma individual de Markos, um fotógrafo famoso, que certamente interessará a todos vocês... Trata-se de uma centena de fotos...

— Foto é melhor que quadro, pelo menos — comenta baixinho uma das quatro "bolsinhas".

Penso que para mim tanto faz e que a exposição é só uma desculpa para sair de dentro dessas quatro paredes.

— A visita foi marcada para amanhã, portanto aconselho que tragam seus documentos e venham preparados. Não se esqueçam de olhar as imagens com a mente aberta e os olhos atentos...

Olhos. Não estou ouvindo mais. Olhos. Os olhos do homem da papelaria boiam na minha mente como manchas de petróleo no mar. O Master também tinha olhos de gelo, estranhamente luminosos.

Como ligar esses dois fatos?

— Ei, Alma! — Ouço a voz de Naomi me chamando.

Percebo que o professor de história está bem na minha frente e seu olhar não deixa transparecer nada de bom. Scrooge não está mais lá. Nem notei quando ele saiu.

— E então, senhorita, já acabou de pensar em seus probleminhas?

Gostaria de responder: ainda não, como quer que me interesse por uma aula como a sua!, mas me limitei a dizer:

— Desculpe, professor.

Escapo do exame oral por um triz e continuo a pensar nos meus probleminhas.

As horas passam lentamente. O final da manhã chega como uma bênção. Um rio humano deságua pela porta do instituto, que fica parecendo um campo militar abandonado.

Estou entre os últimos a descer. No primeiro andar, a porta do laboratório de química está aberta. Vejo a figura magra do Professor K remexendo seus vidrinhos.

Vou até lá, indecisa.

— Bom dia — cumprimenta ele, sem se virar. Sua voz é calma e regular, como sempre. Mas, pelo tom, acho que me reconheceu.

No entanto, de costas como estava, só podia ouvir meus passos.

— Bom dia — respondo.

Então ele finalmente se vira e olha para mim por trás dos óculos escuros.

— Está tudo bem, Alma?

Não sei por quê, mas aquela pergunta soa estranha, muito pessoal para o Professor K.

— Tudo bem, obrigada — minto.

Tenho a impressão de que o seu olhar ficou mais intenso por trás da escuridão das lentes.

Será que não acredita em mim?

— Você é forte, não se esqueça disso.

— Por que está me dizendo isso?

— Está com um jeito preocupado. É meu dever como professor tentar ajudá-la. Está vendo essas provetas? — Mostra os dois minúsculos tubos de vidro que segura com as mãos enluvadas: o primeiro com tampa verde, o outro com tampa vermelha. — Um contém o vírus, o outro o antídoto. É assim que funciona: para tudo existe sempre um remédio. Basta saber procurar.

O sujeito sempre foi enigmático, mas hoje parece uma esfinge. Acabou de me dar uma espécie de resposta para uma pergunta que não me lembro de ter feito. Mas a solução que procurava está em suas palavras: era exatamente aquilo que precisava ouvir naquele momento.

Antídoto. Preciso de um antídoto.

4

Morgan. Ele é minha única esperança. O cara que surgiu na minha vida, deixou tudo de cabeça para baixo e sumiu sem dar explicações.

Deixou apenas a promessa de que ia voltar. Um dia.

No bolso da minha jaqueta escura, sepultada no fundo do armário, procuro pelo origami em forma de dragão no qual Morgan anotou o número de seu telefone. Ainda dá para ler, embora a tinta já esteja bem desbotada. Antes que desapareça completamente, resolvo copiar num pedacinho de papel. Minha mão vacila e desenha números tremidos na folha em branco.

Em seguida, vou até o telefone, nervosa e insegura.

Começo a digitar, apertando as teclas lentamente. A ideia de encontrá-lo em casa me deixa agitada e a de não encontrá-lo me aterroriza. Pode parecer loucura, mas só agora me dei conta de que não sei nada sobre ele, se tem família e quem são os seus amigos fora da escola.

Respiro profundamente a cada número digitado, como se fosse uma etapa vencida, e por fim completo a ligação.

O telefone toca.

Um, dois, três toques, depois alguém atende. Estou pronta para responder quando percebo que é uma secretária eletrônica. Voz de mulher.

Aqui é a casa de Leo e Ginevra. No momento, não estamos ou não podemos atender. Deixe seu recado, a gente liga mais tarde, sem falta. Tchau!

Uma mensagem alegre e relaxada. Sem dúvida um casal jovem, penso comigo mesma. Tudo parece normal, mas tem alguma coisa que não bate.

Só não sei o que é... Jovens demais, talvez.

* * *

Na manhã seguinte, não penso na visita à exposição de fotografia, não ouço o que Seline e Naomi dizem, nem noto o banco vazio de Agatha; estou concentrada na ideia que me atormentou a noite inteira. Descobrir o endereço de Morgan.

A primeira coisa que pensei foi me informar a partir do número de telefone, mas esse serviço não existe mais. Por sorte, a solução parece bem mais simples e imediata do que tinha imaginado. Dessa vez vou ter que agradecer ao professor de matemática, que me chamou para escrever uma montanha de números e fórmulas no quadro-negro. No final, minhas mãos estão mais brancas que as de um padeiro e o giz pinica minha pele. Preciso lavá-las com urgência, mas saio meio contrariada: sempre que posso, evito os banheiros da escola. Detesto o cheiro de cigarro que se esconde lá dentro e não gosto da ideia dos meninos que costumam invadir os banheiros femininos.

Encontro a solução no corredor: Adam, com um balde em uma das mãos e um par de luvas na outra. Deve ter acabado o seu turno de limpeza. Não esperava tanta dedicação, achei que fosse se rebelar ou simplesmente fugir. Mas, ao contrário, parece que a coisa virou uma questão de princípio para ele, que limpar a sujeira deixada pelos outros o ajuda a aliviar sua consciência.

Se me lembro bem, Adam e Morgan costumavam nadar juntos.

Talvez ele saiba o endereço de Morgan. Quando nossos olhos se cruzam, ele esboça um sorriso.

— Oi.

— Oi.

Parece espantado e, ao mesmo tempo, feliz por eu ter respondido sem hesitar.

— Está mesmo levando esse negócio a sério, apesar de dizer que não teve nada a ver com aquela história na diretoria.

Ele levanta os olhos, impaciente.

— Já lhe contei o que houve. E depois, ela agora está pagando uma pena bem mais grave... cada um com a sua, né?

Ela é Agatha.

Os cabelos castanhos de Adam são brilhantes e penteados, seu olhar está mais claro, como se finalmente fosse possível ver o fundo sem aquele véu de ódio que costumava nublar seus olhos.

— É uma história horrível — digo. — E tudo aconteceu muito depressa.

— Agatha é perigosa. Não devia ficar no meio de gente normal.

— Não acha que qualquer um é capaz de se tornar perigoso? — lancei uma indireta sobre o que ele fez com Seline.

— Não matei ninguém.

— Não sabemos se Agatha matou. Só a autópsia do corpo da tia poderá dizer se foi ela.

— Deve ter razão. Mas aquela ali não tem os parafusos no lugar.

— Você é a última pessoa que devia ficar julgando os outros, Adam.

Ele fica em silêncio. Não quer brigar. E é melhor assim.

— Tem notícias de Morgan?

Balança a cabeça.

— Desapareceu no ar. — Lança um olhar curioso que me incomoda um pouco. — Então está mesmo interessada nele.

— Por quê? Quem disse isso?

— Rolam umas fofocas...

— Não sei quem anda dizendo isso, mas é pura besteira. Emprestei um negócio para ele e queria que me devolvesse. É só isso.

— Bem, não faço a menor ideia de onde ele possa estar.

— E não sabe onde mora?

— Acho que poderia descobrir.

— E aposto que a informação tem um preço.

Ele concorda satisfeito. Sabe que está com a faca e o queijo na mão e não tem nenhuma intenção de perder a oportunidade de usá-los.

— E qual seria?

— O seu perdão.

Fico de boca aberta.

— E o que vai fazer com ele? Não foi a mim que você filmou e, pelo que sei, Seline já perdoou você.

— Sei disso e, na verdade, é o seu perdão que eu quero.

— Por quê?

— Porque estou cansado de viver cercado de gente que me olha de banda, que me julga pelo que fiz e até pelo que não fiz e me aponta como se eu fosse um criminoso.

— Não olho de banda para você.

— Mas também não olha direito.

Isso é verdade.

— O meu perdão ia mudar alguma coisa?

— Para mim, ia.

Naquele momento, vejo um menino chegar do outro lado. É ruivo. Passa ao nosso lado e seus olhos deslizam sobre nós.

— Não entendo por que é tão importante — recomeço depois que o menino passa —, mas se é o que deseja... negócio fechado.

— Ótimo. Agora pode dizer.

— Dizer o quê?

— Que me perdoa. Quero ouvir cada palavra.

Fico em silêncio.

Ele sorri, pegando seus panos de chão.

— Você decide. Essas são as minhas condições.

— Está perdoado, Adam. Tudo bem?

— Tudo, obrigado. E espero que um dia sinta realmente o que acabou de dizer.

— A condição era que eu dissesse e foi o que fiz. Agora quero o endereço.

O menino de cabelo vermelho passa por nós novamente, de volta para sua sala.

— Tudo bem, mas tome cuidado.

— Com o quê?

— Quando alguém desaparece do jeito que Morgan desapareceu, pode haver alguma coisa esquisita por trás... alguma coisa perigosa.

— Veremos.

Nossos olhares se cruzam como duas espadas. Ele esboça um passo adiante.

— Para onde está indo?

— Trocar de roupa. Dentro de uma hora vamos para a exposição de fotografia.

— Você também vai?

— Bom comportamento.

Então Adam, que ganhou o direito de matar aula durante semanas depois de tocar fogo no gabinete do diretor, agora também ganha um prêmio por bom comportamento.

Fico me perguntando de que adianta seguir as regras.

— E o endereço?

— Vou anotar e entrego mais tarde.

— Preciso dele ainda hoje.

— Tudo bem, não se preocupe.

Adam e eu nos separamos sem despedidas. Temos um acordo. Só espero que ele cumpra a sua parte.

5

As visitas a museus têm uma característica fundamental: à medida que avançamos, sala após sala, elas parecem cada vez mais longas. Na arte contemporânea, então, a carga de explicações se torna asfixiante. É inútil querer esclarecer uma coisa que nasceu para não ser clara. Mesmo quando se trata de simples fotografias.

O museu é uma enorme caixa de cimento, subdividida em grandes salas vazias onde cada passo ressoa com a potência de um tiro. Ao lado da entrada, destacava-se um painel enorme dominado pelo nome do fotógrafo, Markos, no fundo de um retrato que imagino que é um dos mais conhecidos. Representa uma mulher de meia-idade, com o olhar intenso e fixo num ponto distante, distante demais para que possamos ver, um chapéu de palha na cabeça e um cigarro meio fumado na boca.

Paro um instante para admirar.

— Gosta? — pergunta o professor de história, o sortudo que foi escolhido para nos acompanhar. Viro para ele. Acho que nunca tinha chegado tão perto de mim ou feito uma pergunta fora das provas.

— Ainda estou pensando.

— É cega, mas parece muito serena, como se o fato de não ver não fosse um impedimento para ela, mas um meio para ir além do que é visível, para captar o que escapa aos nossos sentidos.

Resolvo olhar a imagem novamente e percebo o que não tinha entendido: no instante da foto, enquanto absorvia o tabaco de seu cigarro, aquela mulher *via* o invisível.

É o que eu tinha que fazer também. Conseguir ir além dos simples fatos para encontrar a ligação entre eles, para identificar a ponta daquele fio finíssimo que pouco a pouco está me envolvendo.

— Vamos entrar.

Chegamos a um imenso hall. Na nossa frente, uma escadaria muito ampla, de mármore escuro; à esquerda, um balcão do mesmo material, a bilheteria, que parece uma capela funerária. A bilheteira de terninho cinza e camisa branca pega o dinheiro, dá o troco e destaca o bilhete como um perfeito robô.

O professor de história trata da questão das entradas com grande cuidado. Talvez goste de conversar com a bilheteira. Entrega um pedaço de papel a cada um de nós e faz sinal para irmos atrás dele.

Adam caminha ao lado de Seline, bem na minha frente.

Quero aquele endereço, penso. Mas não ouso pedir. Não quero que a turma inteira fique pensando que tenho algum assunto com ele. Seline toca a mão dele. Espero que Adam não a engane de novo. Ele se vira para mim. Sustento seu olhar e relembro nosso acordo.

— O mundo está mesmo de cabeça para baixo... — diz Naomi, a meu lado. — Não acha?

Queria muito desabafar com ela, mas como poderia me ajudar?

— Não acha? — repete ela.

Com certeza está pensando no processo.

— Claro, desculpe... Tem razão. Mas você precisa recuperar seu espírito de luta, entendeu? Ele tem que pagar, o resto não importa.

— Vou tentar. Mas não vai ser nada fácil.

— Não vou deixar você sozinha.

— Acho que não vai poder assistir.

— E por que não?

— Porque o juiz decidiu que a audiência será a portas fechadas.

— Não entendi. O que significa? Que ninguém vai poder entrar?

— Exatamente. Resolveu fechar o debate ao público. Para me proteger.

— Gostaria de estar lá com você.

— Perguntei a meu advogado para ver o que se pode fazer, mas não posso garantir nada. Mas se você aparecer, talvez...

— Claro que vou. Mesmo que tenha que ficar o dia inteiro esperando.

— Você é a melhor amiga do mundo. — Naomi passa o braço em meus ombros. Sinto um leve estremecimento no pescoço, mas não me afasto como teria feito até pouco tempo atrás.

Mas também não resisto muito tempo. Ainda tem alguma coisa no contato com as pessoas que me incomoda.

— Agora vamos, não quero levar bronca do professor.

Seguimos a fila desordenada dos colegas e tentamos nos concentrar na exposição. São retratos, na maioria. Velhos com o rosto enrugado perfurado por olhos antigos e profundos. Crianças que correm nuas e só falta ouvir seus gritos para que pareçam vivas e em movimento diante de nós. Religiosos com mantos roxos e púrpura, com o rosto relaxado de quem vive ou pelo menos quer dar a impressão de que vive com dignidade. E depois, paisagens de todo tipo, com cachoeiras prodigiosas, depósitos abandonados, montanhas nuas e desoladas, arranha-céus altos e brilhantes. Vinte anos de carreira numa centena de fotos. Algumas são realmente bonitas, devo admitir. Olhando para elas, pressinto uma coisa, como se quisessem transmitir uma mensagem. Sobretudo os retratos, nos quais o fotógrafo consegue captar a alma das pessoas, transferi-la para as imagens como se fosse uma película brilhante que transmite vida e luminosidade às fotos. Ainda encantada com o olhar doce e melancólico de uma menina, fotografada ao lado de um homem dentro do que parece ser um ônibus, ouço a voz de Naomi me chamando.

— Ei, Alma! Venha ver!

Vou até lá, curiosa. Consegui me distrair por alguns minutos, diante das fotos.

Naomi está examinando uma foto em particular. É de uma moça... mas não é uma menina qualquer.

— Não acha incrível?

Observo melhor. Parece mentira, mas a tal menina é igualzinha a mim!

Não sei o que dizer. Examino e reexamino, incapaz de acreditar no que estou vendo.

— Parece uma sósia. Fique ao lado dela!

Faço isso e vejo os olhos de minha amiga se arregalarem como duas janelas que se abrem.

— É você! Diga a verdade, tirou essas fotos e nunca contou a ninguém.

— Imagine! É só uma coincidência. Nem sei quem é esse fotógrafo.

Observo a menina da foto. É morena, com os cabelos lisos, talvez um pouquinho mais curtos. Mas os olhos verdes, os lábios e o nariz são realmente idênticos aos meus.

Meu peito incha e desincha, inspira espanto e expira medo.

— Parece impossível... — Não consigo terminar a frase, dominada por uma sensação terrível.

Procuro o nome da foto.

Uma placa.

Dupla.

LARISSA, 13 DE OUTUBRO — 18 DE SETEMBRO.

— Por que duas datas?

— Parecem datas de nascimento e de morte — comenta Naomi.

18 de setembro.

— O dia 18 de setembro me lembra alguma coisa...

Ai, meu Deus!, penso. Alguns dias antes da data do meu acidente, dia 21...

18 de setembro.

E a foto de uma desconhecida idêntica a mim.

Seline e Adam se aproximam.

Naomi não perde tempo.

— Já viu? Não é idêntica a Alma?

Seline chega mais perto, mas Adam continua a olhar de longe, como quem não quer se envolver muito.

E olha para mim.

— Nossa! É incrível, parece mesmo você! — exclama em voz alta Seline, que não tem o dom da discrição.

— Ei, nem todo mundo precisa saber — rebato, levando o indicador aos lábios para ver se ela cala a boca.

— Que nada, não fique chateada — diz Seline. — É divertido. — Sorri. Serena. Vazia. Sorte a dela.

Olho para ela sem responder. Espero que meu silêncio seja suficiente para que entenda que não estou achando nem um pouco divertido.

— Vamos, Naomi. Vamos olhar as outras fotos. Quem sabe não achamos mais duas parecidas conosco! — propõe Seline, entusiasmada com a ideia.

Saímos da sala.

— De fato, é muito parecida — sussurra Adam.

— Dizem que todos nós temos um sósia. Pois já encontrei a minha... — Tento suavizar o tom da minha voz, fingindo que não estou nem aí para aquela história.

Ele coloca um papel dobrado em minha mão.

— O endereço que me pediu.

Enfio o papel no bolso, sem sequer checar.

— Cuidado.

— Sei cuidar de mim mesma.

— Não vá abrir a caixa de Pandora.

A caixa que contém todos os males do mundo. Mas Adam não sabe que muitos desses males já estão girando ao meu redor.

6

O ônibus me transporta de um lugar para outro, como aquelas esteiras que carregam as malas na área de desembarque dos aeroportos. Na sala de aula, ouço as conversas dos colegas, mas elas não passam de pano de fundo para meus pensamentos agitados. Aperto o bilhete com o endereço de Morgan e revejo, como se estivesse na minha frente, a moça da foto.

O intervalo chega quase sem eu perceber. E como sou uma prisioneira aqui dentro, decido procurar um computador para fazer uma pesquisa.

Subo correndo, dois, três degraus de cada vez. Passo pela porta da biblioteca, esperando que esteja vazia. Por sorte, está. Vou até o único computador disponível, meio escondido no fundo da sala. Círculos coloridos ganham forma e se entrelaçam de maneira hipnótica, no fundo negro da tela.

Sento na velha cadeira de escritório forrada de tecido bege, cheia de manchas mais escuras que lembram a cor do café e que já fazem parte do tecido.

Aperto o mouse, digito minha senha e entro na internet. O processador mastiga bytes como uma velha locomotiva a carvão.

Os endereços de vários sites aparecem quando digito o nome do fotógrafo, Markos. Começo a navegar por eles como se estivesse tomada por uma fúria sagrada, alimentada pela desesperante lentidão do computador. Busco, leio, clico, até que...

— É ela! — exclamo em voz alta.

A foto da moça aparece no alto de um site amador. A mesma imagem que vi na exposição. Eu me revejo de novo e, como da primeira vez, estremeço.

Naquele momento, alguém entra. Duas meninas. Conheço as duas, mas não são da minha turma. Uma é morena, alta e bem bonitinha. A outra é mais baixa, menos bonita, mas com o olhar mais agudo. Elas me cumprimentam com um meio sorriso, que respondo sem um pingo de entusiasmo. Arrumam suas coisas numa mesa e começam a remexer as prateleiras dos livros.

Aquela presença me incomoda, mas sei que não podem ver a tela do computador.

Começo a ler. E logo me arrependo.

"A jovem filha de Markos, Larissa, tinha acabado de completar 17 anos na noite em que resolveu dar cabo da própria vida, junto com três amigas. Era dia 18 de setembro, e, quando o fotógrafo voltou da inauguração de uma exposição de suas fotos, encontrou os corpos das quatro meninas mortas, deitadas no chão de seu quarto. Ao lado delas, um bilhete: 'Nós permaneceremos para sempre.' Quatro palavras simples e misteriosas. Misteriosas demais para quem precisa de um motivo verdadeiro para conviver com a dor. Ao lado delas, o instrumento que usaram para realizar seu triste propósito: alguns vidros vazios de comprimidos.

... Desde aquela noite, Markos parou de fotografar. Ele e a mulher continuam vivendo na mesma casa, mas as coisas nunca voltaram a ser como antes. Quatro jovens vidas destruídas sem nenhum motivo geram raiva e maldade, alimentam maledicências, evocam maldições. E muitas histórias terríveis nasceram a partir dessas mortes inexplicáveis. Markos nunca mais deu entrevistas nem participou de eventos públicos.

... Próximas exposições: Museu de Arte Contemporânea de..."

Suicídio?

Larissa se suicidou? Junto com três amigas?

Nós permaneceremos para sempre... o que isso quer dizer?

QUE DIABO ISSO QUER DIZER?

Ela se matou três noites antes do acidente de carro que sofri com minhas amigas. Larissa morreu e nada aconteceu comigo. Ela procurou a morte e eu a evitei sem nem saber como.

E somos idênticas.

Duas gotas d'água.

Duas gêmeas.

Poucos dias separam os nossos destinos.

Simples coincidência ou existe alguma ligação entre nós? Quem é esse Markos? Onde vive?

Continuo a procurar, freneticamente, esperando encontrar mais informações sobre o fotógrafo e sua mulher, mas é inútil. Dizem apenas que vive numa cidadezinha pequena, nada mais.

O som do sinal me obriga a parar.

No fundo, já sabia o que me interessava, só não tinha a menor ideia do que fazer com aquilo.

As horas seguintes transcorrem em surdina. Dois professores se alternam na turma, explicam, perguntam. Para meus olhos e ouvidos, eles não passam de massas indistintas de formas e sons. Só espero que acabem, que me liberem logo.

Saio junto com Naomi e Seline.

— Descobriu alguma coisa? — pergunta Naomi, que provavelmente quer parar de pensar na audiência de amanhã.

— A respeito de quê? — pergunta Seline, curiosa.

Não sei o que responder. Se disser alguma coisa a Seline, Adam vai acabar sabendo. E, por enquanto, não quero que saiba.

— Nada de especial...

— Estávamos falando de Morgan — diz Naomi.

O olhar de Seline passa por cima de nós. — Preciso ir...

Naomi e eu olhamos Seline correr para Adam, que espera por ela sentado numa moto escura.

— Não sabia que ele tinha uma moto — comenta Naomi.

— Por que falou de Morgan?

— Não sei. Não devia?

Sacudo a cabeça antes que as palavras escapem de minha boca.

— O que foi feito dele? — continua ela.

— Sumiu.

— Sumiu assim, sem explicação?

Não estou com vontade de falar e me limito a concordar.

— Não acha isso estranho?

— Claro, mas... é... é meio complicado.

Naomi olha para mim, hesita e depois:

— Não quero me meter na sua vida, mas... Houve alguma coisa entre vocês?

Ela sabe que nunca tive um namorado de verdade até agora.

— Um beijo, nada mais.

— É mesmo?

— Só uma vez — minto. — Não vamos transformar isso num problema de Estado.

— E a moça da foto?

Finalmente mudou de assunto! Queria a opinião dela sobre aquela história.

— Descobri uma coisa muito louca. Ela se suicidou!

Naomi arregala os olhos:

— Não!

— Sim! Uns dias antes do meu acidente! Talvez não signifique nada, mas com certeza é muito estranho.

Ela fica em silêncio, os olhos fixos num ponto qualquer da calçada. Parece que está remoendo alguma coisa. Depois, de repente, seus olhos voltam para mim.

— Tem certeza de que não tem uma irmã gêmea?

— Uma irmã gêmea?

— Podia explicar muita coisa. Sabia que alguns gêmeos sentem, de maneira simbiótica, certos fatos que ocorrem bem longe deles, como se adivinhassem que está acontecendo alguma coisa?

— Como é que sabe disso?

— Minha mãe tem uma irmã gêmea. Quando minha tia quebrou a perna, quem a encontrou foi minha mãe. Ela tinha caído da escada e não conseguia chegar até o telefone. Mas minha mãe sentiu uma necessidade inexplicável de ir até a casa dela naquele dia. Era como um impulso irresistível, disse ela depois. E foi assim que conseguiu socorrer minha tia.

— Já tinha ouvido falar de uma espécie de telepatia entre gêmeos, mas pensei que era besteira.

— No caso delas, não foi. Talvez também não seja no seu.

— Só que... se for isso mesmo, significa que uma de nós duas...

— Foi adotada.

7

Adotada. E se Naomi tivesse razão?

Talvez Larissa tenha sido adotada. Ou, quem sabe, eu. Isso significaria que Jenna mentiu para mim a vida inteira. Volto para casa cheia de perguntas e expectativas, frustradas imediatamente pelo vazio que me recebe. Na mesinha da entrada vejo o bilhetinho de sempre, que nem precisava ler, pois já conheço o conteúdo de cor. Acabo lendo por atenção ou por culpa, sei lá. Jenna está no hospital, Lina com uma amiga, e Evan não é sequer mencionado. Só para variar, não há ninguém aqui, como se uma família não vivesse ali. Na mesa da cozinha encontro um segundo bilhete de Jenna: "Para quem quiser, tem massa de forno no congelador. Basta esquentar no micro-ondas." Massa de forno no micro-ondas: que apetitoso! Não, obrigada! Melhor um sanduíche fora, enquanto procuro a casa de Morgan. Antes de sair, localizo o endereço que Adam me deu no mapa da cidade. Zona Oeste. Ou seja, do lado oposto àquele em que me encontro agora.

Vou até o barzinho perto de casa, o mesmo onde li a notícia do primeiro homicídio. Será que o gatinho que preparava meu café de manhã ainda trabalha lá? Não entro naquele lugar há um bom tempo.

A esta hora, o bar está cheio. Alguns comem sentados nas mesinhas, outros em pé no balcão, todos com um olho no relógio. Olho ao redor, mas o menino bonito não está por ali. Uma pena. Um rosto familiar faria com que me sentisse menos perdida. Em seguida, ele sai de uma porta atrás do balcão e me reconhece imediatamente. Ganho de presente o seu melhor sorriso. Os olhos cor de avelã são luminosos e vivos, parece feliz, daquela felicidade que você tem vontade de dividir com todo mundo.

— Oi! O que deseja? — pergunta com voz clara.

Dou uma olhada rápida nos sanduíches expostos na vitrine do balcão como carros estacionados num salão do automóvel.

— Um sanduíche de presunto com alface, sem maionese. Obrigada.

— E para beber?

— Um Chinotto com gelo.

— Quase ninguém mais bebe Chinotto.

— Melhor. Está cada vez mais difícil ser original.

— É assim que escolhe seus refrigerantes?

— Claro que não. Bebo porque gosto.

— É feito de laranja-da-terra, não? É amargo!

— Muita coisa é amarga. E depois, se não existisse o amargo, também não existiria o doce. Não é?

— Já vi que gosta dos contrastes. Eu também gosto.

Lá vem ele tentando se insinuar. Se soubesse o que me passa pela cabeça, logo veria que não tem nada a ver. Mas já que não sabe e não tem como saber, resolvo ignorar a indireta.

— Vem cá, pode esquentar o sanduíche para mim?

— Claro. Pode sentar que levo tudo na mesa.

— Não, obrigada. Vou comer no caminho.

Ele olha para mim decepcionado. Talvez, entre uma conversa e outra, quisesse me chamar para sair.

— Tudo bem. Pode ir pagando no caixa enquanto isso.

A mulher do caixa é aquela figura clássica: gorda o suficiente para encher, usando um termo de teatro que combina bem com a figura, o pequeno camarote que tem à sua disposição, com as unhas pintadas de vermelho brilhante, a tonalidade certa para quem mexe com dinheiro, e uma maquiagem de boneca gigante com prazo vencido. Os cabelos são uma nuvem loura, com o maior volume possível e mais impenetrável que a floresta tropical.

— Quero pagar um sanduíche de presunto e um Chinotto.

— Cinco e cinquenta — diz ela com voz de cantora de ópera.

Olha para mim com olhos de porcelana contornados com delineador preto.

Entrego o dinheiro, e as moedas tilintam no pratinho diante dela. Duas caras, duas coroas.

O menino dos olhos cor de avelã me entrega o saquinho e se despede.

— Até mais.

— Tchau.

Quando desembrulho o almoço, sinto um cheirinho de pão quente que me abre o apetite. Pego o sanduíche e dou a primeira mordida. O presunto é mais perfumado do que saboroso, tem um gosto de papelão no fundo, mas não importa. Já comi coisa pior. Só lá pela terceira mordida é que percebo que dentro do saquinho, junto com a latinha de Chinotto, tem um bilhetinho que não parece ser a nota. Pego com os dedos cheios de migalhas de pão. Leio um número de telefone e um nome: Lore.

"Ligue se tiver vontade."

Um convite original, penso. Só faltava mesmo você, Lore, para complicar minha vida! Amasso o bilhete e jogo de volta no saquinho. Abro a latinha e bebo um gole. Pequenas bolinhas de anidrido carbônico borbulham em minha boca como loucas e explodem liberando o sabor amargo de que gosto tanto.

Do fim da rua vejo meu ônibus chegando ao ponto. Melhor andar rápido. Mal tenho tempo de entrar antes que o motorista feche a porta. Não parece muito paciente, pelo jeito como dá a partida, pisando no acelerador sem nenhum cuidado e correndo o risco de desequilibrar pelo menos a metade dos passageiros que estão em pé, inclusive eu mesma.

Um tímido raio de sol fura a pesada cortina de nuvens que se concentram sobre a cidade como um gigantesco guarda-chuva. Todos olham surpresos para aquele lampejo de luz, tão raro que ninguém tira os olhos dele, com medo de que desapareça. Parece um bom sinal. Pelo menos é o que espero.

Acabado o sanduíche, beberico o refrigerante. À medida que me aproximo do bairro de Morgan, sinto a agitação crescer dentro de mim como uma espuma tóxica. Coloco os fones no ouvido e tento me acalmar com música, mas não consigo ouvir nem a primeira até o fim.

Desligo tudo, exceto a cabeça, que continua a funcionar, mesmo quando não deve. Vejo meu reflexo no vidro do ônibus. Sou Alma ou Larissa? Larissa é Alma? Quem está viva, quem está morta?

O meu ponto chegou. Desço. Jogo os restos do almoço na lixeira e tento entender onde estou. É uma grande avenida arborizada, com as plantas nuas, ainda à espera das folhas que vão cobrir seus galhos. Além da rua, ergue-se uma série de arranha-céus como um maço de legumes brotando do cimento. Observo suas vidraças perfeitas que abrigam negócios e vidas que importam. É uma zona rica, que não conheço muito bem. Abro o mapa e vejo que direção devo tomar. A julgar pelo mapa, o apartamento de Morgan fica num desses arranha-céus. É estranho, mas, embora eu não soubesse onde ou como ele vivia, não esperava uma coisa desse tipo.

Espero que o sinal passe do vermelho para o verde e atravesso as seis pistas da avenida. Aqui também é a mesma rotina: mesmo tráfego, mesmo caos, mesmo ar digerido pelos motores dos carros.

Sigo pela calçada sem pensar em mais nada. Se desse atenção a tudo que me incomoda no dia de hoje, provavelmente teria que ficar imóvel na cama, à espera da chegada do juízo final. Portanto, avanço como se usasse antolhos e só enxergo o meu objetivo: os arranha-céus.

Sopra um vento contrário e frio que me obriga a fechar a jaqueta leve demais até o queixo. Abraçada a mim mesma, penso que nunca me senti tão sozinha quanto agora.

8

Quando chego ao conjunto de arranha-céus, olho para eles de baixo e não consigo evitar me sentir minúscula e insignificante. Leio os números das placas de cada um, mas só no último encontro o que procuro: o nove.

Aproveito a saída de um senhor distinto de casacão e chapéu para me enfiar pelo portão e a ausência do porteiro para atravessar o hall sem ser perturbada. As portas dos elevadores são bocas metálicas escancaradas, mas não tenho escolha, o andar é alto demais para subir de escada. Além do mais, não tenho a menor ideia de onde ficam as escadas. Nesses edifícios de luxo, elas ficam escondidas como cofres de banco.

Entro sem pensar muito, levando comigo o cheiro de flores tropicais que flutua na portaria, linda e cara.

No bilhete de Adam estava escrito "34/F".

O elevador começa a subir rapidíssimo, com um assovio. Em poucos segundos, chega a seu destino e para com extrema delicadeza. As portas se abrem e me vejo na penumbra do 34º andar, vazio e silencioso. O ar aqui também cheira a flores e o chão exibe um carpete cinza-pérola, tão limpo que parece que ninguém nunca andou em cima dele. Estou num longo corredor que só tem portas fechadas. São todas iguais, de madeira branca e lisa, com maçaneta redonda de aço acetinado. Ao lado de cada uma, uma campainha e, mais acima, uma plaquinha com alguma coisa escrita: o número do apartamento.

Vou pela esquerda, seguindo o instinto. Estou errada, porque a última letra no final do corredor é a E. Retorno e pego o corredor do lado oposto. Nem preciso dizer: a F é a primeira porta que aparece.

Encosto a orelha na madeira branca e fico ouvindo. Nenhum barulho chega do interior, mas isso não quer dizer que não tem ninguém em casa. Estou muito tensa, os braços e as pernas duros como pedras, o coração pulando no peito como uma bolinha enlouquecida. Olho para o botão da campainha e aproximo o dedo, tremendo muito. Preciso apertar e pronto. Não tenho escolha.

Aperto o botão e prendo a respiração. O som, um pouco atenuado pela porta fechada, é um *dim-dom* clássico e tranquilizante, daqueles que fazem pensar numa família serena, talvez num belo cão abanando o rabo quando você chega e num prato fumegante de carne assada com purê de batatas sobre a mesa.

Mas parece que nenhum membro desse lindo quadro familiar está em casa hoje para abrir a porta. Toco de novo, só para ter certeza. Nada a fazer. Os donos da casa não estão.

Tenho duas alternativas: ir embora, fingindo que nunca vi aquele endereço e evitando problemas futuros, ou tentar entrar e descobrir os segredos de Morgan, desrespeitando a lei. Nesta altura dos acontecimentos, penso comigo, o que tenho a perder? Há muito tempo, vi um filme em que um sujeito penetrava num apartamento passando um cartão de crédito entre a moldura e a porta, próximo da fechadura. Sempre me perguntei se isso funcionava mesmo. Tiro a carteira da mochila e avalio minhas possibilidades: além de alguns cartões de supermercado dados por Jenna para as raras ocasiões em que faço as compras, tenho o cartão da biblioteca, do cinema, do ônibus e da videolocadora.

Qualquer um deles dá no mesmo. Escolho o do cinema, que me parece mais apropriado.

Por favor, faça com que funcione, peço a não sei quem.

Tento deslizar o cartão como vi o cara fazer no filme, mas não consigo. Tudo parece muito fácil na tela. Tento de novo, com mais decisão. A película que reveste o cartão se rompe e descasca como pele morta. Mas a fechadura continua bem fechada.

Não posso perder a esperança, repito. Tento de novo pela terceira vez, decidindo que será a última. Giro o cartão de modo que a extremidade afunde como uma lâmina na fenda entre a porta e a moldura. E para minha grande surpresa, algo acontece. A ponta do cartão abre uma brecha. Com um movimento rápido deslizo para baixo e ouço um clique. Giro a maçaneta e estou dentro. Quase não posso acreditar. Consegui! Antes que alguém possa me ver, fecho a porta sem fazer barulho. Em seguida, olho ao redor.

Estou dentro da casa de Morgan.

Só então me dou conta do que fiz, e uma espécie de medo respeitoso me paralisa na entrada do apartamento.

Diante de mim se abre um corredor com uma fina estante de livros de um lado e quadros abstratos do outro. O espaço é íntimo e discreto, invadido por um perfume de especiarias orientais que parece sair dos próprios objetos. Numa mesinha, vejo uma minúscula garrafa com algumas varetas de madeira mergulhadas num líquido cor de âmbar. Ao lado, três lápis dentro de um porta-canetas de prata lavrada com a imagem de dois peixes. Um quarto lápis está apoiado em cima de um bloco de recados de folhas coloridas.

O corredor acaba num amplo salão, cujo fundo é uma janela envidraçada que vai de lado a lado e dá para a cidade, com suas avenidas cheias de tráfego. Chego mais perto. Aqui de cima é como ver um filme mudo, em que tudo se move no mais absoluto silêncio, o que dá a impressão de que nada daquilo é real. E talvez não seja mesmo.

Contorno os sofás brancos, enormes e cheios de almofadas, para dar uma olhada na cozinha, separada do salão por uma parede que não vai até o teto. Numa outra mesinha, colocada ao lado da entrada da cozinha, há um telefone com a luz vermelha da secretária piscando como um sinal de emergência. Fico tentada a ouvir as mensagens, pode ter alguma coisa interessante. Mas não quero deixar impressões digitais por todo lado ou tirar alguma coisa do lugar sem querer. Perto do telefone, uma fotografia numa moldura transparente retrata um homem e uma mulher diante do mar. Ela tem os mesmos olhos de Morgan, embora os cabelos sejam mais escuros. Ele, ao contrário, é moreno com alguns fios brancos espalhados na cabeleira densa, olhos negros e profundos e fascinantes bigodes curtos e bem aparados. Os dois sorriem. Parecem felizes. Nenhuma imagem de Morgan. Sigo adiante. A cozinha é duas vezes maior que a nossa, mas está vazia como a da casa de Agatha. Dá a impressão de que ninguém a utiliza há muito tempo.

Começo a considerar uma nova hipótese: Morgan pode ter simplesmente se mudado com a família.

Volto para a sala e vou para a área dos quartos. Paro diante de uma porta fechada. Pego a ponta da jaqueta e uso como uma luva. A porta abre com um leve rangido que me dá arrepios. Mas não há nada de assustador, não é como a casa de Agatha, mas aquele vazio de calor e de coisas vividas me dá a impressão de que estou visitando o show-room de uma loja de decoração.

Do outro lado, um novo corredor mais estreito e escuro que o primeiro leva, acho eu, para os quartos. Abro a primeira porta, à direita, ainda usando a jaqueta como luva, e descubro um banheiro enorme, do tamanho do meu quarto, com banheira de hidromassagem num canto, um chuveiro gigantesco e pia dupla. É totalmente revestido de pedra clara levemente rosada e perfumado de baunilha. Ao lado das pias, cuidadosamente dobradas sobre um suporte de aço preso na parede, duas toalhas bordadas.

Fecho a porta do banheiro e abro a próxima. Na minha frente, surge o que imagino ser o quarto dos pais, com uma grande cama de casal, duas poltronas brancas e uma cômoda antiga que parece ser a primeira a se perguntar o que está fazendo no meio daquela decoração. Uma das mesinhas de cabeceira exibe duas fotos, mas Morgan não está em nenhuma delas.

A coisa me parece cada vez mais esquisita.

Continuo a minha inspeção, com os ouvidos atentos a eventuais barulhos vindos da entrada. Por trás da última porta, descubro um escritório, com duas escrivaninhas de vidro, uma em frente da outra, nas quais reinam dois monitores ultrafinos com os respectivos teclados. Numa delas, uma pilha de pastas cinzentas; na outra, uma caixa verde-escura. As paredes estão completamente cobertas por livros e DVDs, do chão ao teto. Nas pastas encontro uma folha enorme com o desenho do projeto de alguma coisa que parece um parque, indicando até os nomes das plantas e das árvores. Anexa, uma espécie de ficha com todas as características de cada planta, proveniência, instruções para plantio, cuidados e exposição. O conteúdo da segunda pasta é bem parecido. Qual será o trabalho da mãe, me pergunto, deduzindo que aquela escrivaninha é dela por causa dos adesivos cor-de-rosa pregados na tela, nos quais leio, numa letra bem desenhada: "Maran, sete, bar do museu" ou "Comprar Schlumbergera para mamãe!" e assim por diante.

Certa de que não vou descobrir o que venha a ser uma "Schlumbergera", trato de revistar a outra escrivaninha. Ouço o tique-taque de um relógio vindo não sei de onde. É um pequeno despertador preto colocado ao lado do computador. É como se minha proximidade tivesse despertado o despertador. *Tique-taque*, enquanto abro a caixa verde-escura, *tique-taque*, enquanto verifico que reúne documentos impressos que parecem contos ou partes de um romance. *Tique-taque*... leio: "Quando ficou sabendo de sua existência, era tarde demais: os eventos tinham seguido um caminho imprevisível. E as histórias fantásticas que gostava tanto de contar eram agora o seu pior inimigo."

Atrás da escrivaninha há uma pequena estante inteiramente ocupada por troféus. Chego mais perto para ler o que está escrito na plaquetas.

Tique-taque, continua o despertador, implacável. Ele me angustia, recordando o tempo que corre, veloz e sem dar folga. *Tique-taque*...

O pai de Morgan é um ex-lutador de esgrima, hoje escritor... fascinante... *Tique-taque*...

"Campeonato do mundo de esgrima, especialidade espada... Leonard..."

Seu pai deve ter sido um campeão na sua época. Talvez Morgan também lute esgrima: de fato, pensando nos seus gestos, na elegância do porte, vejo os movimentos de um antigo e nobre cavaleiro.

Mas ele não tem a característica primordial de um cavaleiro: a coragem.

Continuo a procurar, *tique-taque*, e finalmente saio do escritório.

Só restam duas portas. A primeira está aberta e é uma lavanderia, imaculada e organizada como o resto da casa. A última é uma espécie de quarto de guardados. Como é possível?, me pergunto, incrédula.

É uma peça grande e luminosa, mas cheia de coisas empilhadas: malas, móveis de vários tamanhos, caixotes, velhas raquetes de tênis, um par de esquis, dois abajures. Entro para olhar mais de perto. Em seguida, num canto no fundo do quarto, vejo uma coisa que me arrepia: enrolado em celofane transparente, há um berço. Afasto um pedaço do papel para examinar e vejo que é novo, como se nunca tivesse sido usado. Só o contato com aquele objeto já tem o poder de me aterrorizar.

Assustada, dou alguns passos e, sem querer, esbarro em alguma coisa às minhas costas, que cai no chão.

É demais para mim.

Viro e saio correndo.

Por que não há um quarto para Morgan? E por que aquele quarto de guardados, com aquele berço novo? Não existe o menor sinal de um filho por aqui. É como se... Só a ideia me apavora, mas é como se ele nunca tivesse existido!

Preciso encontrar uma prova, algo que me garanta que estou na casa certa. Aquele cretino do Adam pode ter me dado o número do apartamento errado. O edifício pode ter dois moradores chamados Leonard. Poderia achar mil explicações, se pelo menos pudesse acreditar numa delas, se tivesse ânimo para acreditar. Olho ao redor com mais atenção. Mas além de velhas fotos e objetos descartados, recordações de vida passada e concluída, não encontro nada. Nada que inclua Morgan.

Volto para o quarto dos pais. Abro uma gaveta ao acaso. Contém roupa íntima de mulher, arrumada em perfeita ordem.

Estou perdendo tempo.

Naquele exato momento, o telefone começa a tocar no silêncio absoluto da casa. Sinto um medo horrível de que alguém apareça para atender. Começo a ouvir passos no corredor do lado de fora do apartamento. Será impressão minha? Um toque, respiro, dois toques, respiro mais rápido, três toques, a respiração fica bloqueada na garganta quando ouço aquela voz.

É a mesma secretária eletrônica, a mesma mensagem que ouvi quando liguei para Morgan.

É realmente a casa de Morgan.

9

Minha cabeça parece que vai explodir. De novo. Nunca pensei que pudesse me sentir ainda pior, mais confusa do que estava antes. Não sei mais o que fazer: até ficar parada me dá angústia. A imobilidade é igual à morte.

Em casa, deitada na cama sob os lençóis, os olhos pregados no teto, tento reconstruir os acontecimentos, procurando algo de positivo que, na verdade, encontro. Não descobri nada sobre os homicídios, sobre o que está acontecendo comigo, sobre o desconhecido que está me perseguindo, sobre o desaparecimento de Morgan, sobre a minha gêmea na fotografia de Markos. Mas tenho a certeza de que ainda estou viva e em condições de reagir. E sei que, a partir de agora, só posso contar comigo mesma.

As horas passam e continuo acordada olhando as luzes que se movem no teto do quarto.

Depois de um bom tempo, não sei dizer quanto, ouço barulhos. Acendo a luz e olho a hora: sete da manhã. Deve ser Jenna. Levanto e o frio do quarto me faz estremecer. Pego um moletom e enfio correndo. Vou até a porta. A maçaneta também está gelada. Não encontro calor em lugar nenhum.

Saio para o corredor, ainda silencioso e mergulhado na sombra. No fundo, bem na minha frente, vejo uma luz vinda do quarto de Jenna. Vou até lá, os olhos fixos na luz, como se fosse um guia.

— Oi — digo, parada na porta.

Jenna está sentada na cama, ainda com o uniforme branco do hospital. Está massageando os pés e os tornozelos. Quando ouve minha voz, levanta a cabeça de cabelos castanhos, presos num rabo de cavalo meio caído, que parece pedir para ser desfeito. Mesmo assim, apesar do cansaço, seus olhos são alegres e vivos.

— Oi, querida, já levantou?

— Não consegui dormir direito, na verdade.

Jenna larga os tornozelos e, com um gesto da mão, me convida para sentar a seu lado.

Assim que sento, percebo que alguma coisa está diferente. Talvez seja um perfume novo ou simplesmente o fato de não sentir nenhum sinal do cheiro de fritura.

Ela me examina com um olhar envolvente.

— O que houve com você?

Talvez nunca na vida eu tenha sentido uma vontade tão grande de me livrar do peso dos meus segredos, mas primeiro preciso saber a verdade.

— Tem alguma coisa que não me contou... sobre mim?

— Do que está falando?

— Sou sua filha... natural?

Jenna olha para mim espantada.

— Claro! Que ideia é essa?

Hesito um segundo. Não sei se conto a história da tal Larissa, mas resolvo em seguida que é mais prudente ficar calada.

— Jura?

— Alma! Pode me dizer o que tem na cabeça?

— Discutimos sobre adoção na escola e eu...

— E você pensou que eu e seu pai adotamos você? — pergunta Jenna, rindo.

— Não estou vendo nada de engraçado! — reajo contrariada.

— Não fique chateada. Tem que admitir que assim, a seco, é uma pergunta bem estranha, não?

— É só uma pergunta, Jenna, nada mais. Se você garante que sou sua filha, eu acredito.

— Pois eu garanto e, por favor, vamos deixar de fantasias desse tipo!

— Preciso me arrumar, senão vou chegar tarde na escola — corto, antes que ela comece um interrogatório.

À tarde, vou ao tribunal com Naomi. É um edifício grande e cheio de gente correndo para cima e para baixo, cada um em seu próprio trilho. As vozes ecoam contra as paredes branco-leite, misturam-se umas às outras e se espalham num rumor uniforme que ocupa todo o espaço disponível.

A meu lado, Naomi está tão tensa que sua boca virou uma tranca hermeticamente fechada. Portanto, quem tem que ir ao balcão de informações para perguntar qual é a sala da nossa audiência sou eu.

Do outro lado do vidro vejo um homem com uma densa cabeleira negra e ondulada. Sua cara de tédio que não muda nem quando ergue os olhos para me encarar e tira a caneta da revista de palavras cruzadas. Peço a informação de que preciso e ele responde como se eu tivesse colocado uma ficha em sua língua:

— Sala trinta e três, primeiro andar, à esquerda.

É para lá que vamos. A escada é bonita, de pedra branca, larga como uma autoestrada. Na subida, esbarro sem querer na mão de Naomi: está mais gelada do que a minha. Olho para ela, que nem percebe. Na realidade, parece que não está vendo nada do que acontece a seu redor.

É estranho como participar dos problemas dos outros sempre ajuda a relativizar os nossos. Naquele momento, sou simplesmente Alma, a amiga de Naomi.

As paredes do primeiro andar são verde-claras, lembram um pouco as de um hospital. O resto é exatamente tudo o que se espera de um tribunal. Superlotado e barulhento. Portas que abrem e fecham, telefones que tocam. Um cartaz à nossa frente indica que devemos virar à esquerda para chegar às salas de 30 a 40.

Sigo andando, mas vejo que Naomi ficou para trás.

— Estamos quase chegando.

— Eu sei.

— Vai conseguir?

Ela faz que sim.

Quando chegamos na sala, duas surpresas esperam por nós, ambas desagradáveis.

A primeira é um barulhento grupo de jornalistas, munidos de gravadores, microfones e máquinas fotográficas. Assim que descobrem Naomi, partem para o ataque e correm para cima de nós, como se fôssemos duas celebridades.

Roth não está entre eles.

— O que vamos fazer? — pergunta ela assustada, agarrando meu braço.

— Vamos ignorá-los. Levante a cabeça e não diga nada.

Ela olha para mim, como se buscasse forças. Se soubesse como estou carente de forças nesse momento...

Enquanto os flashes ofuscam nossas retinas e os microfones nos rodeiam como gigantescos insetos negros, a segunda surpresa nos espera na porta da sala. Usa o uniforme da polícia e uma pasta azul. E barra nosso caminho, perguntando quem somos. Naomi não responde, de modo que falo por ela.

— Ela é... a parte lesada do processo. — Espero não ter errado as palavras.

— Pode me dizer o nome, por favor?

— Naomi — murmura ela.

O homem, grande e largo como um armário e totalmente inexpressivo, confere numa folha que tira da pasta e abaixa o braço, deixando Naomi entrar. Tento segui-la, mas ele me barra.

— E a senhorita?

— Sou Alma, uma amiga.

Nesse meio-tempo, tento passar os olhos pela sala. Vejo um monte de homens de costas, mas não tenho tempo de ver se Sarl está entre eles. O policial levanta os olhos da pasta e sentencia:

— Não pode entrar.

— Espere aqui, vou falar com o advogado — diz Naomi, antes de desaparecer lá dentro.

Fico do lado de fora, em silêncio.

Naomi volta em poucos minutos, com ar abatido.

— Infelizmente, ele não conseguiu convencer o juiz, sinto muito.

Sorrio.

— Vai conseguir se sair muito bem mesmo sem mim. Estarei esperando aqui, fique tranquila.

— Promete?

— Prometo.

Vejo Naomi entrar na sala como numa selva escura, lentamente, com um jeito desconfiado.

Quando a porta se fecha, procuro um lugar para sentar e esperar. Descubro um banco de madeira não muito distante, encostado na parede do corredor.

O oficial se despede com um olhar vagamente solidário. Talvez também tenha uma filha e talvez esteja agradecendo ao céu que não seja como Naomi e eu.

Mal tenho tempo de sentar quando a manada de jornalistas volta a partir em disparada. Quem estará chegando? Não preciso esperar muito para saber: é Tito, acompanhado por dois policiais. Outros três rapazes estão com ele. Não me lembro de tê-los visto, acho que devem fazer parte da seita. Observo seus rostos. O de Tito está mais tenso que da última vez. Não acredito que seja uma pessoa capaz de sentir remorso, mas talvez tenha finalmente compreendido a terrível situação em que se meteu. Os outros três, ao contrário, estão pálidos, seus olhos vazios parecem poças negras. Seguiram o exemplo de um criminoso e se transformaram em criminosos também. Vai se passar um bom tempo antes que sua marca desapareça. Se é que vai desaparecer algum dia.

Quando Tito me reconhece, estou pronta para enfrentá-lo. O pequeno grupo é cercado por uma selva de microfones, mas não perco o contato visual. Afio o olhar: basta que me lembre o modo como encontrei Naomi na Igreja Velha naquela noite. Ele me encara, sério. É como se agora fôssemos só nós dois. Todo o resto é um pano de fundo sem vida. Em seguida, seus lábios se entreabrem numa careta diabólica. Engulo o medo e não abaixo os olhos. Um pouco antes de entrar na sala, ele pronuncia uma palavra em voz baixa, mas estou longe demais para ouvir. Leio seus lábios e estremeço. A palavra é:

— Amém.

10

Fora da sala de audiência o tempo passa lentamente. O corredor está calmo agora. Os jornalistas se dispersaram como um monte de caranguejos quando a onda bate. Só ficaram alguns, também à espera, sentados num banco ao lado do meu. Vejo que falam da seita de Tito, de outros delinquentes como ele e da série de suicídios de jovens. Não quero ouvir.

Trato de me concentrar no policial que está de guarda na porta da sala. Olha fixamente para a frente, completamente mergulhado em seus pensamentos. É como um daqueles cães enormes que ficam deitados na entrada das cidades: parecem adormecidos, mas empinam as orelhas ao menor barulhinho. Cada um de nós tem uma superfície, que muitas vezes reflete com dramática exatidão o que os outros querem ver, e um fundo, no qual se movem e ficam encalhados os sentimentos verdadeiros, os que não temos coragem de confessar.

Pego minha mochila, da qual não me separo um segundo, e levanto para ver a hora. Percebo que lá fora a escuridão já caiu. Um grande relógio colocado em cima da escada marca seis horas. Naomi já está lá dentro há três. Como será que estão as coisas? Espero que tudo acabe o mais rápido possível, que Naomi saia daquela sala depois de obter justiça e que eu possa retomar o rumo da minha vida.

— Alma! — Ouço uma voz dizer meu nome.

Estou diante do tenente Sarl, com sua jaqueta de couro preto. Tem os olhos meio vermelhos e um ar cansado, mas nem por isso deixa de dar um meio sorriso. Ele cheira à água-de-colônia misturada com tabaco.

— Pensei que estivesse na audiência, tenente.

— De fato deveria estar lá, mas houve uma emergência.

Sua expressão é preocupante.

— Que emergência? Outro homicídio?

— Não, por sorte. Mas... é uma coisa que tem a ver com você, sinto muito. — Põe as mãos em meus ombros. Fico tensa na mesma hora e um arrepio gelado percorre minha espinha. — Alguém entrou em sua casa. Sua mãe me ligou na hora em que estava saindo do meu gabinete para vir para cá.

— Oh, não! Está todo mundo bem? Lina? — Respiro ofegante, absorvendo o ar como se fosse acabar a qualquer momento.

— Não se preocupe. Estão todos bem. Nem estavam em casa.

— Como conseguiram entrar?

— Arrombaram a porta. Já chamei um serralheiro para instalar uma porta blindada. É mais seguro.

— Roubaram alguma coisa?

— Não, sua mãe encontrou a porta aberta quando chegou, mas tudo estava no lugar... — diz Sarl, deixando a frase em suspenso.

— Não estou entendendo. Se não houve nenhum roubo...

— Na verdade, Alma, um dos quartos foi revirado de cima a baixo, só um.

Tenho medo de saber.

— O seu.

Arregalo os olhos como se não conseguisse mais segurá-los nas órbitas. A mochila no ombro direito parece queimar, como se fosse uma prova evidente de culpa. Meu caderno está lá, a um passo da lei que Sarl representa. Era isso que a pessoa que invadiu meu quarto estava procurando? Acho que sim. Talvez fosse um Master, alguém que poderia ter atacado minha família. Meu Deus, o que significa essa violência que está apertando o cerco a meu redor?

Dou um passo para trás e os braços do tenente Sarl ficam alguns instantes no ar.

— Tem alguma ideia de quem poderia ser? Talvez alguém da escola, alguém com quem brigou e que quis se vingar?

Involuntariamente, Sarl está me oferecendo a possibilidade de um bode expiatório.

— Não sei, mas poderia ser. Bandido é o que não falta na minha escola. — Penso em Adam. — Um deles tocou fogo na sala do diretor algum tempo atrás.

— Ouvi falar.

— E, depois, teve a Agatha.

— Pois é. Uma bela coleção de crimes. De todo modo, seja quem for, parecia estar procurando alguma coisa. Sua mãe deu uma olhada no quarto, mas não tem certeza se está tudo lá. Por isso, peço que verifique e me informe. Até o menor detalhe pode ser um indício útil.

Como lhe contar que sei perfeitamente o que a pessoa estava procurando e que o objeto em questão está bem aqui, diante dele?

— Tudo bem.

— Confio em você.

Abaixo os olhos. Tenho medo que ele leia nos meus olhos a vergonha que estou sentindo.

Ainda bem que ele muda de assunto.

— Está aqui para o processo contra a seita?

Concordo, embora meus pensamentos estejam bem longe. Tenho pressa de voltar para casa.

— Tito e seus cúmplices serão condenados graças ao testemunho de Naomi. Pode ter certeza.

— Espero. E sobre os assassinatos? Li nos jornais que outro homem foi encontrado morto, o proprietário de uma papelaria.

— Infelizmente, sim. Ainda estamos à espera dos resultados da autópsia para levantar algumas hipóteses mais concretas. Mas duvido que esse homicídio esteja ligado aos outros.

— Por quê?

— Modos de agir diferentes. Embora a causa da morte ainda não esteja clara no caso da papelaria.

Como matam os Masters?, fico pensando.

— Tudo o que sabemos até agora sobre os outros homicídios é que o único suspeito que prendemos, e que se suicidou em seguida, não fazia parte da seita satânica. É bastante provável que não atuasse sozinho, mas junto com outros jovens assassinos. Se isso for mesmo verdade, ainda temos que descobrir a que organização pertencem e o motivo pelo qual cometeram os assassinatos.

— Está pensando numa verdadeira organização criminosa?

— É possível. Há uma espécie de ritual no modo como são mortas e... penduradas as vítimas. Indica uma matriz comum. A simples ideia de que alguém esteja convencendo jovens a cometer ações desse tipo já me dá vontade de mudar de profissão.

Como não entendê-lo?

— Quer dizer que estão investigando o rapaz que se suicidou?

— Sim, e espero obter algumas respostas logo. Mas não quero que se preocupe com esses detalhes. Fale um pouco de você. E os artigos, estão indo bem?

— Humm, é... muito bem. Mas esses detalhes me interessam muito.

— Pode me mandar um exemplar do jornal quando for publicado?

— Claro! — continuo mentindo. Fiquei muito boa nisso.

Naquele momento, a porta da sala 33 se abre. Os jornalistas surgem como cogumelos depois da chuva e cercam os primeiros a sair.

— Venha, vamos até lá também — diz Sarl apoiando a mão entre meus ombros —, depois levo você e Naomi para casa.

Vou atrás dele, confiante, pelo menos na carona.

Sarl e um de seus agentes afastam Naomi da tempestade de perguntas e fotos que cai sobre os protagonistas do processo. Mal tenho tempo de sorrir para ela e pronunciar um rápido "como foi?", antes que seja arrastada pela multidão que se dirige para a escada. Protetor, Sarl segura Naomi pelo braço. Um policial segue os dois de perto. E eu sigo o policial.

Os jornalistas nos perseguem até a saída do tribunal e de lá até o carro, estacionado bem na frente do prédio. Outro policial já está na direção, pronto para partir. Naomi e eu nos instalamos no banco traseiro, Sarl ao lado do motorista. O agente que nos acompanhava cumprimenta o tenente e volta para o tribunal. Motor ligado, nos afastamos rapidamente com as sirenes ligadas.

Pelo vidro traseiro vejo a multidão desiludida abaixar as armas da informação moderna. Naomi continua em silêncio, imóvel.

Toco seu braço com a mão gelada. Ela vira para mim. Está com os olhos úmidos de emoção.

— Consegui.

Pela primeira vez em muito tempo, o coração bate de felicidade dentro do meu peito.

— Estou orgulhosa de você. Foi condenado?

— Foi. Quatro anos de prisão. E terá que se submeter a sessões psiquiátricas regulares.

Dou um suspiro de alívio. Finalmente, alguma coisa que caminha na direção certa.

— Foi muito corajosa, Naomi — acrescenta o tenente Sarl. — Meu nome é Sarl, sou da Delegacia de Homicídios: nos vimos algumas vezes no comissariado.

— Claro, lembro do senhor. E agradeço por tudo. Seus homens foram muito gentis comigo.

Sarl sorri.

— É nosso dever...

Olho para ele. É bondoso e confiável, um pouco rude, talvez, mas só na aparência. Ele vira e fixa os olhos na rua à sua frente.

— Foi difícil? — pergunto à minha amiga.

— Foi, estava com muito medo. E continuei com medo até o momento em que o vi.

— Tito?

Ela faz que sim.

— Todo arrogante, como se tivesse certeza de que ia se dar bem.

Relembro sua risadinha antes de entrar na sala e entendo o que Naomi quer dizer.

— Mas não podia conseguir, pelo menos não dessa vez. Resolvi que ia deixar de ser uma vítima, que não teria mais medo.

Enquanto fala, seus olhos brilham com uma luz forte e orgulhosa, a mesma que preciso ter para não me entregar.

— Obrigada, Alma, por ter me esperado e por ficar sempre perto de mim — conclui Naomi, me abraçando. Sinto o calor de seu corpo em contraste com o meu. É o calor da paz reencontrada.

Assim abraçadas, por um segundo nos sentimos realmente invencíveis.

11

Deixamos em casa uma Naomi exausta, mas sorridente, devolvendo-a a uma família mais tranquila, que parece ter acabado de se salvar de uma epidemia.

Pai e mãe nos convidam para entrar, mas tenho pressa. Não consigo pensar em outra coisa além do meu quarto revistado de cima a baixo. Sarl sabe disso e recusa o convite:

— Obrigado, mas prometi à mãe de Alma que a levaria para casa imediatamente. Quem sabe outra vez...

— Obrigado, tenente, por tudo o que fez por nossa filha — diz o pai, comovido.

— Claro, muito obrigada pelo que fez — repete a mãe, que parece não encontrar o que dizer, logo ela que sempre queria dar a última palavra. É verdade que, às vezes, um evento traumático serve para restabelecer o equilíbrio das coisas.

Sob nossos olhos, Naomi mergulha no abraço de seus pais. Quando a porta se fecha atrás deles, Sarl e eu já estamos no elevador.

— Sente falta do seu pai?

Estranho, ninguém mais me pergunta isso.

— Não, acho que não. Ele nos abandonou, então não quer saber de nós. E também não queremos saber dele.

— Talvez o seu irmão precise dele.

— Aprendeu a viver sem ele há muito tempo. Além do mais, se ele ficou do jeito que está, foi graças a meu pai.

— Sua mãe me disse que você tem problemas com Evan, que não se entendem muito bem.

— Na verdade, nem nos falamos. E, para ser sincera, Evan tem problemas com todo mundo.

Fico pensativa, lembrando a noite no ginásio, a barra de ferro em minhas mãos, pronta para cair em cima dele.

Sarl percebe.

— Não gosta muito de falar sobre isso, não é?

— Não muito. Na verdade, não tenho nada a dizer. Ninguém escolhe a família em que vai nascer. E eu, com certeza, não escolhi a minha.

— Não fale assim. Tem uma mãe maravilhosa e uma irmãzinha adorável. Quanto a Evan, quem sabe com o tempo...

— É verdade, Lina é adorável — corto secamente, mas o tom que ele usou para dizer que Jenna é "maravilhosa" não me escapou. Acho que gosta dela, de alguma maneira.

Voltamos para o carro. Estabelecemos um acordo tácito de silêncio. Pela primeira vez naquele dia, penso em Morgan e choro.

Em casa, Jenna está agitada, Evan não está, Lina aperta a boneca preferida nos braços como se quisesse garantir que tudo está bem.

— Finalmente! — exclama Jenna, assim que me vê entrar, correndo para me abraçar. Acho que já fui bastante abraçada no dia de hoje.

— Oi — é tudo que digo.

— Muito obrigada por trazê-la — diz em seguida a Sarl.

Ele parece feliz, mas meio sem graça.

— Preciso ir. Alma, por favor, me ligue se lembrar de alguma coisa.

Concordo e ele sai pela porta nova e blindada.

— Ele já lhe contou o que houve, não?

— Contou.

— Dei uma checada. Acho que não falta nada nas suas coisas, mas é melhor você ver.

Vamos juntas para o meu quarto, implacáveis como um pelotão de fuzilamento. Quando chego, as coisas parecem bem piores do que imaginava. Está tudo de cabeça para baixo: lençóis, livros, cadernos, roupas, fotos. Quem entrou aqui com certeza estava procurando alguma coisa específica. O meu caderno roxo.

— Você sabe quem é o responsável por isso, Alma? Porque, se souber, vai ter que me dizer e vamos denunciá-lo à polícia. Sarl me contou a história de Agatha, sua colega de turma. O que ela fez é muito grave. É uma criminosa. Ah, essa sua escola...

— O que Agatha tem a ver com isso, agora? E a escola? Sabia muito bem para onde estava me mandando quando me matriculou lá, mas a gente não tinha dinheiro para mais nada, lembra? E no fundo não é tão ruim assim — digo, tentando convencê-la de que não estou num covil de bandidos, mesmo sabendo que ela não está totalmente enganada.

— Sarl falou que pode ter sido alguém que você conhece, alguém que sabia o que estava procurando ou que queria se vingar por algum motivo. Tem alguém com raiva de você?

— Xi, dá para fazer uma lista...

— Não é engraçado, Alma.

— O que não é engraçado é ver que um louco entrou aqui e fez esse estrago! — digo, fingindo que estou furiosa. Na verdade, estou muito preocupada com minha família e morta de medo no que me diz respeito.

— Tente ajudar a polícia, se puder. E olhe como fala comigo — conclui ela, saindo do quarto.

Lina fica na porta, com a cabecinha apoiada na moldura. Olha para mim com aqueles olhos grandes e meigos. Em seguida, chega mais perto, coloca a boneca sentada perto da cama e começa a apanhar as coisas que estão no chão. Fico olhando ela se mexer, leve como uma pluma, entre os destroços que cobrem o piso. De repente, ao pegar uma moldura de vidro, ela corta o dedo. Corro para ver o que houve. Tem um corte no indicador direito. Pego um lenço para estancar o sangue, mas ela não deixa. Pega a minha mão e vira com a palma para cima. Usando a ponta do indicador ferido, escreve uma coisa com sangue. São quatro letras maiúsculas: "AMOR".

Olho no fundo de seus olhos, límpidos e serenos. Vejo um mundo lá dentro. O seu. Povoado de silêncio e paz, duas coisas que já nem lembrava mais.

Acho que está dizendo que me ama. Estanco o sangue com o lenço e dou um beijo em seu rosto. Ela sempre consegue me surpreender e me ajudar com seus pequenos gestos, que para mim são grandes porque chegam justamente quando mais preciso.

Vou buscar um curativo e coloco em seu dedo. Só então vou limpar a palma da minha mão. Olho as quatro letras desaparecerem da pele. Sei que ficarão impressas para sempre em meu coração.

Terminamos com a arrumação. É muito bom que Lina exista, é muito bom não se sentir tão sozinha.

Antes de dormir, olho para o círculo de luz que o horripilante abajur cor-de-rosa projeta no teto. E me vejo fazendo dois pedidos: primeiro peço para não escrever mais nenhum conto; segundo para encontrar logo uma pista, pelo menos uma, que me ajude a entender em que confusão estou metida.

12

Mais um dia inútil. Nada acontece, tudo parece estagnado num estado preestabelecido, insuportável. Só há uma coisa que parece se movimentar e seguir adiante: a relação de Adam e Seline, ou melhor, de Seline com Adam. Neste exato momento, eles estão bem na minha frente descendo a escada da escola de mãos dadas. Estão adiantados, um lance abaixo. Ela olha para ele como se fosse um ídolo sagrado, com brilho nos olhos e fé no coração. Ele, ao contrário, parece gostar de ver a própria luz refletida nela, sem se esforçar muito. Vira para trás e me lança um olhar intenso, como aquele do museu. Seus olhos castanhos perfuram a selva de alunos que marcham para a saída e caem em cima de mim como se quisessem me transpassar. Sustento aquele olhar, mais do que ele esperava. Por um segundo, ele sorri. Aquele jogo o diverte. E Seline? Acho que fizemos muito bem em deixá-la fora da história do processo. Assim do jeito que está, já tem problema suficiente para resolver na sua vida.

Mas Naomi... queria que estivesse aqui comigo. Ficou em casa hoje para descansar. Um merecido repouso depois da vitória de ontem. Estou tão orgulhosa dela.

Na saída, vejo que Seline está sozinha.

Vou até lá.

— E o Adam?

— Tinha um encontro com o pai.

— Ah, bem... — respondo não muito convencida. Ainda não confio nele. — Estão namorando? — pergunto à queima-roupa.

Ela fica vermelha.

— Não, quer dizer, não exatamente. Ele está muito chateado e arrependido pelo que me fez e tem sido muito delicado. Mas a gente só se beijou.

— Vocês se beijaram?

Ela faz que sim.

— Cuidado, Seline. Não sabemos muita coisa sobre ele e você já viu do que é capaz.

— São águas passadas, Alma. Não consigo guardar rancor de ninguém.

Fico perguntando como é que ela consegue ser tão ingênua depois de tudo que aconteceu.

— É verdade, são águas passadas, mas ele ainda é o mesmo. E não é nenhum santo. Até tocou fogo no gabinete do diretor — relembro para reforçar o que estou dizendo. Na verdade, estou cada vez mais convencida de que a culpada é Agatha.

Seline fica em silêncio.

— Ele não é mau como parece e, de qualquer jeito, resolvi lhe dar uma chance.

— Mas tome cuidado, por favor!

De repente, uma voz nos interrompe.

— Oi, Alma!

É a voz de Roth. Viro e dou de cara com ele, sorriso brilhante, olhar malicioso. Parece que cortou o cabelo. Está mais jovem e animado.

— Oi, que surpresa...

— Preciso ir — se despede Seline. Desde que Agatha foi presa, a escola foi tomada de assalto pelos jornalistas, que ela evita como se fossem a peste.

— Não se esqueça do que eu disse.

Ela sorri, mais para me acalmar do que por qualquer outra coisa. E só posso esperar que ela não se meta em outra confusão.

— Vim receber — informa Roth.

Olho para ele, espantada.

— O meu prêmio, lembra? A entrevista sobre Agatha.

Tinha esquecido completamente. E como poderia lembrar no meio de tudo o que aconteceu nos últimos dias?

Mas não tenho como escapar e, pensando bem, uma conversa com ele poderia se revelar bastante interessante. Poderia descobrir, por exemplo, se ele conhece Markos e talvez até conseguir seu endereço.

— Claro — respondo decidida. — Que tal um café no Zebra Bar? É aqui pertinho.

— Conheço. Costumava frequentar quando era mais jovem.

De fato, o bar é frequentado só por secundaristas e universitários, mas hoje Roth bem que poderia se passar por um deles.

Vamos para lá. O trânsito é um inevitável pano de fundo. Roth fala de uma investigação que está fazendo e que poderia me interessar para o jornalzinho da escola. É sobre os jovens que fogem de casa.

— É o que pretendo fazer em breve!

— Está brincando!

Na verdade, não.

— Adivinhe!

— Se resolver fugir, me ligue. Quero um depoimento ao vivo. Prometo que arranjo um ótimo espaço.

— Como pode ser tão cínico?

— Sou jornalista!

Naquele exato momento, tive uma sensação forte e precisa: estávamos sendo seguidos. Virei bruscamente, mas só vi duas moças rindo às gargalhadas e um casal de velhos caminhando lentamente, amparando-se um no outro.

— O que houve?

— Nada, achei que tinha visto um conhecido.

— Atrás de você? Será que tem olhos de mosca e eu nunca percebi?

Como faz para estar sempre com humor para brincadeiras?

— Queria dizer que... tudo bem, não importa.

Isso, não importa. E se fosse aquele Master? Aquele do parque e da papelaria?

Acelero o passo. Estamos quase chegando.

— Que pressa! Está mesmo louca por um café!

Não dou a menor atenção e entro no bar. Ele me segue. Sinto os seus olhos em minhas costas. Com certeza, deve estar se perguntando que bicho me deu.

A sala está cheia. Na maioria jovens, como numa cena de cinema, com gigantescos sanduíches de recheios transbordantes na boca e bebidas coloridas e borbulhantes em copos altos pousados na mesa.

— Reformaram o balcão! Está muito mais bonito agora — comenta Roth.

Procuro com os olhos uma mesa livre. Vejo uma mais adiante, à direita, e corro para ocupá-la. Roth senta diante de mim. Não gosto do jeito como me encara, enquanto tiro a jaqueta e prefiro ficar com a echarpe enrolada no pescoço. Antes que a gente tenha tempo para olhar o cardápio, o mesmo garçom da outra vez se aproxima: aquele alto, moreno e bronzeado.

— Tudo bem? Em que posso servi-los? — pergunta ele com o tom alegre e disponível que todo garçom que se preze tem que ter.

— Dois cafés Zebra — peço para Roth também.

Ele olha para mim com ar divertido. Mas estou pensando em Morgan, que tinha feito a mesma coisa quando viemos aqui um tempo atrás. Quanto tempo? Demais.

— Gosta de pedir pelos outros?

— Às vezes. É que o café Zebra é a especialidade da casa. Não pode deixar de experimentar.

— Já existia quando eu estava na universidade. Conheço muito bem.

— Talvez tenha mudado agora. As coisas sempre podem mudar.

Roth fica em silêncio por alguns segundos, mas continua a me observar.

— Vamos começar a entrevista? — diz em seguida.

Concordo, sem muito entusiasmo.

— São só dez perguntas.

Mais longa do que o previsto.

— Está certo. Pode começar.

— Há quanto tempo Agatha frequentava a escola?

— Há alguns anos.

— Sei que seus pais morreram num acidente e que era por isso que vivia com a tia. Foram alguma vez à sua casa?

— Não.

— Por quê?

— Ela não gostava. Contou que a tia sofria de uma doença grave que estava destruindo os glóbulos brancos em seu sangue e que qualquer contato com pessoas estranhas e potencialmente contaminadas poderia piorar seu estado e até causar sua morte.

— E nunca achou isso estranho?

— Um pouco, mas Agatha era assim mesmo. Falava pouco, era muito reservada.

Recordo o dia em que penetrei naquela casa assombrada, com o exterior coberto de conchas. Nunca tinha visto um lugar como aquele, escuro, apavorante. Se me concentro, ainda consigo sentir aquele cheiro, penetrante e forte.

O garçom reaparece com duas xícaras de café. Pego a colher e recolho a primeira linha de chocolate fundido de seu leito de chantili.

— Então nunca entrou na casa de Agatha?

— Claro que não! — Ninguém podia saber que quem fez a denúncia fui eu.

— Não se irrite. É só uma pergunta. Agatha foi denunciada por um telefonema anônimo... talvez tenha sido alguém que a conhecia, que achou seu comportamento estranho e resolveu verificar pessoalmente. Entendeu?

— Pode ter sido um vizinho.

— Fiz algumas perguntas a uma senhora que conhece muito bem a tia de Agatha.

Sinto o sangue gelar nas veias. Espero com todas as minhas forças que não seja a mesma mulher com quem falei. Ela poderia me reconhecer facilmente.

— Ela me contou que foi impedida de visitar a amiga por Agatha, que a expulsou de uma maneira muito grosseira. Disse que era muito agressiva, potencialmente violenta. E os fatos mostraram que tinha razão. De qualquer jeito, a tal senhora me disse que conheceu uma amiga de Agatha, uma moça muito bonita...

Fofoqueira!

— ... que fez um monte de perguntas sobre Agatha e sua tia. Talvez tenha sido alguma colega de vocês — conclui Roth, mas era evidente que suspeitava de mim.

— Talvez — corto secamente, o rosto imperturbável como uma máscara de cera.

— E o que me diz do Professor K? Dizem que ela adorava química e passava muito tempo no laboratório da escola.

— Está querendo saber se Agatha tinha alguma coisa com ele? Já respondi isso há tempos. Não, é impossível. O pai de Agatha era químico. É por isso que ela conhecia bem a matéria.

— Já sabia disso.

— E o Professor K... — enquanto falo, revejo sua discussão acalorada com Morgan e com a moça de rabo de cavalo. Tem alguma coisa estranha naquele homem, mas com certeza Roth não é a pessoa adequada para falar das minhas dúvidas — sempre se comportou muito bem com todo mundo.

Mais uma vez, me pego defendendo o Professor K.

— Acha que Agatha tinha um namorado?

Não penso antes de responder:

— Agatha detesta os meninos.

Roth olha para mim como se tivesse acabado de recitar uma oração ao contrário.

— Já esteve com ela depois que foi presa?

— Não. Sei apenas que está numa prisão de menores e imagino que viva cada dia esperando que seja o último.

— Está querendo dizer que poderia tentar o suicídio?

— Às vezes, acho que o desespero só tem uma escapatória. Mas não acredito que seja o caso dela, não. E essa foi a 11ª pergunta.

Ele sorri, divertido.

— E agora sou eu quem quer lhe fazer uma pergunta. A respeito justamente de suicídio. Ontem fui ver a exposição de um fotógrafo que me impressionou muito. O nome é Markos. Conhece?

— Claro. É ótimo. Ou melhor, era. Antes da morte da filha, Larissa. Depois, praticamente desapareceu. Sabia que ela se suicidou?

Nesse instante, começou a me encarar com um ar concentrado, como se tentasse trazer alguma coisa à memória.

— Você é muito parecida com ela, Alma. Viu a fotografia na exposição?

Faço que sim.

— Gostaria de encontrar Markos.

— Ele vai ter um choque quando ver você. Por que quer conhecê-lo? Acha que a semelhança entre você e a filha dele não é uma simples coincidência?

Como é intrometido esse Roth!

— Pura curiosidade. Ouvi dizer que todo mundo tem pelo menos um sósia em algum lugar do mundo, mas encontrar a minha sósia na mesma cidade é um convite e tanto para aprofundar a coisa. Não acha?

— Já me convenceu. Vou lhe dar o endereço, mas...

— Mas?

— Se descobrir alguma coisa interessante, quero escrever sobre o assunto.

— Parece justo — respondo, mas é bem provável que ele já saiba que não vou lhe dizer absolutamente nada sobre o encontro.

Roth extrai uma cadernetinha preta do bolso do casaco de veludo marrom. Abre e para mais ou menos na metade.

— Tem caneta?

Pego a mochila. Procuro com os dedos a capa lisa e perigosa do caderno roxo, escolho outro e pego também o estojo. Ele dita o endereço.

— Onde fica isso?

— Fora da cidade. Cerca de 50 quilômetros ao norte, na direção das montanhas.

— É bem longe.

— Se quiser, posso ir com você — ele se oferece.

— Obrigada, prefiro ir sozinha. Darei um jeito.

— Não duvido nada.

— Não tem o telefone também?

— Não. Ele nunca deu o número para ninguém. Talvez nem tenha telefone. É um sujeito bastante solitário.

Nossos cafés já acabaram e também o tempo que pensava dedicar àquele encontro.

— Preciso ir — digo, levantando. Enfio a jaqueta e tiro a carteira. É um pequeno envelope de tecido bordado que pertencia à minha avó.

Roth não permite que eu pague. Agradeço, talvez um pouco friamente demais.

— Eu que agradeço. Conte-me como foram as coisas com Markos... talvez num jantar, numa noite dessas...

— Não perde uma ocasião, não é mesmo?

Roth também levanta.

— Se puder, não. Tudo de bom, Alma — cumprimenta com um beijo no rosto que me pega de surpresa. Deixo estar; no fundo, não é tão mau assim. Mas em seguida me afasto sem olhar para trás. Nunca olhar para trás, é o que Jenna costuma dizer.

13

Nunca fui de perder um dia de escola, nem mesmo uma aula, para ser sincera. Não porque seja uma aluna-modelo ou acredite na escola como instituição. Simplesmente porque cada aula perdida significa tempo gasto nos livros para recuperar a matéria. E tenho cada vez menos tempo.

Às vezes, me pergunto se vale mesmo a pena estar sempre em dia com os estudos, quando não sei nem se vou continuar viva.

Arrumei a mochila: o caderno roxo, que nunca mais tirei de lá, outro caderno, um pequeno gravador que ganhei de presente alguns aniversários atrás, um livro para ler no caminho e um chapéu. Quando chegar lá, resolvo se devo usá-lo ou não, para tornar minha aparência menos chocante. Isto é: se encontrar alguém para me ver. Pode não ter ninguém em casa. Só posso torcer para não fazer 100 quilômetros à toa. Confiro mais uma vez no mapa as indicações que Roth me deu.

Muito bem, está tudo pronto.

Passo na cozinha para pegar alguma coisa para comer. Esbarro com Evan.

— Oi.

— Oi — murmura ele, ainda meio dormindo, com uma xícara de café na mão.

Não usa mais o alfinete de segurança enfiado na bochecha, mas a pele do rosto é toda pontilhada de pequenas casquinhas vermelhas. Que nojo!

— O que está olhando? — pergunta ele de mau jeito.

Faço um esforço para não responder e tento falar do que aconteceu no ginásio. — Sobre aquela noite, queria explicar...

— Não estou nem aí para o que quer me dizer. Me deixe em paz! — grita e vira as costas.

— Fui até lá para protegê-lo, Evan. Precisa acreditar em mim.

— Me proteger? Com uma barra de ferro na mão?

— É. Sonhei que alguém atacava você quando estava no ginásio ensaiando com sua banda. Vi o agressor entrar pela porta de trás. Só queria ajudar.

— Viu alguém no ginásio? Não tinha mais ninguém além de nós dois lá dentro!

— Não, no meu sonho, juro.

— Você está completamente maluca. Fique longe de mim ou vai se arrepender — ameaça. Depois larga a xícara vazia na pia e vai embora sem olhar para mim. Ouço a porta da entrada bater e com ela a possibilidade de reatar o diálogo com meu irmão.

Acho que trocamos mais frases nessa manhã do que todas as que acumulamos nos últimos anos. Já é alguma coisa.

Mas preciso me apressar ou perco o trem.

A estação ferroviária é um prédio velho, grande e cansado, que expele fumaça branca pelo telhado e vomita rios de gente que deságua nas calçadas da cidade pelos portões enferrujados. Quem, como eu, navega na direção oposta avança com dificuldade, abrindo caminho na multidão para seguir adiante.

Observo as pessoas, ocupadas demais para perceberem qualquer coisa. Quase todos levam alguma coisa: um jornal embaixo do braço, um guarda-chuva, uma maleta, uma bolsa. No interior, o ar é mais quente e metálico, carregado de poeira em suspensão na nuvem de vapor que flutua sob o teto. O quadro de chegadas e partidas surge da nuvem como uma miragem no meio de um deserto. A luz fraca, que vem das grandes janelas retangulares colocadas no alto das paredes, cobre cada coisa com um véu meio surrealista: parece que basta chegar perto para que tudo se desfaça no ar.

As linhas dos trilhos correm paralelas na minha frente. Alguns estão vazios, outros hospedam um trem à espera de sua carga cotidiana de vida e mercadorias. Dou uma olhada ao redor, em busca da bilheteria. Uma placa branca e azul avisa que fica à direita. Ando no piso de velhas lajotas amareladas e gastas pelos milhões de solas de sapato que já marcharam sobre elas. Confiro de novo o horário e o percurso do trem num quadro de avisos. Cinco paradas.

A fila de gente no guichê da bilheteria dá para ver de longe. Mas descubro algumas bilheterias automáticas ao lado. Nunca usei nenhuma, mas tudo sempre tem a primeira vez. Chego lá e vou seguindo as instruções, fáceis como aprender chinês por correspondência. Mas tudo bem. Escolho o destino, o dia, erro, refaço, digito novamente o dia, a hora, me perco na seção "consulte o mapa blá-blá-blá", fico irritada, repito tudo desde o início e por fim consigo. A máquina cospe o precioso retângulo de papel, lembrando que devo passá-lo na furadora antes de embarcar. Estou exausta e por enquanto só o que fiz foi comprar uma passagem de trem.

Mais uma vez, aquela velha sensação de estar sendo seguida, observada. Viro de repente, mas não vejo nada de suspeito na densa selva de corpos em movimento. Talvez esteja ficando paranoica, imaginando um Master em cada esquina. Mas essa calma... é absurdo, acho estranho que ninguém tenha me seguido ou tentado me matar nos últimos dias. Espero que não seja só uma trégua antes de um ataque ainda mais violento.

Cada vez mais tensa, procuro meu trem. Plataforma 11. Onze?

Tiro a caneta de aço do bolso. O número 11 está lá, cintilante.

Coincidência, penso comigo. Talvez um pouco demais.

Uma vez a bordo, procuro o meu lugar entre os muitos que ainda estão vazios: fica na janela, perto de um velho gordo que ronca como um porco. Penso que nunca vou conseguir me enfiar naquele buraco e avalio a possibilidade de sentar na frente dele, ao lado de uma moça de cabelo louro, mais falso que o de uma boneca. Parece ser uma solução aceitável. A alternativa seria um lugar vago bem mais longe, mas se o dono chegar vou ter que voltar e vai ser complicado. A moça acaba se revelando pior do que o gordo. Acompanha o ritmo da música insuportável que dispara nos ouvidos com uma batucada martelante das unhas pintadas de roxo na mesinha dobrável que está diante dela.

Abro meu livro e tento ignorar os dois. É inútil. O ronco, a música, as unhas... acho que vou enlouquecer e mudo rapidamente de lugar, apoiada por um vizinho que me segue com um olhar piedoso.

Quatro filas de distância representam a diferença entre inferno e paraíso.

O trem parte num solavanco, desliza silencioso sobre os trilhos e ganha velocidade.

Anuncia sua passagem com apitos enérgicos, desfilando entre casas que nem notam a nossa passagem.

À medida que nos aproximamos da periferia, os arranha-céus dão lugar a prédios mais raros e baixos. Até alguns jardins aparecem, pelados e malcuidados. É um cenário desolador, que parece que nunca vai acabar, quando, de repente, surgem os campos: um tabuleiro de pastos e campos arados sobre os quais repousa uma ou outra casa, iluminada por raios de sol que precisam se esforçar para atravessar a névoa da manhã.

Meu coração acelera diante de um cenário tão surpreendente. E fica difícil entender as pessoas que, como nós, teimam em viver de misérias urbanas.

O fluxo da paisagem acompanha a sucessão dos pensamentos. São muitos, alguns se perseguem e se ultrapassam mutuamente. Evan, o dono da papelaria, Morgan e sua casa, os Masters, a filha do fotógrafo, Agatha, Adam e Seline. Qual é a ligação?

A distância começam a aparecer as montanhas, pontudas e escuras, quase ameaçadoras no horizonte.

O trem para e de novo parte, segundo sua tabela de marcha cotidiana. Pessoas estranhas entram e saem. Olham para mim, me ignoram. Sabem que não vão me ver nunca mais.

Uma senhora, seca como uma folha de outono, senta a meu lado inundando o ar de um perfume adocicado e velho. Numa bolsinha, leva um cachorro branco cheio de laços na cabeça que desponta de vez em quando pelo fecho aberto. O cão olha para mim com seus olhinhos marrons, que parecem olhos de bicho de pelúcia, fareja o ar que nos separa e se apoia no quadril ossudo de sua dona. Vida de cão.

A próxima parada, a quinta, é a minha.

14

Jamais poderia, nem com grande esforço, imaginar o lugar em que Markos mora.

Não é pelas quatro ruas que atravessam a cidadezinha ou pelo fato de que não demoro a perceber que só tem uma loja, uma igreja, uma estação, uma escola, um posto dos correios e assim por diante. Na verdade, é porque não se vê uma alma viva pelas ruas. Ao sair da estação, tão pequena que parece aqueles brinquedos de plástico para crianças, caio numa ruazinha estreita e deserta, ladeada por árvores esqueléticas. Resolvo colocar o chapéu que trouxe na mochila, caso encontre alguém, talvez o próprio Markos. Sigo pela rua mais um pouco, com o caderno onde anotei o endereço do fotógrafo aberto na mão. Respiro a plenos pulmões aquele ar que pinica as narinas de tão fresco. Levanto os olhos para o céu, que me parece mais distante.

Dobro na primeira à direita. Passo na frente de uma igreja com o portão meio caído. Mais adiante, topo com a única loja da cidade. Por sorte, está aberta. Entro. Não é muito grande, mas está cheia de mercadorias de todo tipo: das roupas aos alimentos, aos jornais e às ferramentas de jardinagem. Tem de tudo, mergulhado na sombra pesada de uma série de cortinas que cobrem a vitrine e a porta. Parece que não tem ninguém. Depois, uma cabeça de mulher desponta por trás do balcão, com os cabelos escuros presos num coque muito bem-arrumado. Dois olhos escuros e perfurantes me identificam — "desconhecida" — e grudam em mim como pregos.

— Bom dia — digo.

— Deseja? — Tem uma voz áspera, como se alguém tivesse lixado suas cordas vocais.

— Estou procurando esse endereço — digo, mostrando o caderno.

Ela olha distraidamente e sai do balcão, dirigindo-se para a porta.

— Está vendo aquela casa? — Indica uma grande mansão cercada de grandes árvores sempre-verdes, que se destaca numa colina logo depois dos limites da cidade. — É ali. Mas, se eu fosse você, pensaria bem antes de ir até lá.

Olho para ela. De perto, noto que a pele murcha, cheia de manchas de velhice, também é estranhamente pálida e que, em compensação, os cabelos são negros como carvão, certamente pintados.

— E por quê?

— Não sabe mesmo? — Aproxima-se de mim e me encara diretamente nos olhos. Fica assim por alguns instantes até que, de repente, seus olhos se arregalam de terror e ela começa a andar para trás.

— Não é possível, não é possível — continua a repetir, as mãos esticadas para a frente, como se quisesse se defender de mim.

— Do que está falando, o que houve?

— Suma daqui. Maldita! Saia! — berra ela.

Fico apavorada.

— O que está fazendo? Nem nos conhecemos...

— Me deixe em paz. Suma daqui!

Quando tento me aproximar, a mulher agarra uma vassoura pendurada num gancho e levanta como se fosse me atacar.

— Maldita seja! — berra de novo, aos prantos.

Resolvo sair antes que a coisa fique pior ainda. Na rua, corro o mais rápido que posso, a respiração pesando nos pulmões e a pele rígida como uma couraça. Só paro depois de colocar uma distância segura entre mim e a loja. Olho para trás. Não há ninguém. Na minha frente, uma rua longa e reta que conduz à casa do fotógrafo.

Tento me acalmar e pensar um pouco: por que a mulher reagiu daquele jeito? A única explicação é que me confundiu com Larissa e achou que estava diante de um fantasma. No entanto... tinha algo mais. O que se esconde por trás do suicídio de Larissa? A explicação está naquela casa, lá na pequena colina.

À medida que chego mais perto, minha agitação aumenta. Tento me convencer de que é apenas uma impressão. Aquela mulher assustaria qualquer um com seus gritos loucos.

Não sei quanto tempo levo, mas no final de uma pequena subida, estou diante da casa. É grande, tem dois andares e é protegida por um pequeno bosque que esconde uma boa parte da construção. Aquela cobertura natural não aconteceu por acaso. É o que descubro assim que olho melhor: a casa tem mais vidraças do que paredes! Vidros enormes sustentados por pequenas placas de madeira permitem que qualquer um espione a vida de quem mora ali.

É o que faço, mas vejo apenas um salão vazio. Resolvo dar a volta na casa. Cada lado dá para um ambiente diferente: uma cozinha, um quarto, outro quarto. Ainda não vi ninguém.

Um barulho de asas batendo bem em cima da minha cabeça me faz saltar.

— Acalme-se, Alma. É só um passarinho! — digo baixinho a mim mesma.

Volto para a porta de entrada, na fachada frontal. Se tem alguém em casa, deve estar no andar de cima.

Tenho que tentar.

Toco a campainha. Fica no meio de uma placa oval de latão, sem nenhum nome gravado.

O som da campainha, que tem alguma coisa desafinada, ecoa no silêncio do jardim, como o estrondo de um trovão.

Espero alguns segundos com a respiração suspensa. Depois, ouço um barulho de passos atrás da porta. Alguém está tentando abrir.

Dou um passo para trás, instintivamente, depois da péssima experiência na loja.

Um homem, não muito alto, mas forte, surge na minha frente. Está de camisa bege e calças de veludo marrom. Tem cabelos castanhos, com alguns fios brancos, tão despenteados e descuidados quanto a barba que esconde os lábios finos. Apoiados no nariz longo e fino, os óculos redondos de armação vermelha são a única nota viva no rosto sombrio e sério.

Por baixo da aba do chapéu, encaro seus olhos escuros e densos como petróleo e tenho a sensação de que seriam capazes de me engolir.

O homem não diz nada. Espera que eu fale.

— Olá. Estou procurando o sr. Markos.

— Quem é você?

Seu tom é pacato, conformado, de quem não acredita em mais nada.

Nessa altura dos fatos, retiro o chapéu. Meus cabelos caem nos ombros como um manto negro. Levanto o rosto e olho para ele.

Está chorando.

15

Fico paralisada diante dele, que me olha como se eu fosse uma aparição. Finalmente, sem dizer uma palavra, agarra meu braço e me puxa para dentro de casa, fechando a porta às nossas costas.

Mas nem lá dentro ele me solta.

— Está me machucando — digo, tentando ficar calma.

De repente, ele me solta, como se meu braço queimasse. Continua a me olhar, incrédulo.

— Não sou sua filha... Meu nome é Alma — explico, esperando trazê-lo de volta à realidade.

Sabia que ia causar algum efeito naquele homem, mas não esperava uma reação daquelas.

— Se for brincadeira, é de péssimo gosto.

— Não, não é brincadeira. Vi a foto de sua filha numa exposição na cidade. Fiquei muito perturbada. Somos idênticas.

Markos para de chorar, mas não de olhar para mim fixamente, como se tivesse medo de que eu pudesse sumir no ar de uma hora para outra.

— Se não tivesse visto minha filha dentro do caixão, pensaria que era ela.

Inclino a cabeça. Posso entender como se sente.

— O que quer de mim? Por que veio aqui?

— Queria conhecer a história de Larissa.

O ar está carregado de tensão. O silêncio dura um bocado antes que Markos comece a falar:

— Venha, vamos nos sentar. — A voz é mais suave agora. A verdade, o fato de que não está diante de sua filha, enxugou suas lágrimas como um sopro.

Vou atrás dele. A entrada continua sem interrupção pelo mesmo ambiente luminoso, amplo e todo de madeira, tanto o chão quanto as paredes. O ar cheira a frutas cítricas, com uma predominância de limão, acho eu. À direita, separada do resto por um pequeno pedaço de parede, vejo a cozinha, arrumada e cheia de utensílios de todo tipo. Do outro lado, dois grandes sofás escuros e modernos com algumas almofadas coloridas, dispostas com meticuloso cuidado. Duas estantes cheias de livros que parecem arrumados milímetro a milímetro separam a sala do corredor. Observo Markos: seu aspecto descuidado não combina nem um pouco com a ordem que reina naquela casa.

— Quer beber alguma coisa quente?

— Sim, um café talvez.

— Não tenho café, mas posso oferecer um chá.

— Está ótimo também.

Não gosto muito de chá, mas nesse momento aceitaria qualquer coisa, desde que fosse quente. Sinto como se as paredes fossem revestidas de placas de gelo.

Markos bota a água para ferver e pega duas xícaras numa estante pendurada na parede. Olha para mim de vez em quando, como se quisesse ter certeza de que sou mesmo real.

— Vem da cidade, então?

— É.

— Vai à escola? Quantos anos tem?

— Dezessete.

Ele para.

— A mesma idade de Larissa...

— Eu sei, li na internet.

— Entende que essas coincidências são incríveis para mim, não?

— Para mim também, pode acreditar.

— Vocês são idênticas, têm até a mesma idade. Só que você está viva e ela... ela não.

— Então não vê mesmo nenhuma diferença entre nós?

Ele pensa um segundo, enquanto a chaleira começa a chiar.

— Só a voz. A dela era mais doce, mais quente. A sua, ao contrário, é... não sei, como se viesse de longe.

Um fio ondulante de fumaça sobe das xícaras em que Markos serviu o chá. Pego a minha. O líquido é rosa vivo e emana um forte perfume de frutas vermelhas.

— Venha.

Vou até o sofá.

— Aqui não — diz ele. — Vamos subir.

A escada fica um pouco adiante, também de madeira, sem corrimão. Três lances e chegamos ao andar de cima. É um único e enorme salão, com o teto de traves inclinadas e grandes janelas sem cortinas. Parece outro mundo comparado com o resto da casa. Há um forte cheiro de madeira e papel no ar. As paredes estão cobertas de fotografias de todo tipo e formato, mapas, atlas, desenhos e até tecidos coloridos de aparência exótica. Ao redor de todo o salão, há livros empilhados, como se fossem colunas, elevando-se até a metade da parede. Diante da janela maior há uma mesa com um computador branco que se destaca num mar de papéis, pastas, jornais, capas de CD, canetas, hidrocores, velhos rolos de filme: um caos tão surrealista que é quase perfeito. O computador está ligado. Uma foto de Larissa sorridente e feliz é o descanso de tela. Eu nunca estou tão feliz. Essa é outra diferença entre nós.

— Aqui em cima é bem diferente — observo.

— É onde vivo agora.

Só então percebo uma espécie de cama, no fundo, feita de grandes almofadas quadradas apoiadas no chão com outras menores por cima.

— Minha mulher fica lá embaixo. Eu não consigo. Não consigo nem olhar o quarto de Larissa.

— Sua mulher consegue?

— Ela reagiu de uma maneira que não consegui: colocou ordem, dentro e fora de si. Um lugar para cada coisa e cada coisa em seu lugar. Está tudo sempre igual. A imobilidade lhe dá segurança, é o que a ajuda a seguir adiante. Eu, ao contrário, vivo das lembranças confusas, que são a única forma de vida que me resta.

A dor que aquele homem carrega dentro de si é profunda, inconsolável. Por ele, consigo sentir alguma coisa parecida com compaixão.

— ... E hoje você chegou, assim, do nada. Quando a vi, pensei que eu tinha morrido também, que finalmente estava com minha filha. Mas você é real, dolorosamente real.

— Sinto muito... Infelizmente, sua filha e eu temos mais uma coisa em comum, e quando descobri isso senti o sangue congelar em minhas veias.

— O que é? — Atrás das lentes, os olhos de Markos foram atravessados por raios de luz.

— Larissa morreu no dia 18 de setembro do ano passado, não?

Ele faz que sim com a cabeça.

— Três noites depois, fui vítima de um terrível acidente de carro, no qual duas amigas minhas perderam a vida.

— Mas você está aqui para me contar... — diz ele, que talvez ainda desconfie que eu possa ser um fantasma.

— Justamente, eu escapei. Sem um arranhão.

— Teve muita sorte.

— É o que todos dizem. A polícia, os médicos, todos ficaram surpresos por causa do que aconteceu com minhas amigas.

— O que está tentando me dizer?

— Que sua filha e eu somos idênticas e fomos vítimas de um trauma violento quase ao mesmo tempo: eu sobrevivi, ela não. É como se estivéssemos unidas pelo fio que liga a vida à morte.

Diante de minhas palavras, Markos sentou na escrivaninha e abriu uma pasta do computador que continha fotos. Deu um clique e apareceram os rostos de quatro meninas sorridentes: uma delas é Larissa.

As outras devem ser as três amigas que morreram com ela naquela noite.

— Eram muito unidas. Frequentavam a mesma escola e, de noite, já estavam juntas de novo. Faziam parte de uma espécie de clube. Você também faz parte de algum clube?

— Não, não gosto desse tipo de coisa.

— Melhor assim. Veja como elas acabaram. Nunca terei paz por causa do que fizeram... do que Larissa fez.

— Acha que sua filha foi responsável pela morte das outras?

— Deixaram um bilhete: "Nós permaneceremos sempre." Foi ela quem escreveu.

— Isso não quer dizer...

— Larissa era uma líder, entende? As amigas obedeciam, admiravam, imitavam Larissa. Até nos seus erros.

Penso em mim com Naomi, Seline e Agatha. Ai, meu Deus! Será que também somos assim?

— Li um artigo na internet. Falava de maldições.

Markos me encara.

— As pessoas são estúpidas, Alma, estúpidas e cruéis — diz com uma expressão de dar medo. — Numa cidadezinha como essa, se quatro meninas tão jovens morrem sem um motivo razoável, todos pensam no maligno.

— No maligno?

— O diabo.

— Quer dizer que acham que as meninas estavam possuídas?

— Não. Acham, ou melhor, estão convencidos de que Larissa, só ela, estava possuída pelo demônio, que encarnava o mal por causa de sua beleza, do fascínio que exercia sobre os outros e que isso levou as amigas a se suicidarem com ela.

Fico paralisada. Minha cabeça pesa como se estivesse separada do corpo, que não controlo mais. O diabo. Nunca parei para pensar se ele existe ou não, nunca acreditei em maldições, mas só no que posso ver, nos fatos reais. No entanto, agora tudo parece possível; agora que sinto que o mal está me cercando por todos os lados. É um mal que tem mil rostos, mas nenhum que se possa identificar e destruir. É invisível e cada vez mais real.

Agora entendo a reação da mulher na loja. Ela acha que sou o demônio.

— Não queria assustá-la, desculpe — diz Markos.

— Aconteceu uma coisa hoje. Entrei numa loja na cidadezinha para pedir informações sobre seu endereço. A mulher com quem falei primeiro tentou me convencer a não vir aqui. Depois, quando viu meu rosto, ficou como louca e começou a gritar coisas horríveis...

— De que tipo?

— Ela me amaldiçoou.

— Não sabe como sinto por você ter passado por uma coisa dessas, mas por um instante até eu pensei que era Larissa. Não sei como, mas pensei.

Chegou a hora de fazer a pergunta que me trouxe até aqui. Trato de fazê-la, sem rodeios.

— Larissa era sua filha biológica?

A pergunta deixa Markos chocado.

— Claro!

— Era filha única?

— Aonde está querendo chegar, Alma? Acha que ela podia ser sua irmã gêmea?

— É, pensei nisso.

— Está enganada. Era filha única. E sempre foi, até sua morte. Talvez se tivéssemos outra como ela... desculpe, às vezes a dor nos faz dizer bobagens.

Abaixo os olhos, um pouco confusa. Preciso me convencer de que essa história não passa de uma inacreditável coincidência. No entanto...

De repente, Markos abre outra foto de Larissa. Não posso acreditar no que meus olhos veem. Não posso. Junto com os olhos, a minha boca se escancara à espera de encontrar coragem para falar. Larissa sorri para a câmara. Usa uma camiseta preta com decote em V e um peixe azul-esverdeado bordado na frente. Não consigo parar de olhar para ela, porque tenho uma camiseta idêntica e porque era exatamente a que estava usando na noite do acidente.

— O que houve?

Aponto a foto.

— A camiseta...

— Era a preferida de minha filha. Foi sepultada com ela.

As palavras que procurava desaparecem como a névoa da manhã diante do primeiro sopro de vento. Um gelo primitivo toma conta de mim.

Não sei como, não sei por quê, mas algo de horrível me liga a Larissa. Agora tenho certeza disso.

— É melhor eu ir. Está ficando tarde — digo, olhando pela janela as sombras das árvores se alongando sobre a casa.

— Está bem, mas... posso lhe pedir um favor antes que vá?

Tenho quase medo de ouvir o que é.

— Posso tirar uma foto sua? Minha mulher nunca vai acreditar nesse encontro.

Hesito um instante. Tirar fotografia sempre me deixou desconfortável. No final, concordo:

— Tudo bem. Onde fico?

— Fique aí mesmo onde está.

Markos tira uma máquina de uma bolsa preta que está ao lado da escrivaninha e aponta para mim. Por que será que me lembra uma arma?

Acerta o foco, e o anel ao redor da objetiva gira num chiado. Bate a foto. Em seguida, olha o retrato na telinha da máquina.

— Estranho — sussurra.

— O quê?

— Não ficou boa. Os olhos estão desfocados. Se não se incomoda, vou tentar de novo.

Volto à pose ou pelo menos tento permanecer parada na mesma posição.

Novo clique.

— Hum... Também não ficou boa. Não tem importância, deve ser algum problema com a máquina. Pode ser o sensor sujo.

Não entendo nada de máquinas fotográficas e acredito nele, feliz com o fim do suplício.

Descemos a escada e vamos em direção à porta. De novo, sinto o perfume cítrico.

— É melhor colocar o chapéu. E vá direto para a estação, por favor. O pessoal perdeu a razão e não quero que lhe aconteça nada de mau.

— Já tinha percebido. Obrigada. Pelas respostas também.

— Obrigado a você por ter me dado um sonho, mesmo que tenha sido por alguns instantes.

Ele me abraça. Fico ali, imóvel feito uma múmia.

— É... não é mesmo a minha filha... — diz ele como se eu não estivesse lá, e fecha a porta.

Não, infelizmente, não, penso comigo. Eu não tenho mais pai.

16

Não sei se estou satisfeita com o encontro com o fotógrafo. Sinto um gosto amargo na boca, como se tivesse perdido alguma coisa que tinha acabado de ganhar. Uma peça que poderia ser importante para entender o que está acontecendo comigo e que, ao contrário, mostrou que não tem nada a ver com o meu quebra-cabeça.

A viagem de volta dura pouco. Não sei por que a volta sempre parece mais rápida do que a ida. Talvez a expectativa do que vamos encontrar ao chegar estique o tempo. Mas depois, quando finalmente chegamos, tudo se desmancha no ar num instante. Por isso, acho que a espera por um momento bom vale muito mais do que o momento em si.

Depois de descer na estação, dou uma olhada para o relógio da entrada: pouco mais de quatro horas. Passo em revista as alternativas. É cedo demais para voltar para casa. Além do mais, não é um dia como os outros, embora a normalidade tenha se transformado numa coisa que quase nem lembro mais. Vale a pena fazer mais uma tentativa de descobrir novas pistas.

Sarl estava esperando os resultados da autópsia do homem-anjo. Talvez já tenham chegado. De qualquer jeito, posso pedir notícias de Agatha. Apesar de tudo, não consigo me livrar da sensação de culpa por ter mandado Agatha para a prisão.

Resolvido: irei à delegacia.

No caminho para lá, as palavras de Markos sobre a filha, sobre as maldições e sobre o demônio viram uma ladainha que ressoa na minha cabeça. De vez em quando olho para trás. A terrível sensação de estar sendo seguida não me abandona mais.

O largo que fica na frente da estação ainda está cheio de gente que corre em todas as direções e tenho que atravessá-lo para chegar ao ponto de ônibus. Tem gente esperando, alguns em pé, outros sentados num banco que fica embaixo do quadro dos horários.

Alguns segundos depois, um rapaz se aproxima. Um pouquinho mais alto que eu, tem os cabelos pretos e curtos. Usa uma jaqueta clara que termina logo abaixo da cintura. Está fumando um cigarro que segura entre o polegar e o indicador da mão direita. Traga profundamente, apertando os olhos, e olha para o chão com jeito indiferente. Imagino que essa atitude faz com que se sinta mais adulto.

Percebe que estou olhando e vira de frente para mim. Quando encontro seus olhos verdes, de uma tonalidade mais clara que os meus, tenho a sensação de que não é totalmente desconhecido, mas não consigo me lembrar de onde posso conhecê-lo. Tem um rosto meio irregular, com o queixo levemente pontudo e um nariz importante. Dá mais uma tragada no cigarro e abre os lábios carnudos para soltar a fumaça. Nenhum dos dois abaixa os olhos, mas não é embaraçoso. Parece mais um desafio para ver quem resiste mais tempo. Quando o cigarro chega ao fim, ele joga a guimba no chão e esmaga com a sola do sapato.

— Quer um? — pergunta, tirando um maço do bolso da jaqueta.

Sua voz rouca, ainda mais áspera por causa do fumo, tem algo de familiar.

— Não, obrigada. Não fumo.

— Que pena.

— Fumar faz mal — digo sem pensar, mas me arrependo em seguida. Estou falando como uma mãe.

— Só faz coisas que fazem bem?

— Tento.

— Não acredito.

— Você nem me conhece.

Ele lança um olhar de superioridade consciente.

— É melhor se aceitar pelo que você é, no bem e no mal.

Só me faltava mesmo encontrar um completo estranho para desfiar sugestões filosóficas sobre a minha vida.

— Quem você pensa que é para me dar conselhos?

— Quando nos encontrarmos de novo, vai me dar razão.

— E por que acha que vamos nos encontrar? Se está pensando em me convidar para sair, a resposta é...

— Não. Eu sei, nunca teve namorado.

Fico sem palavras. Como é que ele sabe? Está escrito na minha testa?

— Fique com ele, pode me devolver da próxima vez. — Coloca o maço de cigarro na minha mão e não consigo reagir. Sua pele é fria, como a minha.

Naquele momento, o ônibus aparece. Olho a porta que se abre à minha frente e, em seguida, viro para ele de novo: não está mais lá. Subo e vou me sentar na fileira do fundo. Em poucos segundos, o ônibus parte. Enquanto se afasta, vejo o cara dos cigarros no meio da fumaça do cano de descarga. Está sentado no banco embaixo do quadro de horários olhando para mim.

Tem alguma coisa esquisita nele, na segurança que ostenta em relação a mim. Ou será que estou me deixando influenciar novamente?

É impressionante mas, depois de ter escrito aqueles contos horríveis, alguns detalhes aos quais não dava a menor importância começaram a ganhar vida, como objetos metálicos perto de um ímã muito poderoso. Quando a dúvida se insinua na mente, tem o poder de um filtro que altera a percepção, destacando umas coisas e escondendo outras. Olho para o maço de cigarros na minha mão. É a prova de que não estou sonhando, de que todas essas coisas estranhas que estão acontecendo comigo são absolutamente reais. Minha cabeça explode de novo. Sem pensar, enfio o maço na mochila.

Entro na delegacia com a familiaridade com que costumava entrar no supermercado. A diferença é que aqui as mercadorias não ficam expostas nas prateleiras e o preço a pagar é sempre muito alto. A enxaqueca desapareceu na viagem de ônibus e me sinto outra pessoa.

A delegacia também parece mais calma que o normal, como se alguém tivesse decretado uma trégua, um cessar-fogo com o mundo lá fora. A entrada, em geral superlotada, está quase deserta. Não vejo nem a policial com o nome de flor escrito no peito. Um rapaz jovem e sorridente ocupa seu lugar. Estou pensando que essa é a primeira coisa positiva do dia, quando vejo alguém que nunca esperaria encontrar por aqui: Jenna, minha mãe. Vem do corredor à direita da portaria, onde fica o gabinete de Sarl. Está com um casaquinho preto e botas: "aquelas bonitas", como ela mesma diz. Já comprou há algum tempo, mas só usa em ocasiões especiais, porque custaram mais do que estava disposta a gastar. No dia da compra voltou para casa cheia de remorso, mas tratei de acalmá-la dizendo que ela merecia. Era o que pensava realmente.

Quando me vê, também fica espantada. Imagino que também esteja se perguntando o que estou fazendo por aqui. Só espero que não se trate do desconhecido que invadiu minha casa. Seria muito arriscado se a polícia continuasse a investigar.

— Alma! — ela cumprimenta primeiro.

— Oi.

Um instante de silêncio se mete dissimuladamente entre nós.

— Estive com Sarl. Na verdade, trouxe uns biscoitos. Sabe como é, para retribuir a gentileza que teve com você, a ajuda nos seus artigos... e também no assalto lá em casa...

Jenna fazendo biscoitinhos como aquelas mães de família de trinta anos atrás é tão natural quanto a paz no mundo. Não me lembro de ter comido biscoitos feitos por ela alguma vez na vida. O que está acontecendo?

Ela percebe minha surpresa, nota que estou olhando para as botas, mas, como se eu tivesse que me habituar com essa nova Jenna, não diz mais nada.

— Que ótimo! — limito-me a comentar. — Sarl descobriu mais alguma coisa? Sabe quem pode ter entrado lá em casa?

— Não, não encontraram impressões digitais. Ele acha que é uma provocação, talvez uma brincadeira de mau gosto de algum colega da escola.

— Não sei o que dizer, no momento não tenho nenhum inimigo jurado.

Jenna lança um olhar interrogativo.

— Não tem que me dizer nada, mas não esconda as coisas de Sarl. Entendeu bem?

— Claro, entendi. Biscoitos de quê? — pergunto para mudar de assunto.

— Chocolate e amêndoas. Deixei um pouco em casa, para você e seus irmãos.

— Obrigada. — Só esqueceu que não gosto de biscoitos.

— E você, o que faz aqui?

— É para minhas pesquisas. Parece que os artigos que escrevi fizeram sucesso e me encomendaram outros.

— Fico contente, Alma, mas também espero que comece a tratar de coisas mais alegres no futuro.

— É o que espero também — respondo com mais ênfase do que deveria.

— O que quer dizer? Tem algum problema?

— Não, não... — me apresso a dizer.

— Pode falar comigo sobre qualquer coisa, sabe disso, não?

— Obrigada, mas está tudo bem, de verdade.

Percebo a angústia subindo da boca do estômago para a garganta, como um longo verme faminto.

— Tome cuidado. Sarl diz que essa cidade está cada dia mais perigosa. E tenho que concordar com ele.

— Não se preocupe.

— Bem, já vou indo. Lina sai da escola daqui a pouco. Não chegue muito tarde, por favor. — Em seguida se afasta, meio sem graça.

— Ficam bem em você.

Ela vira. Parece uma menina.

— As botas — explico. — Ficam bem em você.

Jenna sorri. A ansiedade diminui, pelo menos por enquanto.

17

Quando bato na porta do gabinete de Sarl, ele não manda entrar, como de costume, sem sair de sua escrivaninha, mas levanta e vem abrir a porta pessoalmente. Será que pensou que Jenna tinha voltado, que talvez tivesse esquecido alguma coisa, quem sabe um beijo? Sacudo a cabeça. Não, não pode ser. Ela está com Gad.

— Oi, Alma. Aconteceu alguma coisa? Está com uma cara...

— Nada, desculpe. Só estava pensando umas coisas aqui comigo.

— Entre, sente-se.

Na sala, flutuam cheiros que já se tornaram familiares, dominados agora por um perfume adocicado de biscoitos de chocolate. Lá estão eles, numa lata aberta em cima da escrivaninha.

Sarl intercepta meu olhar.

— Foi sua mãe quem me trouxe há pouco.

— Eu sei. Encontrei com ela.

Ele se sente na obrigação de explicar.

— Foi muito gentil da parte dela, mas não precisava. Tenho prazer em ajudar vocês.

— É verdade, tem nos ajudado desde que nos conhecemos — comento fazendo referência à morte do pai de Lina. — E talvez uns biscoitinhos feitos em casa, além do mais por Jenna, não sejam um agradecimento tão grande assim.

— Pois para mim são. E sua mãe cozinha muito bem.

— Talvez, quando sobra tempo para cozinhar.

— Ainda está preocupada com o sujeito que invadiu sua casa.

Rimos.

— Mas eu disse que pode ficar tranquila. Que certamente é uma provocação de algum garoto que sofreu por sua causa — brinca ele. — Não tem mesmo ideia de quem fez aquela bagunça em seu quarto? Já viu se falta alguma coisa?

— Acho que está tudo lá. Quanto ao responsável, não tenho a menor ideia.

— É tão estranho... Por que alguém faria uma coisa dessas sem nenhum motivo?

— Talvez seja algum maluco. Tem tanto maluco por aí.

— Pode ser, mas imagino que não veio até aqui só para isso.

— Na verdade, queria notícias de Agatha. Gostaria de visitá-la, para ver como ela está pessoalmente.

— Você é menor de idade, Alma. Só pode entrar numa prisão na companhia de um adulto.

— Acha que Jenna iria comigo? Duvido. Mas talvez você pudesse assinar uma autorização...

— Não quer que sua mãe saiba que vai visitá-la?

— Ia inventar mil histórias, ficar preocupada, e não há motivo para isso.

— Agatha é uma menina cheia de problemas, e o centro de detenção de menores não é um centro comercial. Acho que deveria avisar sua mãe.

— Agradeço o interesse, tenente, mas acho que já demonstrei que sei me virar sozinha. E depois, se não fosse por mim, Agatha não estaria presa. No bem e no mal, cumpri com meu dever.

— Sei disso e sou muito grato, mas...

— Por favor...

Sarl se enrolou. Ótimo.

— Tudo bem, mas quero saber como foi o encontro. Pode ser que se abra com você e conte mais do que nos contou. Seria muito útil, agora que sabemos a verdade.

— Recebeu os resultados da autópsia?

Faz que sim.

— O resultado é claro: a tia já estava morta quando Agatha começou o seu "tratamento", se podemos dizer assim. Parece que teve uma parada cardíaca. O que não sabemos é se Agatha deixou que morresse ou não.

— Não acredito. Sua vida dependia da vida da tia. Não queria acabar num orfanato, faria tudo o que pudesse para que ela não morresse.

— Também acredito que só a encontrou quando já era tarde demais.

— Portanto, não é uma assassina?

— Não. Mas o que fez continua a ser muito grave. É um crime. Está sob tratamento psiquiátrico e espero que isso possa ajudá-la a curar suas velhas feridas.

Por mais que me esforce, não consigo imaginar Agatha confiando seus problemas a um espremedor de cérebros.

— E tem alguma novidade sobre o outro assassinato, o da papelaria?

Sarl parece suspeitar de minha pergunta. Talvez eu esteja exagerando. Preciso ser mais cuidadosa com ele.

— Por que tanto interesse pelos homicídios, Alma? Quer dizer, à parte o jornalzinho da escola. É a segunda vez em dois dias que faz perguntas sobre o dono da papelaria.

— Deve ser o meu lado sombrio, tenente.

— Todo mundo tem um. O segredo é mantê-lo sob controle.

Ele tem razão, mas o meu já está totalmente fora de controle.

— Bem, voltando à sua pergunta, ainda estamos esperando os resultados da autópsia e temos muitas perguntas em aberto: a primeira é a causa da morte, pois não há marcas aparentes no corpo, de violência ou de qualquer outra coisa... a não ser o detalhe dos olhos.

— Dos olhos?

De imediato, revejo nitidamente a imagem de seus olhos, quase transparentes. E, como alguém que vê uma cena horripilante, fecho os meus.

— É. O legista disse que ele era cego. Mas não entendo como um cego poderia trabalhar sozinho numa loja.

Como poderia ser cego? O homem-anjo enxergava muito bem. Tenho certeza disso. Mas não posso dizer a Sarl. Não posso contar que o conhecia e que me vendeu a caneta, com a qual talvez eu tenha matado um homem, e o caderno em que descrevi os assassinatos que ele está investigando sem sucesso.

— Tem certeza? Quer dizer, de que era mesmo cego?

— Pelo que o legista disse, tinha os olhos de um cego. Mas até amanhã, no máximo, saberemos mais alguma coisa. — Olha para mim com atenção. — Já esteve naquela papelaria? Estudantes costumam frequentar papelarias para comprar cadernos, canetas e tudo o mais, não?

E agora? O que vou responder? É melhor dizer uma meia verdade que uma mentira inteira? Não, tenho medo demais de ser descoberta.

— Acho que não. Parei algumas vezes para olhar a vitrine, sim. Era sempre muito bonita.

— Quer dizer que nunca viu aquele homem, o dono?

— Não. Como disse, nunca entrei lá.

Sarl não parece convencido.

— Nem as suas amigas...

— Não, nenhuma.

— Fique tranquila, Alma, não é um interrogatório.

Preciso ficar mais calma.

— Claro... o senhor é um tenente da polícia e às vezes fico impressionada — respondo tentando parecer sem graça.

Sarl sorri, divertido. Tento relaxar.

— Tem toda a razão. Não consigo parar de me comportar como um policial nem com os amigos.

Olho para ele, espantada.

— Está querendo dizer que sou sua amiga?

— Conheço você e sua família há anos. E como não tenho uma família... sinto vontade de protegê-la como se fosse minha filha.

Seu afeto por mim é claro e cristalino e isso não me deixa indiferente. Os olhos de Sarl são grandes e cheios de bondade. Caminha na minha direção e, para minha grande surpresa, pega minhas mãos. Segura com delicadeza, sem usar a força que se pode esperar de um homem como ele. Cuida de mim como de um objeto frágil, que deve ser manuseado com atenção. E não está enganado, de modo que não retiro as mãos.

— Vou redigir a autorização para que possa visitar Agatha — diz ele, largando minhas mãos para ir se sentar atrás da escrivaninha. — Prometa que vai tomar cuidado.

Juro que se mais alguém me disser para tomar cuidado, vou ter um ataque.

Logo em seguida, me entrega uma folha dentro de um envelope.
— Entregue ao policial na porta de entrada.
— Obrigada.
— A gente se vê.

Saio do gabinete de Sarl com a sensação de que tem alguma coisa que ele não me disse. Aperto a carta na mão e fico pensando no que vou dizer a Agatha, se devo ou não confessar que fui eu quem a mandou para aquele inferno. Não, melhor tomar cuidado.

Estou na rua. O sol já está se pondo. Daqui a pouco vai escurecer de novo: mais uma noite. Melhor eu me apressar. Onde está você, Morgan?

18

Domingo de manhã.

Um lindo sol brilha no céu límpido e os sinos das igrejas ressoam no ar. É uma melodia festiva, de convocação dos fiéis. Às vezes, sinto inveja deles, que sabem o que fazer e para onde ir. Tudo já está estabelecido, indicado. Basta acreditar.

Eu, ao contrário, nunca acreditei em nada, a não ser em mim mesma. E agora começo a duvidar até dessa única certeza.

Estou me arrumando para visitar Agatha. Quando já estou na porta, percebo que estou vestida de preto dos pés à cabeça. Astral baixo ou alguma morte à vista?

Não dou bom-dia a ninguém, não encontro ninguém. Ouvi a porta de entrada abrir e fechar bem cedo essa manhã. Sei que Jenna prometeu levar Lina ao parque de diversões, que reabriu há pouco tempo, depois da trágica morte do engenheiro que o construiu. Os proprietários estão convencidos de que o riso das crianças pode devolver um pouco de alegria ao lugar, mas acho que ninguém que saiba da história vai conseguir andar na montanha-russa sem sentir um arrepio extra: de terror. E eu não tenho paz por causa do que escrevi sobre aquela morte horrível. De que adianta saber com antecedência o que vai acontecer, se não posso fazer nada para impedir?

Antes de sair, tenho tempo de reparar que não sinto aquele cheiro habitual das frituras de Gad no ar. Olho para a porta fechada do quarto de Evan, à minha esquerda. Se está em casa ou não, já não faz a menor diferença. Desde a nossa última conversa, na cozinha, acho que não tenho mais nenhuma esperança de me acertar com meu irmão. Nunca me importei muito com ele, pelo menos era o que pensava até o momento em que tentei matá-lo. Ainda não consigo refletir sobre aquela noite de uma maneira mais racional. Mas as sensações que tive ainda estão à flor da pele. Como pude? O que ou quem me fez agir daquele jeito?

O centro de detenção para menores fica na zona norte da cidade, alguns quarteirões atrás da estação de trens. Nunca tinha estado por aqui. Olho ao redor, como um turista num país estrangeiro. Não é que tenha muita coisa para ver, mas se existe uma qualidade que reconheço nesta cidade é a variedade das zonas e dos quarteirões que a compõem. Aqui, por exemplo, não há arranha-céus, nem casas particulares com jardins, mas somente longos conjuntos habitacionais que parecem saídos diretamente de uma caixa de construções prontas. Estão enfileirados um ao lado do outro, em perfeita ordem, em sua simples e perfeita miséria. Nunca apreciei as geometrias esquemáticas demais. Acho que existe muito mais harmonia nas coisas mais irregulares.

O ônibus me deixa bem na frente do centro de detenção. Desço, deixando um único passageiro a bordo, um senhor de rosto enrugado, com aparelho auditivo encaixado ao redor da orelha como um enfeite tribal. Olhando bem, ele dá a impressão de que viaja pela cidade sem nenhum objetivo, consciente apenas de qual será o seu destino final.

Diante dos meus olhos se ergue o centro de detenção para menores. É um daqueles edifícios que ninguém procura, mas que não pode deixar de notar quando topa com ele por acaso. Como todo mundo que vê alguma coisa diferente, estranha, você olha, mas logo desvia os olhos curiosos, porque se sente culpado: sabe que lá dentro só há sofrimento, enquanto você, aqui fora, está bem e livre. Em seguida, resiste à tentação de dar uma última olhada e deixa aquilo tudo para trás, na esperança de esquecer rapidamente. Do lugar onde estou, o exterior do prédio parece idêntico a uma escola, com pátios e janelas. Chegando mais perto, as diferenças aparecem: barras, arame farpado, guardas. Mas a impressão de que, no fundo, seria uma metáfora perfeita da escola não me abandona.

O portão é alto, fechado, intransponível. À direita, na guarita, há um homem com um rosto comum, que olha para mim através do vidro da cabine à prova de balas.

Chego mais perto e entrego a carta de Sarl. O homem não diz nada. Só lê.

— Pode entrar — me despacha ao final da leitura, abrindo o portão.

Quando entro, tenho a nítida sensação de que tudo ficou diferente. Olho para trás e repito que é impossível. São apenas três passos, mas é como se tivesse entrado num outro mundo, separado do mundo das pessoas livres por uma redoma invisível. E agora, eu também estou dentro dessa redoma.

Não há ninguém à vista. Caminho lentamente para uma porta que parece ser a entrada. O ar é pesado, carregado. Levanto os olhos para as janelas gradeadas. Imagino que tudo lá dentro seja vedado, hermeticamente fechado para não deixar nada sair, sobretudo o mal. Quase como se fosse um vírus que pode se espalhar.

Empurro a porta. Pesada, ela também oferece resistência. Parece que quer me convencer a não entrar.

Entro num ambiente pequeno, que parece o hall de um hotel de periferia, tipo pensão familiar. No chão de linóleo escuro há um triângulo de plástico amarelo com a seguinte inscrição: CUIDADO! CHÃO ESCORREGADIO. Uma combinação nojenta de cheiro de detergente floral com prazo vencido e água sanitária penetra em minhas narinas. Na minha frente, vejo uma espécie de portaria com outro guarda no interior. Ao contrário do primeiro, ele sorri e exibe um grosso bigode avermelhado que se enrosca vaidosamente nas bochechas.

À esquerda, uma fila de cadeiras de plástico marrom abriga um casal de mãos dadas, provavelmente os pais de alguém que está preso ali. Olham para mim, mas logo retornam às suas misérias.

Entrego a carta de Sarl ao novo guarda. Seria maravilhoso se as coisas funcionassem assim na vida: você entrega uma carta, um passaporte para a felicidade, e as coisas entram em seus devidos lugares. No entanto, minha carta só serve mesmo para entrar num lugar que deveria estar bem distante dos planos de uma jovem como eu.

— É uma amiga? — pergunta ele, lendo o nome de Agatha na carta.

— Colega de turma.

— Receber alguém vai lhe fazer bem. Desde que chegou, ela não tem socializado muito.

Não sei por quê, mas isso não me surpreende.

Ele me passa uma folha de papel.

— Assine aqui, por favor. É a lista de presenças.

Faço o que ele pede, esperando que me deixe passar de uma vez.

— Espere um instante.

Dá um telefonema. Logo em seguida, a porta da direita se abre e outro homem aparece: mais um guarda penitenciário.

— Pode ir com ele — me diz o bigodudo.

Nesse meio-tempo, o outro já está andando. Mal tenho tempo de entrar e a porta volta a se fechar.

Estamos num corredor longo e estreito, sem janelas e iluminado por uma fila de luzes fluorescentes suspensas sobre nossas cabeças. No fundo do corredor, um portão idêntico aos que aparecem nos filmes sobre prisões. Do outro lado, um guarda trata de abri-lo ao nos ver chegar. O corredor do lado de cá é mais largo e tem algumas portas fechadas. O agente que me acompanha abre uma delas e faz sinal para que entre.

É uma sala completamente nua, iluminada por uma única janela retangular, protegida por grades. A decoração é muito precária: quatro mesas retangulares de fórmica verde e duas cadeiras em cada uma. Na minha frente, mais uma porta fechada. Ao contrário das outras, tem um pequeno vidro retangular na altura dos olhos, para que os guardas possam ver o que acontece dentro da sala.

— Pode se sentar aqui.

Diz isso e se posiciona ao lado da porta que ficou nas minhas costas, à espera.

Depois de alguns segundos, a porta com vidro se abre e Agatha entra, seguida por um agente. Não está de algemas, usa um macacão azul com um suéter cinza, sem forma e grande demais para ela, por cima.

Olha para a frente, como se eu não estivesse ali, mas o guarda a acompanha até a mesa onde estou sentada, segurando seu braço. Ela se senta na minha frente, de olhos baixos. O guarda sai por onde entrou.

Está ainda mais magra e pálida do que antes, como se suas cores tivessem se apagado, os cabelos ressecados, os olhos cinzentos, até a pele parece transparente. Parece murcha, sem vitalidade, como uma árvore jovem que não tem força suficiente para crescer.

Embora não seja um sentimento comum em mim, não consigo deixar de sentir pena dela e, ao mesmo tempo, um forte desprezo por mim mesma pelo que fiz. Não se trai uma amiga. Nem se for uma assassina.

— Oi — digo, cautelosa.

Ela não responde, mas cai na gargalhada. Ri alto, nunca a vi rir daquele jeito.

19

A risada de Agatha faz o sangue gelar em minhas veias. É um som desesperado, que nasce das profundezas do seu coração partido; a voz de seu espírito prisioneiro num corpo prisioneiro.

Mas ela para de repente e ergue os olhos.

— O que veio fazer aqui?

O tom é neutro, como se estivesse perguntando o que comi hoje.

— Queria saber como você estava.

Ela não responde.

— Estávamos preocupadas com você: Naomi, Seline e eu... Se quiser vê-las, acho que gostariam de vir. Naomi está melhor, sabia, testemunhou contra Tito e ele acabou atrás das grades...

Atrás das grades? Que droga estou dizendo! Ela não está na mesma situação?

— Quero dizer que Naomi está mais tranquila, agora... ele não vai mais lhe fazer mal. E Seline, bem, também está se recuperando. Fez as pazes com Adam...

Nenhuma reação.

Tento contar mais alguma coisa.

— A escola continua do mesmo jeito, um tédio sem fim. A única coisa interessante é que o diretor organizou uma visita a uma exposição de fotografias muito legal...

Não adianta. É como se falasse com a parede atrás de Agatha. Tenho a impressão de que ela não está ali, de que, para sobreviver naquele inferno, sua alma voou para longe, livre, deixando o corpo por sua própria conta. Ou talvez não esteja ouvindo porque não estou sendo verdadeira. Estou contando um monte de besteiras, nas quais nem eu acredito. E ela está aqui, sozinha, mais sozinha do que jamais esteve. Precisa que eu lhe mostre alguma coisa. Talvez que também errei, que não sou melhor do que ela, que fui capaz de denunciá-la. Mas tenho medo da reação. Só Deus sabe o que ela poderia fazer comigo se eu contasse. Mas já que vim até aqui, tenho que falar.

— Na verdade, vim visitá-la por um motivo preciso. Queria lhe contar uma coisa.

Noto que ela estremece. Agora está ouvindo, tenho certeza.

— Sei por que foi presa. E sei porque fui eu quem mandou você para cá, e quem fez a denúncia fui eu. Entrei em sua casa. Não devia ter feito isso, mas você estava tão esquisita. Precisava ver o que estava acontecendo lá dentro com meus próprios olhos. Foi assim que encontrei sua tia. No começo, pensei que estivesse dormindo. Seu rosto estava tão relaxado. Depois você apareceu de repente e tive que fugir. Mas não estava satisfeita com o que já tinha descoberto, havia alguma coisa estranha naquela casa, um cheiro forte e desagradável que não conseguia identificar. Um dia, encontrei com uma vizinha que não via sua tia fazia muito tempo. As duas eram amigas... Achei esquisito, tinha alguma coisa que não batia bem. Então entrei outra vez pela janelinha do porão e subi até o quarto de sua tia. Toquei seu corpo: estava gelado e duro como uma estátua de mármore. Não entendi direito o que estava acontecendo. Estava muito pálida. Estava morta, disso eu tinha certeza. Depois, vi você com aquela seringa, ouvi o que dizia, esperei o momento certo e fugi de novo. E resolvi fazer a denúncia. A delegacia não ficava muito longe. Vieram pegá-la alguns minutos depois. Sinto muito mesmo, acredite. Sei que tínhamos feito um pacto. Não deveria ter traído você, mas não tive escolha. Entende? Você me entende, Agatha?

De repente, ela levanta a cabeça e me olha de cima a baixo com seus olhos fantasmagóricos, percorridos por um relâmpago de pura maldade. Um relâmpago que conheço muito bem: a velha Agatha estava de volta.

Rápida como um animal, ela agarra meu pulso e aperta. O guarda nem tem tempo de perceber nada. Fico na dúvida se devo pedir socorro, mas finalmente resolvo esperar. Enquanto isso, minha mão vai ficando branca.

— Estou com uma gilete na outra mão — sussurra ela. — Para o caso de não aguentar mais esse buraco de merda ou a gente de merda que vive aqui, sabe? Seria fácil cortar todas as veias de seu pulso. Aposto que não teria nem tempo de pedir socorro, Alma.

Concordo, sem desviar os olhos. Ela não pode pensar nem por um segundo que estou com medo. Apesar de tudo, ela me respeita. E tenho certeza de que quer provar alguma coisa. Se quisesse me ferir, como ela mesma disse, meu pulso já estaria gotejando sangue ou minha cabeça arrebentada contra a quina da mesa.

— Provavelmente não, mas o que você ganharia com isso? Sei muito bem por que não queria que sua tia morresse.

— Não se pode mudar o curso dos acontecimentos. O máximo que se consegue é desviá-lo para um destino ainda pior. Não queria ir para o orfanato e acabei numa prisão.

— O que fez foi errado, doentio. Mais cedo ou mais tarde as coisas viriam à tona. A verdade sempre aparece.

— E isso vale para você também.

— O que quer dizer com isso?

— Só o que disse. Todo mundo carrega um segredo, não é mesmo?

Não sei por quê, mas tenho a impressão de que suas palavras escondem muito mais do que ela disse. De todo jeito, resolvo não insistir. Conheço Agatha: não vai dizer mais nada.

— Vim lhe pedir desculpas, Agatha.

Seus dedos ainda apertam meu pulso. Será que o guarda não percebeu nada?

— Não precisa me pedir coisa alguma. Alguém tinha que me deter — diz ela, soltando meu pulso.

Fico com uma marca na pele, como uma pulseira vermelha. Ela também tem uma marca parecida, feita pelas algemas.

— Então não está com raiva de mim?

— As meninas sabem que foi você?

Nego, sacudindo a cabeça.

— Foi o que pensei. Nunca foi uma verdadeira líder. Fica se fazendo de durona, mas não passa de uma covarde.

— Fiz o que tinha que fazer.

— Fez o que podia servir para acalmar sua consciência por um tempo. Quem age na sombra acaba como eu. Quem carrega o mal dentro de si não consegue se livrar com facilidade. Não importa o que faça, ele continua lá.

— Não carrego nenhum mal dentro de mim!

— Tem certeza?

— Por que está me dizendo isso? Fale!

— Meninas, o tempo acabou. — Quem falou foi a guarda às minhas costas, que passa por nós e bate na outra porta. O segundo guarda abre, entra e vem pegar Agatha.

— Não, por favor, só mais um segundo — peço.

Agatha olha para mim com um meio sorriso. Está se vingando, mas não parece satisfeita. A vingança é assim: você planeja tudo, chega a sentir o gostinho, mas na hora H só o que resta na boca é um sabor amargo. E então, toda a sua raiva, todo o ódio que alimentou se vira contra você, envolve você e penetra lá por dentro, se transformando numa pequena semente maligna pronta para germinar a qualquer momento.

— Agatha! Responda: o que quer dizer com isso?

Mas é tarde demais. Ela levanta e sai. Volta a ficar prisioneira de seu mundo atrás das grades, enquanto sou conduzida pelo corredor que vai me levar para a saída. Ouço gritos a distância e eles roçam em minha pele como pequenos choques elétricos. Quem sabe o que acontece por trás daquelas portas, do outro lado daquelas paredes? Quanto desespero está reunido aqui dentro? Mas será mesmo tão diferente do que existe lá fora?

Deixo o centro de detenção com os olhos e os ouvidos endurecidos por aquele lugar. Enquanto isso, outra dúvida fica escavando dentro de mim. O que Agatha sabe a meu respeito?

20

Estou preparada para uma volta ao lar como todas as outras, mas não é o que acontece. Dessa vez, tem uma coisa esperando por mim. Está dentro de um envelope branco retangular. Não o encontro logo que entro. Nunca tem nada de novo para mim, de que adianta olhar? Só vejo o envelope mais tarde, quando mexo na escrivaninha procurando um livro. A carta está lá, com meu nome e meu endereço escritos, preto no branco, com uma letra firme e levemente inclinada para a direita. Reconheço alguma coisa familiar na forma como escreve os números, mas não há nada atrás, nenhum remetente.

Com o envelope na mão, sento em minha cama. Apesar da curiosidade, me sinto cansada. Só queria dormir.

Rasgo a parte de cima com um dedo. A cola passada nas margens não oferece resistência. Retiro uma folha dobrada em três. Desdobro e começo a ler.

Minha querida Alma,

sei que esta carta vai surpreender você, mas espero que possa lhe dar, pelo menos em parte, o consolo que meu desaparecimento repentino lhe tenha retirado. Não dei explicações, nem posso dá-las agora. Só posso pedir que fique tranquila quanto à minha saúde e quanto ao fato de que, assim que puder, estarei de volta ao seu lado, conforme prometido. E pedir também que acredite: se dependesse só de mim, voltaria agora mesmo, mas como já deve ter percebido, fazemos parte de um sistema maior do que nós, que nos leva sempre para outros caminhos, que é melhor seguir para não ser arrastado.

Por isso, peço que seja paciente, que confie em minhas palavras. Sei que sabe, no fundo do seu coração, que elas são verdadeiras. Suponho que tenha imaginado mil hipóteses para explicar por que desapareci desse modo. Não perca tempo com isso, nunca poderia imaginar os motivos. Garanto que vai ter dificuldade para entendê-los mesmo quando eu lhe disser quais são, ao voltar. Concentre-se em sua vida, trate de protegê-la ficando bem longe dos Masters e de tudo aquilo que seu instinto considerar perigoso. É de fundamental importância, e não só para você.

Perdoe minhas frases enigmáticas e meus pensamentos aparentemente incoerentes. Existe um fio que liga todas as coisas e ele é forte. Não permitir que ele se quebre depende de você também.

Siga as minhas recomendações e tome cuidado.

Sei que não pode entender por enquanto, mas logo tudo vai ficar mais claro e estarei de novo ao seu lado.

À espera desse momento, saiba que estou sempre por perto, mais do que você pode imaginar.

Morgan

Releio uma, duas, três, quatro vezes essas linhas que realmente não esperava, mas que sempre tive esperança de ler. Morgan está bem e está por perto. Não me abandonou para sempre. Examino o envelope à procura do carimbo postal. É da cidade. Ele está aqui! Mas, então, por que não encontrei nenhum sinal de sua presença no endereço que Adam me deu? Por que parece que ele nunca existiu? Que razões serão essas que o mantêm afastado de mim? Não devo pensar nisso, diz ele. Vai me explicar quando chegar a hora. E, enquanto isso, tenho que esperar, mas agora com uma esperança mais concreta de revê-lo em breve.

Tiro a roupa e me preparo para dormir. Encolhida sob as cobertas, aperto a carta contra o peito, como se o simples fato de que Morgan tenha escrito a carta, tocado aquela folha de papel, pudesse me dar o calor de que tanto preciso. É o que acontece ou talvez seja apenas o cansaço: caio num sono profundo e sem sonhos, do qual não queria despertar nunca mais.

21

Mais uma segunda-feira, mais uma semana.

Entramos na escola só porque é o que fazemos todo dia, como um bando de robôs. Alguns riem, outros não. Mas todos, invariavelmente, nos encontramos aqui, descarregados pelos pais sempre apressados, pelos ônibus ou por nossas pernas de adolescentes já cansados. Passamos as manhãs inteiras ouvindo, escrevendo e falando, na esperança de assimilar alguma coisa que um dia possa ser útil, se não formos burros demais ou totalmente incapazes de fazer qualquer coisa de bom.

Hoje, no entanto, eu me sinto diferente da galera. Estou cheia de vida e de boas intenções, agora que a carta de Morgan está dentro da minha mochila, junto com tudo o que realmente interessa.

Estou subindo a escada quando sinto uma presença a meu lado. É alguém que ando encontrando muito ultimamente, não sei direito por quê: Adam.

— Com a cabeça cheia de ideias, essa manhã? — Tenta puxar conversa, mas, como ele mesmo disse, tenho outras coisas na cabeça.

— Oi, Adam.

— Pelo bom humor, as ideias devem ser boas.

O astral dele também parece muito bom, apesar de tudo. Devem ser as pazes com Seline, penso. Parece até mais bonito. Bem-vestido e com um lindo brilho nos olhos, que também parecem mais serenos.

— Mas também não estou a fim de papo.

— Às vezes, conversar faz bem. Descobriu alguma coisa sobre o desaparecimento de Morgan?

— Não, nada.

— Entendi, não quer me contar.

— Deveria?

— Seria um agradecimento.

— Agradecimento por quê? Pelo endereço? Acho que não seria uma troca justa.

— É verdade. Mas agora que me perdoou, a gente podia se conhecer melhor... podíamos ser amigos.

Estou de boca aberta. Até pouco tempo atrás, era difícil compartilhar o ar da mesma sala e agora Adam vem me oferecer sua amizade.

— O fato de ter perdoado não significa que confie em você.

— Você está muito sozinha, Alma.

— É uma escolha. Sou muito seletiva com as minhas amizades.

— É uma menina difícil. Mas até as meninas difíceis precisam de alguém mais próximo.

— Obrigada pelo interesse, mas estou muito bem assim.

Continuamos a subir, seus olhos fixos em mim como se não estivesse muito convencido do que acabei de dizer.

— Acho que não — insiste ele.

Começo a me irritar.

— Ouça, que droga sabe a meu respeito? Nada! E é assim que vai continuar. Além disso, você tem Seline para se preocupar.

— É uma menina muito legal e sinto muito pelo que fiz com ela. Mas, como já disse antes, estou cansado de ser tratado como um delinquente. Também posso ser uma ótima pessoa — diz ele num tom mais firme.

— Ah, é? E desde quando?

— Só para começar, desde o dia em que não denunciei sua amiga Agatha pelo incêndio do gabinete do diretor e assumi toda a culpa. Li hoje que a tia dela já estava morta quando ela começou com seu *tratamento* de sobrinha amorosa. Mas, mesmo assim, um ato de vandalismo como esse com certeza não ia melhorar sua situação. No entanto, teria melhorado a minha, e muito.

— Só não denunciou porque tinha medo da reação dela!

— Está se sentindo culpada, não? Por isso essa raiva toda. Sente a raiva subir por dentro como uma onda que não consegue deter. Deve ser terrível para você, que está habituada a controlar tudo sempre.

Suas palavras, pronunciadas com calma, são como chicotadas. Adam fala como se realmente me conhecesse. Como se tivesse levado um tempo me estudando.

— Não tenho nenhum motivo para me sentir culpada.

— Sei que tem.

— Você não sabe de nada! Vou para a minha sala...

Ele não me larga. Ao contrário, segura meu braço e me arrasta para o fundo do corredor, perto dos banheiros.

— Quer me largar!

Quando chegamos num lugar mais tranquilo, ele começa a falar de novo.

— Vi quando entrou na casa de Agatha.

Olho para ele, espantada.

— Depois que ela jogou a culpa do incêndio em cima de mim, vi que tinha alguma coisa nela que não batia bem, além da história do *encontro* no rio.

Vindo dele, parece até um elogio. Mas deixo que continue.

— Resolvi segui-la um dia, só para ver onde morava. E voltei na manhã seguinte: foi quando vi você. Acho que foi você quem fez a denúncia, não foi?

— Por que resolveu falar disso só agora?

— Porque não tinha certeza de que estava certo. Mas na semana passada, quando me pediu o endereço de Morgan, percebi como estava perdida e sozinha. E pensei que talvez precisasse de um amigo, de alguém em quem pudesse confiar. Então resolvi falar, para mostrar que sei manter um segredo.

— Está se metendo em coisas que não lhe dizem respeito.

— Dizem, e muito, pois fui eu quem pagou o pato no lugar de Agatha.

— E Seline pagou por você. Tem sempre um pagando pelo outro.

— E você? Paga por quem?

— Talvez somente por mim mesma.

De repente, ele faz uma coisa que eu não esperava. Acaricia meu rosto com as costas do indicador direito e diz:

— Você é linda, Alma. Vou guardar o seu segredo como se fosse meu, não precisa ter medo. Agora estamos unidos por outro pacto. — Em seguida, vira as costas e vai embora.

Toco o rosto onde ele me tocou. Seus dedos não eram frios como os meus, eram quentes, mais humanos. Que sujeito esquisito: me deixou confusa. Não entendo o que quer, mas sinto que tenho que ficar atenta. Tenho que estar sempre atenta, com todo mundo.

Quando a campainha toca, olho pela janela. As imagens dos colegas guardando suas coisas, enfiando os casacos e partindo se refletem nos vidros. Observo as árvores da avenida, ainda desfolhadas. A primavera está demorando a encontrar uma brecha no clima cinzento que pesa sobre a cidade. Há uma luz estranha, quase irreal, que cobre tudo.

Desço até a entrada. Junto ao portão da escola, a segunda surpresa do dia espera por mim. É aquela menina de cabelos cacheados que vi tantas vezes com Morgan. Está falando com alguém escondido atrás de uma das duas colunas da entrada. E se fosse o próprio Morgan? Talvez já tenha voltado para me buscar, como escreveu. Acelero o passo para verificar com a respiração parada no peito. Quando chego mais perto, a menina me vê, diz alguma coisa à pessoa que está com ela e se afasta rapidamente.

Atravesso o portão e minha desilusão é enorme, quando dou de cara com o Professor K.

É impossível saber se nossos olhares se encontram por causa das lentes escuras dos seus óculos.

Fica em silêncio, imóvel. Está querendo dizer que não estava fazendo nada de mau?

— Conhece aquela menina, professor? — pergunto sem hesitar.

— Sim, é uma ex-aluna. — Sua voz dura não mostra o menor nervosismo.

— Quer dizer que estudou aqui, nesta escola?

— Exatamente.

— E por que mudou de escola?

— Motivos familiares, acho. Por que está tão interessada?

— Curiosidade. Sei que é amiga de Morgan e, como faz um tempo que não o vejo, queria pedir notícias dele.

— Sabe de muita coisa, pelo que posso ver.

— O senhor também, pelo menos é o que parece.

— Sou um professor, Alma. Minha tarefa é guiar e educar os jovens como você para a vida. Mas a tarefa de vivê-la, essa é só de vocês.

Mais uma vez, aquelas frases perfeitas. Parece que o Professor K fala por enigmas que devo decifrar.

— Sabe onde Morgan está?

— Morgan?

— Pensava que tinha... deixe para lá. Não sei como poderia saber. E também não sei por que estou lhe perguntando isso...

— Talvez porque não tenha mais ninguém a quem perguntar. Nenhum amigo em quem confiar.

É a segunda pessoa, no dia de hoje, que me diz que não tenho amigos. Começo a acreditar que exista um fundo de verdade no que dizem.

— Está enganado. Tenho um monte de amigos. Estou indo, desculpe se fiz o senhor perder tempo. Até mais.

— É sempre um prazer... Alma? — chama enquanto me afasto.

Eu me viro.

— Cuide-se, por favor.

Estou com uma cara tão desesperada assim?

— O senhor também — é a resposta que me ocorre antes de ir para o ponto do ônibus que vai me levar para casa.

Viro de novo, assim que chego lá. O professor não está mais no portão. Que sujeito estranho. Dou uma olhada ao redor, para ver quem está por ali. Não há nenhum Master à vista. Eles também parecem ter desaparecido. E essa trégua me dá arrepios.

Em seguida, uma nova, fortíssima pontada atravessa minha cabeça. Não estava preparada. Coloco a mão na testa, como se quisesse bloqueá-la. Por sorte, dura apenas uns poucos segundos, mas me deixa exausta e com medo de que esteja chegando a hora em que vou escrever outro daqueles contos.

22

O rio é calmo e suas águas verdes escorrem como se estivessem numa planície. A corrente é suave e me transporta com delicadeza, enquanto uma brisa agradável roça meu rosto e move suavemente meus cabelos.

Meu corpo viaja flutuando na água, deslizando como uma embarcação leve. Tem confiança no elemento em que se encontra. Mas, de repente, começo a ouvir um estrondo diante de mim. Levanto um pouco a cabeça e vejo, enquadrada pela ponta dos meus pés, uma nuvem branca de espuma e vapor no horizonte do rio. Naquele momento, percebo que estou mergulhada na água e o pânico toma conta de mim. Bato os braços e as pernas desesperadamente, mas só consigo afundar, enquanto a corrente, lenta e inexorável, continua a me levar para o abismo da cachoeira. Sinto a água entrar em toda parte, na garganta, no nariz, nas orelhas. Os pulmões se enchem d'água. Não tenho saída. Grito.

— Alma! O que houve? Está tudo bem? — Jenna está olhando para mim, preocupada.

Estou em minha cama, os lençóis amassados num monte sem forma a meus pés. Era só um sonho. Um sonho?

Levanto num salto, rezando para que o caderno roxo não esteja por ali, que Jenna não o tenha encontrado. Olho por todo lado, mas não encontro. Ainda bem, deve estar na mochila.

Nesse meio-tempo, Jenna ficou ao lado da cama olhando para mim como se tivesse enlouquecido.

— Acho que teve um pesadelo.

— Pois é, tive. Mas já acordei.

— Não estava bem? Não costuma dormir à tarde.

Se disser que estava com dor de cabeça, ela com certeza vai me obrigar a fazer a horrível tomografia computadorizada. Melhor evitar.

— Só um pouco cansada.

— Entrei aqui para avisar que tem um tal de Roth querendo falar com você no telefone.

— Roth? Diga que já estou indo, por favor.

Dou um pulo no banheiro para dar uma refrescada rápida no rosto. O sonho parecia tão real que o simples fato de tocar na água que sai da torneira já provoca uma sensação estranha.

Vou até a entrada e pego o telefone.

— Alô?

— Oi, é Roth... Espero não estar incomodando.

— Não, pode falar.

— Lembra que prometi convidá-la para jantar?

— Lembro mais ou menos... — Com tudo o que aconteceu comigo, claro que tinha esquecido completamente. Ou talvez preferisse não lembrar.

— Está livre hoje à noite?

Acho que não vou aguentar um jantar hoje à noite: eu me sinto como se tivesse passado por um moedor de carne.

— Para dizer a verdade, estou muito cansada...

— Que pena! Tinha notícias fresquinhas para você...

— Que tipo de notícias?

— Do tipo que você gosta: assassinatos.

— Está falando sério?

— Nunca falei mais sério.

— Está bem. Onde vai ser?

— Passo para pegar você, se não se importa. Onde mora?

— Bairro Leste. Condomínio B.

— Certo. Passo às oito. — Desliga sem me dar tempo de responder.

Viro para voltar para o quarto e dou de cara com Jenna: bloqueio da passagem e interrogatório garantidos. Bingo!

— Quem é esse Roth?

— Um amigo.

— Pela voz parece mais velho que você. Não é da escola, é?

— Não.

— Não disse nada sobre a idade.

— Não sei quantos anos tem. É tão importante assim?

— Tenho achado você estranha há algum tempo, Alma. Mais irritada e ausente. Quase nunca está em casa e a relação com seu irmão só fez piorar. Acho que está andando em más companhias, talvez as mesmas pessoas que invadiram nossa casa e revistaram o seu quarto. O que está havendo?

Bem que eu gostaria de saber.

— Nada, pode ficar tranquila.

— Isso teve início quando começou a escrever para esse jornalzinho e a se interessar por assassinatos. Não são coisas adequadas para uma mocinha da sua idade. Vou falar com Sarl!

— Nem pense nisso! — explodo.

— Está vendo? Por que reage dessa maneira?

— Ouça, sou uma adolescente, tenho os meus probleminhas idiotas que me deixam maluca e insuportável. É uma característica da idade, não é o que todos dizem? E por isso, posso responder mal um dia ou não voltar para casa na hora em que devia. Mas depois vou crescer e nenhuma de nós duas vai se lembrar disso tudo. Mas agora me deixe viver em paz, na medida em que for possível. E, sobretudo, não me impeça de curtir a única paixão que tenho no momento: o jornalismo.

Ela olha para mim muito séria, depois relaxa e as rugas que se formaram em sua testa desaparecem. Espero que esteja convencida.

— Está bem. Vou lhe dar um voto de confiança. Mas tente estar mais em casa e se aproximar mais de seus irmãos. Evan também está atravessando uma fase difícil. Dorme cada vez mais na casa da namorada, como se não se sentisse bem aqui.

— Talvez seja isso mesmo.

— Por favor...

— Está bem. Mas agora preciso me arrumar.

Passo ao lado dela direto para o meu quarto.

— Está interessada? — pergunta ainda.

— Em quem?

— Roth.

— Imagine! Sabe muito bem que não me interesso por ninguém... A não ser Morgan, talvez.

* * *

Roth é pontual. Carro verde-escuro, grande, comprido. Lá dentro, encontro uma casa, um escritório e parte de um bar: lentes fotográficas, pastas, folhas soltas, jornais, meio sanduíche todo mordido, um pacote aberto de batata frita e algumas latinhas rolando de lá para cá no tapete bege-claro. No banco traseiro, um travesseiro e um cobertor. O ar está cheio de odores, cobertos pelo perfume que ele usa, de especiarias, tão forte que me deixa tonta.

Assim que sento, Roth se aproxima para me cumprimentar com um beijo no rosto.

E eu me afasto num gesto instintivo.

— Quanto perfume você colocou?

— O vidro caiu em cima de mim e não tive tempo de mudar de roupa, sinto muito — responde, sem deixar claro se está brincando ou não. Sorri: — Está tão forte assim?

— Não, imagine. Eu só precisava de uma máscara antigás.

Abro um pouco a janela e deixo entrar o ar da noite, frio e úmido como um tentáculo.

— Tem de tudo aqui dentro, não?

— Nunca se sabe o que pode ser útil.

— Até travesseiro?

— Uso quando tenho que ficar de tocaia. É assim que se consegue um furo.

— Falando nisso, o que descobriu sobre os assassinatos?

— Que pressa! Conto no jantar, assim será obrigada a ficar até o fim.

— Chantagem, é?

— É, na cara de pau — diz ele, rindo.

Viro o rosto para examiná-lo. Tem um belo sorriso e uma risada simpática. Não é nada mau, para dizer a verdade. Estou me habituando até com o perfume.

Sorrio.

— Há, há! Sorriso número um. Se chegarmos a três durante a noite, ganho outro jantar em sua companhia.

— Não vai conseguir. Vai ter que se contentar com a companhia de outra qualquer.

— Que pessimista! Pois ainda prefiro a sua.

O que houve com ele hoje? Está mais engraçadinho que o normal.

— Deve dizer isso a todas.

— Está me acusando de não ser um homem sério?

Levanto os olhos para o céu. Nesse meio-tempo, chegamos ao restaurante.

Pela pinta, parece um lugar chique: manobrista, caminho com folhagens baixas e bem cuidadas, porta de entrada toda de vidro e, no interior, música discreta, luzes baixas e velas. Dedico alguns segundos à análise da roupa que escolhi: suéter preto, saia longa de jeans e botas. Nada apropriado. Mas não estou nem aí.

Roth, ao contrário, está muito bem-vestido: calça azul-marinho, camisa azul-clara e suéter azul-marinho. Parece recém-saído de uma propaganda de moda.

Um garçom gentilíssimo nos acompanha até a mesa. O salão é grande e, ao mesmo tempo, discreto. O chão é revestido de madeira e as mesas exibem macias toalhas de linho marfim. Cada mesa, rigorosamente redonda, tem um centro de frutas e flores tão perfeitos que parecem artificiais.

Assim que nos acomodamos, outro garçom entrega dois cardápios com capa de couro, do tamanho de um jornal, e coloca outro, que mais parece um dicionário, na mesa, ao lado de Roth.

— Escolheu um lugarzinho tranquilo — comento cheia de ironia.

— Não gostou?

— Claro que gostei, mas imaginava alguma coisa mais... comum.

— Disseram que se come muito bem. O que importa o resto?

Ele tem razão e começo a estudar o cardápio, enquanto a cidade lá fora segue seu rumo, indiferente.

23

— Já acabamos de jantar. Agora pode me dar as informações que tinha prometido, não?

— Tudo bem. Você mereceu.

Dou um sorriso forçado para que veja que não esqueci a chantagem. Mas tenho que admitir que a noite não foi nada ruim. Roth foi simpático, a comida era realmente ótima, assim como a música e o restaurante de primeira linha. Preciso arranjar uma chantagem dessas com mais frequência.

— Vamos na ordem. Lembra do rapaz que foi preso pelo assassinato do parque de diversões? Aquele que se suicidou?

Faço que sim. Lembro muito bem aquele dia. Fui à delegacia com Naomi para fazer a denúncia. Morgan apareceu em seguida. Estava saindo da delegacia às pressas. Fui atrás dele até a zona industrial, num edifício caindo aos pedaços. Entrei, mas lá dentro perdi seu rastro. Depois, ouvi um estrondo, levei um susto enorme e acabei fugindo. Voltei para a delegacia sem ter a menor ideia de onde ele tinha se enfiado. Quando cheguei lá, encontrei um caos: o suspeito pelo assassinato recém-capturado pela polícia tinha acabado de se suicidar. O que Morgan tem a ver com tudo isso ainda é um mistério.

— A polícia já concluiu as investigações sobre ele. Encontraram provas em sua casa. Roupas sujas de tinta, a mesma que foi usada para pintar a montanha-russa. A tinta ainda estava fresca na noite do homicídio e ele não percebeu.

— Parece estranho, não acha? Tinta fresca tem um cheiro tão forte! E por que levar o corpo até lá em cima, correndo o risco de ser visto e, além do mais, de se sujar de tinta?

— Como é que sabe que ele não o matou lá em cima?

Preciso tomar cuidado, do contrário ele vai suspeitar de alguma coisa.

— Na verdade, não sei. Só estou tentando adivinhar e acho pouco provável que alguém consiga levar um homem vivo, que tenta resistir, até o ponto mais alto da montanha-russa. E para quê? Deve tê-lo matado antes, com certeza.

— Daria um ótimo detetive, Alma.

— Quem me dera que fosse verdade — murmuro.

— O que disse?

— Disse que não é verdade. Mas, voltando à investigação, a polícia chegou à conclusão de que o culpado é ele mesmo.

— Um dos culpados. Como você observou, mesmo morto, o engenheiro era um peso muito grande para se carregar nas costas até o local em que foi encontrado.

— E então deduziram que o tal rapaz tinha um ou vários cúmplices.

Na verdade, Sarl tinha me falado a respeito de uma organização criminosa que poderia ser responsável pelos assassinatos. Mas uma organização composta por gente tão jovem? Parece muito improvável... Talvez haja algum adulto por trás disso, que faz com que eles cometam os crimes hediondos que planeja, para escapar de penas mais pesadas.

— Em que está pensando? Parece distraída.

— Acho que a polícia perdeu uma testemunha importante com esse suicídio.

— Estão investigando seus amigos, contatos, conhecidos, para descobrir se existe alguma ligação com os outros assassinatos.

E com Morgan, penso comigo mesma.

— É verdade que tem que ter muita coragem para se matar — digo, como se falasse comigo mesma.

— Sobretudo enfiando uma caneta no próprio pescoço.

A imagem do Master cujo olho acertei com uma caneta se projeta em minha mente como um flashback. Que horror! E além do mais, ainda pode estar vivo. Pode ter sido ele quem matou o homem-anjo.

— E do homem-anjo, não soube nada?

— De quem?

— Desculpe, do homem da papelaria.

— Por que lhe deu esse nome? — Como bom jornalista, Roth não deixava escapar nada.

— Porque era parecido com um anjo.

— Você conhecia o sujeito?

Não posso dar versões contraditórias ou vou cavar minha cova com as próprias mãos.

— É que o vi uma vez, de fora.

— Imagine, você poderia estar na papelaria no momento errado e... vapt-vupt! Não estaria jantando comigo agora. Às vezes, viver ou morrer é apenas uma questão de sorte.

— Para dizer a verdade, entrei exatamente na hora errada, mas o assassino resolveu me poupar — digo só para ver o que acontece.

Roth olha para mim sério, mas, em seguida, cai na gargalhada. Tenho certeza de que acreditou em mim por um instante.

— Eles já souberam alguma coisa da autópsia?

Ele faz que sim.

— Os resultados são totalmente inexplicáveis.

— Fale logo! Pare de fazer suspense!

— Parece que os órgãos internos e os tecidos do corpo do homem eram muito mais velhos do que sua idade. Estavam, sei lá... gastos.

— O que significa "gastos"?

— Significa isso mesmo. O médico que fez a autópsia se perguntou como aquele homem fazia para continuar vivo. Além disso, as íris e as pupilas eram muito mais claras do que o normal, tanto que o relatório fala de cegueira. Claro que, nesse caso, teriam que explicar como fazia para administrar uma loja sozinho.

— Talvez tenha ficado cego por causa de alguma coisa que o assassino fez.

— Para cegar um homem num tempo tão curto, é necessária uma luz fortíssima e tão repentina que não deixe nem o tempo de fechar os olhos para se proteger. Muitas variáveis juntas.

— Então ainda não determinaram a causa da morte?

— Não. Levantaram a hipótese de uma parada cardíaca, mas acho que foi apenas a primeira resposta razoável que conseguiram encontrar.

Esperava que Roth fosse clarear minhas ideias, mas só fez confundi-las ainda mais, como se isso fosse possível. Minha cabeça explode com tantos nomes, imagens, dados. Preciso descansar.

— Tenho que voltar para casa. Tenho aula amanhã cedo.

— E desde quando você virou uma aluna-modelo?

— Desde agora — corto secamente e levanto.

Ele me segue, paga a conta e me encontra lá fora.

Sempre me sinto melhor ao ar livre. Respiro profundamente.

— Posso saber o que foi que lhe deu? Parece que foi picada por algum bicho venenoso.

Tem razão, coitado.

— Desculpe. É que ando tendo umas dores de cabeça horríveis, que chegam de repente e me deixam nervosa.

— Está melhor?

— Estou, obrigada.

Caminhamos para o estacionamento, que fica a uns 20 metros do restaurante. Sinto que alguém nos segue. Imagino que seja o manobrista. Mas quando me viro vejo uma figura a distância, atrás de nós. Penso logo nos Masters, mas não usa chapéu. Usa uma coisa que parece um capuz. Acelero o passo, com Roth na minha cola. Assim que chegamos ao carro, viro de novo e a figura desapareceu, engolida pela escuridão.

Entro rapidamente no carro e aperto a tranca.

Roth olha para mim com pena. Deve estar pensando que estou ficando mesmo maluca.

Dirige devagar, talvez para não me agitar ainda mais. Não diz nada até chegarmos diante da minha casa. Estou mais calma agora, segura.

— Obrigada pelo jantar e desculpe o...

Não tinha acabado a frase quando ele se esticou na minha direção e colou seus lábios nos meus, como quem quer deixar uma marca. Eu o empurro com força e dou um tapa bem dado na cara dele.

— Nunca mais faça isso — digo antes de descer do carro.

Roth fica imóvel, o olhar chateado, a boca semiaberta, mas muda.

É assim que o deixo e entro no meu edifício.

Em casa, diante do espelho do banheiro, não posso evitar de pensar no beijo que Morgan me deu antes de me abandonar. Preciso revê-lo logo, para apagar os traços desses lábios estranhos.

24

O tique-taque ritmado de seus dedos no teclado do computador era o único barulho que se ouvia no salão com mezanino que ficava na pequena torre da velha casa de periferia, a única do Bairro Oeste que exibia aquela bizarra arquitetura medieval. No interior, uma pequena lâmpada amarelada, no exterior a lua, enorme no céu noturno. David estava sentado atrás da velha escrivaninha cheia de objetos, livros e papéis empoeirados. Amava a poeira, achava a poeira fascinante, histórica. Foi por isso que resolveu viver retirado na casa que tinha sido de seus pais: tudo ali dentro tinha ficado exatamente como era, caótico e exagerado, coberto pelo espesso véu dos anos. De vez em quando, dava um gole num café aguado, servido numa xícara lascada, examinando as palavras brancas que se multiplicavam sobre a tela preta. A seus pés, dormia um grande vira-lata que de vez em quando emitia uns leves resmungos. O que será que você está sonhando, meu amigo?, pensou o escritor, ele que vivia de mundos imaginários e para quem a realidade era apenas um sonho um pouco mais real.

De repente, percebeu que o ar estava esfriando. Foi até a estufa de cerâmica cor de tijolo, que ficava à direita, e constatou que estava quase apagando, de modo que colocou mais lenha, ainda com o cheiro perfumado de bosque. Voltou em seguida para o computador e para a história de seu protagonista, Giona. Sabia que estava muito atrasado em relação ao prazo de entrega combinado, mas sua agente já estava habituada. Os prazos tinham uma importância bastante relativa para David e, com o tempo, aquela impontualidade tinha se transformado numa forma de esnobar as pessoas que passam a vida com os olhos grudados no mostrador de um relógio. David nunca teve relógio.

Não tinham se passado mais de cinco minutos quando ouviu alguém bater na porta. Ficou bastante surpreso. Com certeza, não era hora de visitas. Mas sua imaginação ilimitada não demorou para produzir algumas explicações tão criativas quanto absurdas. Desceu as escadas ainda pensando nessas possibilidades e foi até a porta. Como se tratava de uma velha casa, com uma velha porta, ele não tinha como saber quem estava do outro lado sem abrir. E evidentemente não ia perguntar "Quem é?". Nunca fazia isso. Não se preocupava com nada. Tinha aprendido a viver na superfície das coisas e a ignorar tudo o que ficava por baixo. Por isso abriu a porta sem pensar.

Poderia esperar qualquer coisa menos dar de cara com uma moça tão bonita de tirar o fôlego. Parecia uma bonequinha, com o oval perfeito do rosto emoldurado por cachos deliciosamente infantis e os olhos azuis, claros e poéticos. Meio hipnotizado por aquele rostinho, David a convidou a entrar. Não reparou na mochila pesada que a mocinha carregava nas costas nem lhe ocorreu que poderia conter os instrumentos de sua próxima, implacável morte.

25

— Não! Não! — grito desesperada.

Dou um pulo e fico em pé na cama, como se o colchão estivesse pegando fogo. Com os olhos escancarados, observo ao redor e reconheço os contornos do meu quarto na penumbra. Passo uma mão pela testa gelada.

Mais um pesadelo! Que horas serão? A persiana deixa entrar muita luz, já deve ser de manhã. Estou arrasada. Procuro o interruptor do abajur e acendo. São sete horas, diz o meu velho e gordo despertador. Saio imediatamente em busca do caderno roxo. Devo ter escrito mais um conto. Droga! Onde estará? Que dor de cabeça! O quarto gira a meu redor como se fosse um carrossel.

Revisto a escrivaninha, o armário, o chão, centímetro por centímetro, espirrando por causa da poeira. Detesto carpete! E a poeira me lembra o protagonista desse último pesadelo. Um escritor. Um publicitário, uma redatora, um engenheiro e agora um escritor. Fico me perguntando se essa história tem algum sentido ou se não passa de uma brincadeira cruel de uma mente que mergulha na loucura.

Embaixo da cama tem de tudo: bolsas, jornais, uma velha caixa de fotos e cartas, menos a de Morgan, que está na mochila. Afasto os objetos com raiva. Estou cansada dessa situação que só faz piorar! Em seguida, vejo o caderno: está no chão, enfiado entre a parede e a cama. Devo ter deixado cair quando acabei de escrever. E a caneta está a seu lado. Os raios de seu corpo brilhante atravessam até a sombra.

— O que está fazendo aí embaixo, Alma? — pergunta Jenna, que acabou de invadir meu quarto sem bater, claro.

Com o susto, bato com a cabeça na trave da cama. Se pelo menos quebrasse essa maldita cabeça poderia saber o que tem lá dentro! Largo o caderno e a caneta embaixo da cama. Não posso correr riscos.

— Já pedi para bater antes de entrar! — observo, ficando de pé.

— Desculpe, esqueci.

— Acho que nunca se lembrou!

— Como está briguenta hoje! Dormiu mal?

Nem me dou ao trabalho de responder. Acho que basta olhar para mim.

— De fato, está com uma cara horrível. Tome um bom banho e verá que vai se sentir muito melhor depois.

— Obrigada pelo conselho. O que quer?

— Ah, pode ir pegar Lina na escola hoje? Trocaram meu turno e não vai dar tempo de chegar.

— E Gad? Ele não pode ir?

Jenna parece sem graça.

— Não. Quer dizer... a gente não tem se visto muito...

Então eu tinha razão: houve algum problema entre os dois. Não que me importe, ou melhor, só me importa porque tenho de fazer as coisas que ele fazia antes.

Nesse caso, porém, se trata de Lina.

— Tudo bem.

— Às quatro. Não vá esquecer, por favor.

— Já entendi. Não sou idiota. — Só estou mortalmente apavorada e mais confusa do que nunca. Não vejo a hora de Jenna sair do meu quarto para reler o que escrevi, na esperança de encontrar algum detalhe que me leve até esse homem, o tal escritor.

— Vou me arrumar. A gente se vê à noite. A propósito...

Viro para ela esperando que acabe a frase, mas ela fica em silêncio.

— O quê?

— Nada.

Anda meio estranha ultimamente. Depois que sai do quarto, fecho a porta atrás dela, giro a chave na fechadura e vou pegar o caderno.

Respiro profundamente e começo a ler.

Que sujeito extravagante esse escritor, penso. Seu protagonista se chama Giona... Talvez encontre alguma coisa sobre ele na internet. E continuo a ler, bem devagar: a verdade é que tenho medo de chegar ao final, de descobrir que ele também vai morrer.

Também fico espantada, como David, ao ver uma moça aparecer em sua porta àquela hora. Acho que é o sonho de todo homem, uma linda mulher pedindo abrigo no coração da noite.

Parecia uma bonequinha, com o oval perfeito do rosto emoldurado por cachos deliciosamente infantis e os olhos azuis, claros e poéticos.

Não sei por quê, mas essa descrição me dá arrepios. E começo a vê-la no exato momento em que os olhos se tornam afiados, cruéis, a expressão meiga do rosto se deforma numa careta desumana, os cabelos vibram como fios elétricos enlouquecidos e a mão delicada se contrai, dura, num aperto...

Fecho o caderno roxo com um golpe. Respiro com dificuldade. Pego a caneta e enfio tudo na mochila.

Resolvo seguir o conselho de Jenna e me enfio no chuveiro quente. Saio de lá mais calma. O banheiro está mergulhado numa nuvem de vapor com perfume de baunilha.

Olho meu rosto no espelho embaçado. Não vejo nada. Lentamente, dois pontinhos abrem caminho na superfície nebulosa. E crescem até se transformarem em dois discos que refletem dois olhos. Olhos claros, claros demais, que não são os meus. Olhos diabólicos que tentam me atrair. Não consigo parar de encará-los. Tem alguma coisa dentro desses olhos. É água, uma imensa extensão de água cinzenta. Sinto a cabeça pesar e um chiado, um zumbido nos ouvidos, como se estivessem cheios de moscas. Tento me afastar, mas minha vontade é fraca. Os olhos são tão magnéticos, a água é tão convidativa...

De repente, um toque. Pele sobre pele. Uma mão em meu braço. Estremeço, como se fosse percorrida por um choque. Viro e vejo Lina. Seus olhos estão cheios de terror. Dou mais uma olhada para o espelho, mas agora só vejo meu próprio rosto.

A mão de Lina é quente e não larga meu braço. O que houve comigo? De quem eram aqueles olhos?

— O que houve, pequenina? — consigo perguntar. Não sei qual das duas está mais perturbada.

Ela não diz nada. Fica ali, na minha frente, e continua com a mão quente em meu braço. Sem saber como nem por quê, fico calma.

Pouco depois, Jenna também chega.

— Onde você se meteu, Lina? Precisamos ir, senão vou chegar atrasada no hospital. — Olha uma e outra. — Está tudo bem, meninas?

Não, não está nada bem.

— Pensei que já tinham saído — digo, tentando parecer natural.

— Já estávamos na porta quando Lina parou de repente, tirou o casaco, largou a pasta e correu para cá.

Olho para Lina, que sorri para mim. Mas não é o seu sorriso de sempre, é uma coisa meio amarga. Como se também tivesse visto aqueles olhos dentro do espelho. Não, é impossível. Mas, então, por que está aqui?

— Vamos, Lina, ande logo.

Ela larga meu braço e vai embora com Jenna, sem uma palavra, como sempre.

Fico sozinha, com aqueles olhos terríveis gravados na mente e uma nova morte anunciada no coração.

26

Na escola, só tenho um objetivo: descobrir tudo o que puder sobre aquele tal de David, o escritor protagonista do meu pesadelo, o primeiro depois de um período de relativa tranquilidade. Tinha esperança de não escrever mais, porém... mais uma dor de cabeça. Cada vez que me concentro nesses contos, que tento descobrir alguma coisa, mil lâminas perfuram meu cérebro. Será que nunca terei um instante de paz?

Das outras vezes, não consegui deter os assassinos, mas devo e posso fazer isso agora; agora que, de alguma maneira, sei que também faço parte dessa máquina mortal.

Se quiser procurar alguma informação, tenho que matar a primeira aula de matemática. Tomo a decisão e empurro a porta da biblioteca. Está vazia, é claro. Existem estudantes responsáveis nesta escola.

O computador ainda está desligado. Aperto o botão, e a tela se ilumina num relâmpago azulado. O processador começa a mastigar e até eu sofro com seus esforços. Lentamente, compõe o plano de fundo: uma ensolarada ilha de areia coralina circundada por um mar azul-turquesa. Alguém deve ter colocado essa imagem há pouco tempo, da outra vez era só um fundo preto. Uma fuga para um mundo que não existe. Ou talvez exista, mas quem tem acesso a um lugar desses?

Começo a busca. O nome David, combinado com o nome de seu personagem Giona, produz mais de 20 mil resultados. Clico no primeiro, que me envia para a home page de uma editora, onde encontro uma biografia do autor.

Fez um monte de coisa, penso comigo. Leio tudo com atenção:

"... Jovem de grande talento literário... diplomado em medicina, resolve se dedicar, contra a vontade da família, à carreira de escritor...

ainda muito jovem, recebe o ambicionado prêmio... mais de trinta romances publicados... famosa série... supera um milhão de exemplares vendidos: *As Viagens de Giona...*"

É ele.

Pego o caderno roxo da mochila para verificar.

Não devia acontecer mais, já não devia causar um efeito tão forte; afinal, não é o primeiro conto que escrevo, mas cada vez que toco naquela capa lisa sinto meu estômago fechar, retorcido como uma esponja.

Sim, trata-se exatamente do sr. Giona.

Em seguida, falam de outros romances e séries de sucesso. Também escreve romances policiais. Sorrio: quem sabe sua experiência não poderia me ajudar a resolver esse mistério absurdo que é a minha vida. Tem várias informações pessoais, mas nada sobre o local onde mora. Olho a fotografia: cabelos castanhos crespos e despenteados, olhos escuros meio amendoados, lábios finos. Não me diz nada.

Retorno e faço nova busca.

Encontro uma entrevista:

"... Muitas das aventuras que conto são ambientadas em lugares que conheço... a casa dos meus pais é um deles..."

Que sorte! Tem uma foto da casa. Inconfundível, com aquela torre. Igualzinha ao pesadelo.

Olho para ver se não chegou ninguém e ligo a impressora, que entra em ação com um estalo sinistro. Seleciono a foto da casa, aumento e mando imprimir.

Aquele achado pré-histórico puxa o papel feito um velho asmático puxando o ar e lança os jatos de tinta sobre ele em soluços breves e regulares.

Quando termina, olho para a folha impressa como se fosse um milagre e desligo a maldita engenhoca.

Justo em tempo, antes que um professor entre na biblioteca. Não é da minha seção, mas sabe como são os professores, sempre prontos quando se trata de repreender um aluno. E eu pareço um petisco oferecido numa bandeja de prata.

— Por que não está assistindo à aula, mocinha? — pergunta imediatamente.

É um homenzinho atarracado, vestido à moda antiga, com colete e gravata-borboleta. Tem um jeito severo, mas, juntando seu rosto redondo como um globo, seus erres enrolados e seus sapatos de duas cores, fica difícil levá-lo a sério.

— Estava terminando uma pesquisa — digo, fechando distraidamente a janela na tela do computador.

— Certo, mas não pode ficar aqui durante o horário da aula. Serei obrigado a relatar ao diretor...

Não, não, não, repito na minha mente.

— ... se encontrar você por aqui de novo, sem permissão.

Dou um suspiro de alívio.

— Obrigada, professor.

Enfio minhas coisas na mochila e saio correndo, antes que ele mude de ideia.

Se tivesse um computador em casa não precisaria me arriscar tanto para obter uma simples informação. Mas por enquanto Jenna não tem condições. Tendo em vista todos os sacrifícios que faz por nós, não tenho coragem de reclamar.

De onde tirei tamanha compreensão? Na realidade, nunca tinha tido nenhuma com ninguém. Talvez o simples fato de ver a própria vida pendurada por um fio amoleça até um coração de pedra como o meu.

De todo modo, agora tenho a foto da casa e sei que fica no Bairro Oeste. Vou precisar de um pouco de sorte para encontrá-la. Se tivesse uma scooter ou um carro... Sempre a mesma história; portanto, tiro isso da cabeça e boto um ponto final.

Um pouco depois, estou na minha sala não ouvindo a aula. Do lado de fora da janela brilha o sol. Está chegando a primavera, mas aos poucos, aos soluços. É estranho: depois de séculos de céu cinzento e chuvoso, estou quase desacostumada com tanta luz, que fere meus olhos como se fosse excessiva e bela demais para que consiga sustentá-la.

Muita gente acha a chuva melancólica, mas quando você se habitua ela se torna parte do mundo que conhece e transmite segurança com suas cores apagadas, enquanto a chegada do sol, explosivo e forte com suas cores vivas, causa aflição.

Penso sobre o fato de que não há nada nesta escola que me interesse depois que Morgan foi embora. É tudo sem graça e inútil. As coisas que realmente contam acontecem fora desses paredões cinzentos. Olho para os meus colegas, cada um perdido em seu pequeno mundo pensando que ele é maior do que o dos outros.

E o meu? Está cada vez mais parecido com um inferno, cujos demônios agora moram numa casa com uma torre.

27

O que mais prejudica a cidade é a total indiferença de seus habitantes em relação a ela. Ninguém olha para ela, ninguém lhe dá atenção. Todos pisam, atravessam, sujam, usam e abandonam a cidade, convencidos de que sempre estará lá, pronta para servi-los.

Aqui não tem metrô. O tipo de terreno não permite, disseram os especialistas. Haveria risco de desabamento, porque o subsolo é uma sucessão de buracos. Buracos e água por todo lado. Assim, temos que nos deslocar na superfície, amontoados, para cima e para baixo como uma multidão de pequenos soldadinhos cumprindo seus deveres. Até o dia em que a cidade se cansar de nós e escancarar um abismo enorme para nos devorar junto com nossas casinhas estúpidas, nossos carrinhos de brinquedo, nossas ridículas pretensões de desenho animado em três dimensões.

Chegamos aqui por acaso, por acidente, e é assim também que voltaremos para o lugar de onde viemos, uns mais cedo, outros mais tarde.

Só quando estamos próximos do fim é que percebemos como tudo o que nos rodeia é inútil. A vida de um escritor famoso escorre junto com a tinta da minha caneta. Se eu for mais esperta e rápida, conseguirei deter sua assassina. Ou não. E assim, quem pode garantir que minha vida também não está inseparavelmente ligada a alguém que pode não ser tão esperto e rápido quanto eu?

Não existem certezas.

Só sei que preciso encontrar David e salvá-lo para interromper essa corrente.

Chego à fronteira do Bairro Oeste. Prédios mais baixos, três ou quatro andares no máximo, um pouco de verde na frente, algumas varandas se destacando das paredes como mãos estendidas implorando um pouco de sol. Nessas ruas tem gente que não caminha simplesmente, mas gente que passeia, ou seja, caminha sem nenhum objetivo, só pelo prazer de caminhar. Vejo rostos sorridentes, mais relaxados do que o habitual.

Ando ao acaso, olhando sempre ao redor, mas logo noto que, sem o endereço, não tenho nenhuma chance de encontrar a casa.

Resolvo parar um casal que vem na direção contrária. São velhos, mas estão de mãos dadas como dois jovens. Ele, mais baixo do que ela, parece ainda mais velho, mas tem um rosto simpático e alegre, parcialmente coberto pelos óculos de armação pesada. Usa um chapéu xadrez e um velho casacão verde. Ela também usa chapéu, combinando perfeitamente com os óculos de armação tipo gatinho. Sua boca é vistosamente vermelha, mas as pernas ainda esguias e um físico cheio de energia permitem que mantenha a vaidade sem cair no ridículo.

— Bom dia, desculpem, estou procurando essa casa aqui — digo, mostrando a folha que imprimi.

Tem início então uma incrível valsa dos óculos, um troca-troca para tentar enxergar a foto.

Depois de um tempo, os dois velhinhos conseguem identificar. Olham a foto e dão sinais de reconhecimento.

— Claro — diz ela num tom decidido, como se fosse a coisa mais óbvia desse mundo. — É a casa do escritor, aquele com um monte de cabelo.

Relembro o retrato que vi na internet, depois examino o marido: por baixo do chapéu despontam uns poucos cabelos finos. Comparada com isso, qualquer cabeleira deve parecer uma floresta.

— Não fica muito longe — acrescenta ele.

Ela está me examinando de cima a baixo, com precisão cirúrgica, para tentar entender por que estou procurando o escritor ou, mais provavelmente, para avaliar se, no meio de tantos fãs que querem vê-lo, eu terei alguma chance de ser recebida.

— Pode me mostrar o caminho?

— Posso. Bem... — começa ele.

— Ora, melhor nem tentar — interrompe a mulher. — Consegue se perder até dentro de casa! Deixe que eu explico, querida.

Ele fica em silêncio, conformado.

— Então, vamos ver: você segue reto por essa rua e depois dobra na... é na segunda, não, Dado? — pergunta ao marido.

Dado? Às vezes os apelidos dos casais são realmente estranhos.

Ele faz que sim, meio irritado, como quem diz "sabia que ia acabar me pedindo ajuda".

— Então, dobre na segunda à direita e siga em frente, quantos mesmo? Bem, mais ou menos uns 20 metros.

— Deve ser pelo menos o dobro, Íris!

— Não fique me interrompendo! Não está vendo que estou explicando o caminho para a mocinha aqui? Depois, acabo fazendo confusão.

Ele sacode a cabeça: é evidente que Íris já faz muita confusão sem precisar de sua ajuda.

— Desculpe, querida — diz a senhora. — Sabe, os homens são todos assim. Se puder, não se case.

Isso nem passa pela minha cabeça, gostaria de dizer, mas fico calada para não entrar numa discussão que imagino que não acabaria nunca. Só quero encontrar a casa do escritor.

— Resumindo: reto, depois dobrar à direita, depois reto e depois pegar a primeira à esquerda. Pronto, estará bem na frente dela. Da casa, não é? É muito diferente, a única por aqui que tem uma torre. Parece um castelinho, não é, Dado? — Mas não espera a resposta. — Esquisita... talvez um pouco inquietante...

— Agradeço muito — tento me despedir para não perder mais tempo.

— Entendeu tudo? Repita o que eu disse — diz ela.

Era só o que me faltava, ter que repetir a lição!

— Reto, segunda à direita, reto, primeira à esquerda — digo rapidamente, enquanto ela acompanha cada palavra com um movimento aprovador da cabeça.

— Bem, já está ficando tarde. Nossa, é muito tarde, temos que ir, Dado! Preciso costurar aquele botão, aquele da camisa azul, botar o coelho para marinar e...

E assim eles se afastam, um ao lado do outro, presos numa vida feita de botões, coelhos para marinar e outras pequenas coisas que tornam aquela vida só "deles", diferente da vida de todos os outros.

Fico me perguntando por que, quando chegam a uma certa idade, as pessoas estão sempre com pressa. Provavelmente estão aposentados, sozinhos ou com filhos grandes e independentes, com poucas preocupações a não ser a saúde, mas estão sempre correndo. Talvez seja a sensação de que o tempo que têm à disposição está acabando, de que os últimos grãos de areia na ampulheta já estão começando a cair.

Também me sinto assim: como se não tivesse tempo, porque um verme monstruoso e gigantesco está devorando meu tempo bem debaixo dos meus olhos.

Tento caminhar mais devagar. Li em algum lugar que a percepção do tempo varia de um momento para outro, estica e encolhe, não é uma coisa fixa. Acho que se tentar diminuir o ritmo, talvez consiga desacelerar aquele mecanismo interno que faz meu coração bater a mil e minha cabeça latejar como se tivesse uma mola que não para de pulsar lá dentro.

Funciona por alguns minutos.

Sigo o caminho que a velha senhora me indicou.

E entro numa rua arborizada e silenciosa. Cheguei a meu destino: a casa com a torre está bem na minha frente.

28

Envolta na mais absoluta tranquilidade, a casa do escritor parece saída de um romance do século passado. Cercada por um jardim dominado por uma desordem espontânea e fechado por um muro claro da altura de um homem, a casa mantém certo rigor nas linhas puras de sua arquitetura levemente retrô: janelas em arco se abrem como olhos na fachada clara e envelhecida pelos anos. Uma pequena varanda que fica logo abaixo é a boca imaginária, e os dentes são as pequenas colunas brancas e graciosas. Descendo mais um pouco, uma porta antiga de batente duplo, de madeira inexplicavelmente escura em contraste com o resto. A seu lado, à direita, a torrezinha: os tijolos aparentes de que é feita fazem pensar que foi acrescentada depois que a casa já estava pronta. Parece que alguém a jogou no meio do jardim por engano, enfiada no solo, e nunca mais retirou. De base quadrada e bastante rústica, tem três andares separados por três faixas de friso branco, cada um com sua janela, também quadrada. O teto, reto, dá à torrezinha um ar militar, como se lá dentro fosse preciso se defender das batalhas que ressoam do lado de fora.

O único movimento ao redor da casa é um fio de fumaça que sai serpenteando do alto da torre, denunciando a presença de alguém que, apesar da estação mais amena, está com frio.

Imagino David atrás de sua escrivaninha entulhada de objetos poeirentos, talvez no último andar daquela torrezinha bizarra, tentando domar o temperamento de alguns personagens mais rebeldes, que se recusam a seguir a história e querem agir por conta própria. Sempre pensei que seria esse o trabalho de um bom escritor de aventuras.

* * *

Quando a admiração misturada ao espanto por esse estranho edifício se acaba, como um filme que chegou aos créditos finais, entendo que preciso tomar uma decisão sobre o que farei.

Posso bater na porta e tentar explicar a esse tal de David que eu também escrevi um conto, do qual ele é o protagonista. E vou ter que explicar que, ao contrário dos outros contos, e provavelmente dos dele também, os meus realmente acontecem. E que isso não é nada bom, pois o protagonista sempre morre.

Se for suficientemente convincente, posso esperar que a ilimitada imaginação que é, com certeza, uma característica do seu modo de entender as coisas o leve a acreditar em mim, nem que seja por um segundo, e a considerar a hipótese de que sua vida esteja realmente em perigo.

Se, ao contrário, como é mais provável, ele achar que sou apenas mais uma admiradora fanática e completamente maluca, logo estarei olhando de novo para a porta, pois ele vai batê-la na minha cara.

A alternativa é esperar a noite do assassinato, que poderia ser hoje mesmo ou amanhã, e voltar para tentar deter a assassina a tempo, para impedir que mate o escritor, mas também para que ele a veja e compreenda o risco que correu. E se não conseguisse detê-la? David morreria e, em breve, eu escreveria outro conto. Mas, se eu conseguir parar a engrenagem, é possível que todo o mecanismo saia dos eixos, que eu não escreva mais e ninguém mais morra.

Enquanto penso no assunto, ouço um barulho atrás da porta da casa e me afasto para não ser vista. Resolvo sentar num banco do outro lado da rua. Para não dar na vista, tiro um livro da mochila.

Vejo um homem, ainda jovem, sair com um cachorro bem grande. É David.

Abre o portão e começa a caminhar na calçada deserta. O cão, sem coleira, o segue fielmente.

Não é muito alto, nem muito magro. Usa uma calça xadrez bordô e branco bem duvidosa e um velho suéter branco de lã grossa e pesada, do tipo que se usa na montanha. Vestido daquele jeito, é como se quisesse dizer a todo mundo que não se importa com roupas, que tem coisas muito mais importantes para pensar, misturadas às tramas de seus romances.

Resolvo segui-lo a distância. Caminha até uma banca de jornal, compra um, que folheia rapidamente até a última página. Esportes. Troca duas gracinhas com o jornaleiro, que parece conhecer bem, e volta para casa pelo mesmo caminho. O cão continua atrás dele.

Pelo jeito como faz cada gesto como se fosse um ritual, deduzo que é um sujeito de hábitos regulares e, portanto, que faz a mesma idêntica coisa todo santo dia, embora me pareça estranho que alguém espere as primeiras horas da tarde para comprar o jornal.

Se pretendo falar com ele, esse poderia ser um bom momento. Mas quero mesmo fazer isso agora?

Por que nas minhas noites de delírio não escrevo, junto com os contos, um folheto com as instruções de uso? Com explicações detalhadas sobre o modo como tratar a vítima, quando aparecer diante dela, o que dizer e assim por diante.

Enquanto isso não acontece, não sei o que fazer. Só sei que, se cometer algum erro, por menor que seja, o escritor morre. O enésimo morto.

Levo tempo demais para resolver e David entra em casa.

O destino decidiu por mim.

Vou esperar a noite.

Mas como vou saber se é essa ou a próxima? Pense, Alma, pense. Escrevi no conto que era uma noite de lua cheia. Talvez só precise consultar um calendário para saber, contando que minha descrição seja mesmo precisa, que a lua era realmente cheia e não quase cheia. Minúsculos detalhes capazes de fazer uma diferença enorme.

Vou consultar um calendário e confiar na sorte.

Se é que ela existe.

Pego o caminho de volta.

Minhas amigas estão me esperando no Zebra Bar.

29

Quando nada do que acontece com você vai no bom caminho, a única coisa que pode fazer é se dar de presente um monte de fofocas com as amigas diante de um bom café. E esperar que isso a ajude, pelo menos durante algum tempo, a tirar da consciência o peso de ter que salvar a vida de alguém.

Portanto, aqui estamos nós, ao redor de uma mesa do Zebra Bar. Seline com os olhos sonhadores de quem vê um novo amor no horizonte, Naomi com os olhos desencantados de quem acabou de passar por um grande sofrimento, e eu que não quero, e provavelmente não conseguiria, ver olho algum nos próximos mil anos. Por sorte, os olhos de minhas amigas não me assustam.

Pedimos três cafés puros a um garçom que nunca tinha visto antes. O garçom bronzeado deve estar de folga, penso comigo. Nenhuma de nós tem vontade de tomar o famoso café Zebra. Eu em primeiro lugar, pois meu estômago está embrulhado desde a manhã.

— Por acaso vocês têm um calendário? — pergunto ao garçom.

Minhas amigas me olham espantadas.

— Acho que sim. Já vou ver — responde, antes de se afastar.

— Desculpe, mas por que não olha na agenda? — comenta Naomi.

— Porque a agenda não tem as fases da lua.

— E o que quer com as fases da lua? — pergunta Seline, que parece estar no piloto automático.

Preciso inventar rapidinho uma explicação razoável.

— Porque... quero cortar o cabelo e ouvi dizer que tem que ser cortado na lua crescente, se não quer que demore um século para crescer de novo.

— Uau! Não sabia. Pensei que só funcionasse com a depilação! — exclama Seline.

Naomi olha para ela espantada. Deve estar se perguntando se a amiga é mesmo real ou uma invenção de sua mente sofrida.

Seja como for, a desculpa cola.

O garçom retorna em seguida com um calendário de mesa, de espiral, daqueles que ficam de pé, abertos como um livro abandonado. Agradeço e espero encontrar o que estou procurando.

Não há dúvida: a lua hoje ainda é crescente, só vai estar cheia depois de amanhã. O assassinato vai acontecer daqui a duas noites, se eu não fizer nada para impedir.

Num certo sentido, fico aliviada ao verificar que não vai ser hoje. Sei que não é nada, mas um pouco de tempo sempre ajuda a organizar melhor as ideias. Além disso, tenho que confessar que, embora seja uma menina como eu, estarei enfrentando uma assassina. E esse pensamento me enche de terror.

Devo ter deixado transparecer alguma coisa do que estou pensando — acabei me transformando numa espécie de peneira que deixa passar as emoções —, porque Naomi comenta:

— Parece muito preocupada com esse corte de cabelo...

— Não está pensando em raspar a zero, está?

— Claro que não, Seline. Estava só pensando na vida, não no cabelo.

Seline me lança um olhar de cumplicidade.

— Está pensando em Morgan?

— Também. É um período de muita mudança, inclusive lá em casa, e tenho a impressão de que não vou conseguir controlar tudo. Sempre achei que os acontecimentos na vida de uma pessoa não eram ligados entre si: comprar uma rosquinha com açúcar hoje não tem nada a ver com ser atropelada por um carro amanhã. Mas não é bem assim, porque o açúcar pode me dar dor de dente e terei que ir ao dentista; o consultório do dentista fica numa rua movimentada que terei que atravessar e alguém pode me atropelar. Resumindo, estou começando a perceber que existe um fio muito sutil e invisível que liga tudo. Cada ação realizada altera o movimento geral das coisas que giram a seu redor.

— A famosa história do efeito borboleta — comenta Naomi.

— Que borboleta? Não estou entendendo mais nada.

— Dizem que quando uma borboleta bate as asas na China, provoca um furacão do outro lado do mundo.

— Imagine!

— Não quer dizer que seja exatamente assim, Seline, mas acho que Alma está certa. E também é verdade que o mal atrai o mal e o bem atrai o bem.

Você tem toda a razão, Naomi.

— Por isso — continua ela —, na esperança de que seja uma boa decisão, resolvi ir embora.

— É mesmo? Para onde? — pergunta Seline.

— Vou ficar na casa de minha tia, na praia. Meus pais acham que uma mudança de ares vai me fazer bem, depois de tudo o que aconteceu.

— Não estão totalmente enganados — comento. — O processo foi barra-pesada, e teve também o período anterior, com a terapia, a denúncia...

— Eu ficaria doida por muito menos.

— Você *é* doida por muito menos, Seline — observo. Em seguida, volto a Naomi. — E quando vai ser?

— Nesse fim de semana. Vou ficar um mês fora, mais ou menos.

Seline arregala os olhos.

— Como vai fazer com a escola?

— Meus pais falaram com o diretor. Vou pegar a matéria e os deveres pela internet.

— É mesmo? Então eu também posso fazer isso.

Por sorte, Naomi resolve responder, evitando que eu parta para a ignorância.

— Scrooge só vai abrir uma exceção no meu caso, Seline, por causa do que aconteceu, do trauma que sofri, entende?

— Mas eu também sofri um trauma.

— Então tente pedir a ele — rebate Naomi secamente.

Parece tão imperturbável agora, como se todas as angústias e preocupações tivessem abandonado seu corpo, deixando-a como um saco vazio, meio frouxo, mas livre do peso por fim.

— Tem uma coisa que queria fazer antes de ir.

— O quê? — pergunto.

— Queria visitar Agatha. Pensei muito nela nos últimos tempos. Por mais absurdo que pareça, me senti muito próxima dela. A dor tem mais poder do que a gente imagina.

Sei muito bem o que quer dizer.

— Já estive lá — confesso.

— É mesmo? — pergunta Seline, que no dia de hoje não consegue dizer outra coisa.

— Queria ver com meus próprios olhos como ela estava.

— E como está?

— Bem, Naomi, está como qualquer um ficaria numa prisão. Está mais magra...

— Ainda mais magra? — intervém Seline, que salta ao ouvir essa palavra como se despertasse de uma hipnose.

Não dou atenção e continuo. Enquanto isso, minha cabeça balança numa gangorra: "Conto ou não conto?"

— Está com uma cara sofrida e sem brilho nos olhos.

— Estranho — observa Naomi —, pensei que ia estar furiosa com a situação e, sobretudo, com a pessoa que a denunciou.

— Será que algum dia vai saber quem fez isso?

— Não sei, Seline. Mas o fato é que não gostaria de estar no lugar dessa pessoa quando Agatha sair da prisão.

— Era o que eu também achava, mas depois de conversar com ela tive que mudar de ideia.

— Como assim? — pergunta Seline.

— Ela queria ser detida, mesmo que inconscientemente. Acho que seu carinho pela tia era sincero e imagino que se sentiu muito sozinha depois de sua morte. E muito assustada com o que poderia acontecer com ela dali em diante.

— Sempre teve um temperamento solitário — observa Seline.

— É, mas acho que sofria muito mais do que demonstrava. E de qualquer jeito, garanto que não tem ódio da pessoa que a denunciou. Está com muita raiva do mundo, da vida que lhe deram, que nunca escolheria.

— Acha mesmo que alguém nos dá uma vida? — pergunta Naomi.

— Acho que nos dão um início, um ponto de partida. Daí em diante, a escolha é nossa. Tudo está em nossas mãos. A sorte e o azar estão ligados ao modo como agimos, como disse antes.

— Concordo. E, na minha opinião, toda essa raiva pode ser perigosa — comenta Naomi, que, depois do que passou, virou uma espécie de autoridade no assunto.

— É. Tenho medo de que, atrás das grades, a situação acabe piorando ainda mais.

— Como diz o dr. Mahl, as pessoas ficam loucas nos hospícios.

— Eu não quero ir. Agatha sempre me deu arrepios. E agora mais ainda.

No fundo, a atitude de Seline é compreensível.

— Se quiser, tinha pensado em visitá-la de novo justamente hoje — proponho a Naomi. Na verdade, não tinha programado nada, mas nosso último encontro foi interrompido de uma maneira ruim e saí de lá com a impressão de que Agatha sabia de alguma coisa que poderia me ajudar.

É verdade que, junto com Naomi, não vou poder perguntar o que quiser, mas talvez dê para fazer dois encontros separados. Também posso lhe contar tudo o que aconteceu. Precisava tanto desabafar com alguém... Estou me sentindo muito sozinha depois que Morgan sumiu, embora a sua carta tenha me dado esperança de que as coisas mudem em breve. E de que logo saberei toda a verdade, também sobre ele.

— Por mim, tudo bem.

— Vocês são malucas — comenta Seline.

Naomi não dá bola e muda de assunto.

— E como vão as coisas com Adam?

Adam, que ultimamente está ainda mais estranho...

— Somos amigos, isso é tudo.

— E andam de mãos dadas só porque são amigos? — comento.

— Não estamos juntos, se é isso que querem saber. Bem que eu gostaria...

— Mesmo depois de tudo que ele fez? É a mesma coisa que eu me interessar por Tito! Só o nome já me dá nojo.

— Não dá para comparar as duas coisas, Naomi. E talvez Adam tenha realmente um lado positivo — afirmo me lembrando do nosso acordo.

— Positivo? Tem certeza do que está dizendo, Alma? Esqueceu o modo como se comportou com Seline? De como sempre foi metido e machista com todas as meninas? A arrogância que demonstrou até no rio?

— O que fizemos no rio é uma coisa que não pode se repetir. A gente errou ao atacá-lo. A violência não leva a nada.

— Para quem sofreu, a violência leva ao nada, isso sim! — Naomi tem os olhos duros e lúcidos.

— Adam não vai mais fazer mal a nenhuma de nós — garanto, mais como um desejo do que como uma certeza. Nem eu sei muito bem o que pensar dele. Mas os últimos acontecimentos fizeram com que aceite pelo menos a possibilidade.

Quando as xícaras ficam vazias, levantamos e saímos do bar. A conversa não foi relaxante como imaginei. Ainda existe muita tensão flutuando entre nós. Fico me perguntando quando isso vai terminar.

— Bem, tchau, meninas. Boa sorte, acho que vão precisar — se despede Seline, com o tom fatalista de uma vidente.

— Vai dar tudo certo, pode ir sossegada — eu a acalmo.

— A gente se vê amanhã na escola — cumprimenta Naomi, mas é evidente que sua cabeça está em outro lugar. Talvez já esteja naquela prisão.

Em companhia da minha.

30

Voltar a um lugar conhecido, por mais desagradável e assustador que seja, sempre dá ao visitante uma sensação imediata de familiaridade que atenua, pelo menos em parte, os aspectos negativos. Assim, o centro de detenção de menores não parece mais acolhedor do que na primeira vez, mas certamente é mais acessível agora que conheço os mecanismos. Eles estão ao meu redor, no rosto conhecido da guarda que fica na porta, nas poltroninhas de plástico marrom, até no bigode ruivo do segundo guarda. Às vezes, basta que alguém a reconheça para que você se sinta em casa. Mas isso aqui nunca vai ser uma casa.

— Todos se lembram de você — observa Naomi.

— Faz pouco tempo que estive aqui — respondo, sem dizer quando foi.

Entramos. Ela não precisa de carta de apresentação, é maior de idade. Mas eu tive que apresentar a minha, um pouco mais amassada que da primeira vez. O agente de bigode leu, levantou os olhos para mim e me examinou por alguns segundos, como se estivesse decidindo se meu salvo-conduto ainda era válido. Em seguida, dobrou a carta e me devolveu. Com um gesto de cabeça deu a entender que podia entrar.

Suspiro de alívio.

Escoltadas pelo mesmo guarda impassível da outra vez, percorremos o estreito corredor até o portão. Entramos então no segundo corredor e, de lá, na sala de visitas. Naomi olha ao redor, perdida e intimidada. É um lugar que dá arrepios. Quem chega aqui não pode evitar de se perguntar: "E se tivesse acontecido comigo?" Hoje não ouço gritos, como se todos tivessem sido engolidos por esse silêncio que nos circunda como um vapor abafado.

Guio Naomi até a sala, como um cão faria com um cego. Sentamos na mesma mesa da outra vez. E esperamos.

Naomi fixa a porta por onde Agatha vai chegar. Respira rapidamente, mas acho que nem percebe.

— Está agitada?

— Um pouco. É um lugar horrível, pior do que eu imaginava. Além disso, não vejo Agatha desde antes de ela ser presa. Não sei muito bem como me comportar.

— Melhor fazer o que tiver vontade. É inútil decidir antes. Também depende de Agatha, do humor dela.

— Então não dá para ter muita esperança. E se ela não gostar de me ver? Nem pensei nessa possibilidade.

— Agora já está aqui. Vai ter que enfrentá-la.

Ela suspira. E naquele momento a porta se abre. Agatha, com o mesmo macacão azul e o mesmo suéter cinza, avança como um zumbi recém-saído da sepultura.

Naomi olha para ela com os olhos cheios de compaixão, a testa franzida de pensamentos.

Agatha senta diante de nós e nos encara. Está bem mais calma do que da outra vez, mais apagada. Tenho a impressão de que olha através de nós, como se fôssemos transparentes.

— Oi, Agatha — sussurra baixinho Naomi.

— Oi — responde ela com uma voz monótona.

Parece meio sonolenta.

— Tudo bem?

— O que acha?

Naomi fica um instante em silêncio para reunir novas forças.

Deixo as duas falarem enquanto observo.

— Achei você... diferente.

Nenhuma resposta.

Naomi parece desanimada.

Nessa altura dos fatos, levanto e me aproximo do guarda que, como da outra vez, ficou na sala vigiando.

— O que houve com ela? Deram alguma coisa para ela?

— Isso não é da sua conta, mocinha — rebate ele, duro.

— É sim, e muito, porque Agatha é minha amiga.

O sujeito volta a olhar para a frente, impassível.

Tento de outro jeito. — Sou muito amiga do tenente Sarl, da Homicídios. Foi ele que me deu a autorização para entrar aqui.

— Não entendo o que isso tem a ver com a detenta.

— Foi presa por causa de uma denúncia minha — digo a meia-voz.

— Se um dia ela sair daqui, vai ter que escolher melhor as suas amizades — comenta ele num tom de desprezo. Depois toma outro rumo. — Tivemos que lhe dar um sedativo. Começou a chutar o ar. Parecia enlouquecida. Agora, ao contrário, está dócil como um bichinho.

Que merda! Olho mais uma vez para o guarda, volto para a mesa e faço sinal para a minha amiga pedindo que saia. É inútil conversar com Agatha naquelas condições.

Mas Naomi está com um ar visivelmente perturbado.

Coloco a mão em seu ombro.

— O que houve?

— Vou sair um pouco — limita-se a dizer, sem nem me olhar. Pede então para que o guarda abra a porta para ela.

— Posso saber o que disse a ela? — pergunto a Agatha, sem saber se ela é capaz de me ouvir.

Mas está ouvindo, e muito bem.

Vira para mim aqueles olhos que, como duas flechas, penetram nos meus. Será que o efeito do tranquilizante está passando?

— A verdade.

— Que verdade?

— Que você me denunciou.

— E por que fez isso?

— Por dois motivos. O primeiro é para que ela saiba quem você é na verdade.

Um movimento de puro ódio retorce meu estômago. Minha vontade era meter a mão na cara dela. Mais uma vez, Agatha me surpreende.

— Sei muito bem o que é viver na mentira. Fiz isso por tempo demais, tentando encobrir uma realidade que não conseguia enfrentar. A gente se sente mal, se sente sozinha, cada dia mais. E então quis libertar você do peso do que me fez.

— Não lhe pedi isso.

— Eu também não pedi para você me denunciar, mas você denunciou assim mesmo.

Olho para ela. Parece mais digna, mais humana.

— E o segundo motivo? Da outra vez em que vim visitá-la, estava me dizendo uma coisa na hora em que o guarda interrompeu.

— Pois é. Queria falar com você a sós. Dei um jeito para que Naomi nos deixasse.

— Estamos só nos duas agora. Fale.

— Primeiro quero que me prometa que vai fazer uma coisa por mim.

— Diga um único motivo para eu fazer isso, depois do que fez, depois de dizer a Naomi que fui eu quem a denunciou. Era uma coisa que não competia a você.

— Você nunca teria coragem. E sabe disso.

— Em qualquer caso, já usou a sua arma. Agora, pode contar a quem quiser, não me importa mais.

— Pensa mesmo que ia fazer chantagem com uma besteira dessas? Seu tom é muito baixo. Não quer que a ouçam. Por um segundo, parece preocupada.

— Então quer me chantagear?

— Na verdade, é uma troca. Você faz uma coisa para mim, eu faço uma para você.

— Diga o que quer.

Espero pelo pior.

— Meu gato. Ficou sozinho naquela casa enorme. Quero que vá até lá, pegue o bicho e cuide dele.

Arregalo os olhos de surpresa. Agatha quer que eu cuide do seu gato? Isso é tudo? Embora a ideia de entrar naquela casa me anime tanto quanto a de passar uma noite no cemitério, fico comovida ao ver que, mesmo trancada nesse hospício, ela pensou no gato. É uma coisa que pressupõe a existência de um coração. E sempre duvidei de que Agatha tivesse um.

— E então? Aceita?

— Poderia, mas ainda não sei o que vai me dar em troca.

— A sua liberdade.

Mais uma vez, suas palavras me deixam paralisada. A sensação de que ela sabe de alguma coisa que é fundamental para mim cresce de novo como uma onda escura.

— Estou ouvindo.

— Tem uma moça presa aqui comigo. Não fala com ninguém, não confia em ninguém. Mas de alguma maneira nós duas entramos em contato.

— Não me surpreende nem um pouco. Por que está aqui?

— Tentou matar os pais. Fez isso junto com o irmão gêmeo.

— Que familiazinha encantadora!

— Não estou num convento de freiras, Alma. Só que o irmão conseguiu fugir. Ninguém sabe onde ele está, mas ela me disse uma coisa que você deveria saber.

— O quê?

— Disse que foi ele quem assassinou a redatora. Como ela se chamava mesmo? A mulher que foi encontrada pendurada numa árvore do Parque Norte?

— Meu Deus! — exclamo cobrindo o rosto com as mãos. — Halle! Tem certeza?

— Tenho, e isso não é tudo. Ela disse que o irmão não estava sozinho na manhã em que cometeu o crime. Havia uma garota com ele, chamada Alma.

— Como é que ela sabe de tudo isso? É absurdo!

— Na verdade, são apenas lembranças que de vez em quando surgem em sua mente. Não sabe o que significam, mas diz que, em geral, correspondem à mais pura verdade.

— E você acha que essa Alma de quem ela fala pode ser eu? Devem existir outras meninas com o meu nome na cidade. Eu não matei ninguém!

— Ela não disse que você participou do assassinato, mas que estava lá com ele. Só você pode saber onde estava naquela manhã...

Sinto o chão sumir debaixo dos meus pés. Minha cabeça gira tão forte que não consigo mais nem saber onde estou. Mas sei muito bem onde estava naquela manhã: no Parque Norte! Fui até lá para *salvar* Halle, para *deter* o assassino. Não o ajudei. Eu me lembraria. Mas talvez não... Já perdi a memória de tantas coisas! Tantas coisas que faço contra a minha vontade. Não, não pode ser. Isso não!

— Essa menina está inventando um monte de mentiras. É só isso.

— Pois parecia sincera. É meio estranha, mas quem não é aqui dentro? Às vezes está lúcida e tranquila, às vezes entra numa espécie de transe. E precisa ficar em isolamento porque se torna violenta. Já tentou se matar duas vezes.

Tentou se matar? Como o sujeito que Sarl prendeu! Fique calma, Alma, repito comigo mesma. Você não tem nada a ver com o assassinato de Halle. E essa moça não tem nada a ver com você. É só uma série de coincidências infelizes.

Em seguida, paro para pensar nas palavras de Agatha.

— Você disse transe?

— É, uma espécie de transe.

Como os que tenho quando escrevo os contos.

— A menina falou que o irmão vai matar de novo. Aqui dentro, todo mundo acha que é doida e ninguém dá atenção ao que diz. Mas ela não é louca.

— Mesmo que fosse verdade, o que eu poderia fazer?

— Não tenho a menor ideia. Só posso lhe dar isso — diz e rapidamente me passa algo por baixo da mesa.

— O que é? — pergunto me preparando para olhar.

— Espere, aqui dentro não. É uma foto do irmão da tal garota.

— Do assassino? Foi ela quem lhe deu?

— Foi, conseguiu esconder dos guardas. Quando me contou a história do assassinato e me disse o seu nome, pedi que descrevesse a tal Alma. E depois, disse que conhecia uma Alma com as mesmas características. Então ela entregou a foto para que entregasse a você.

— Isso é um absurdo!

— Talvez possa reconhecê-lo.

— Não tenho nada a ver com essa história, Agatha.

— Não sei em que droga de confusão você está metida, mas cuide do meu gato.

— Vou cuidar, mas... como vou entrar na sua casa? Não tenho as chaves.

— Acho que conhece o jeito de entrar muito bem, não?

Na mosca...

— Preciso ir — digo levantando.

— Conto com você, Alma.

Fico imóvel por alguns instantes, com os olhos do guarda me encarando cheios de desconfiança.

— Como é mesmo o nome do gato?

Ela olha para mim e sorri, talvez pela primeira desde que a conheço.

— Gato.

Claro, tinha que ser.

Encontro Naomi do lado de fora. Olha para mim de cara feia, mas não diz nada. Andamos até a saída, e minha mão, enfiada no bolso, toca a superfície lisa da foto que Agatha me entregou.

— Como pôde? — diz ela com raiva assim que saímos do centro de detenção.

— Não tinha outra escolha, Naomi. Precisava ver o corpo da tia. Ela não podia continuar...

— Acha que estou com raiva porque você fez a denúncia?

— E não é?

— Não, era o que eu faria também. Estou chateada porque você me deixou de fora. Somos amigas, mas você resolveu fazer tudo sozinha!

— Só porque você estava muito mal. Não podia se envolver em mais essa história. Já estava arrasada com o Tito.

— Sei como estava, mas confiava em você. Mudou muito, Alma. Antes a gente contava tudo uma à outra, agora...

— Se é por isso, você também não me contou tudo sobre o Tito.

— E todo mundo viu como acabou! Agatha estava falando de quê?

Devo falar dos assassinatos? É isso que ela quer, como prova de amizade. Mas só serviria para colocá-la em perigo e, além do mais, está indo embora em poucos dias...

Estamos no ponto do ônibus. Em cima do quadro de horários, um relógio digital marca cinco horas. Cinco? Ai meu Deus, Lina! Tinha que ir pegá-la na escola às quatro.

— O que foi? — pergunta Naomi.

— Droga!

— Quer me dizer o que houve, por favor?

— Lina! Tinha prometido a Jenna que ia buscá-la na escola. Já saiu há uma hora. Preciso correr.

— Droga, Alma. Como pode esquecer uma coisa dessas?

Pois é, como?

Pego o primeiro táxi que encontro. Por sorte tenho algum dinheiro. Enquanto a figura de Naomi vai ficando cada vez menor e escura no retângulo do vidro posterior do carro, só posso rezar para que nada de ruim tenha acontecido com minha irmã.

31

Quando chego na escola de Lina, o portão de entrada já está fechado. Não tem uma alma viva no pátio. Tudo está irremediavelmente fechado.

Agora estou realmente com medo.

Desço do táxi para dar uma olhada na vizinhança, na esperança de que ela não tenha se afastado da escola. Mas é inútil. Não há sinal de Lina ou pelo menos de um colega ou de um professor a quem pedir notícias.

Fico me sentindo uma idiota, indigna de confiança. Desta vez, Jenna vai ficar realmente furiosa. E com toda a razão desse mundo.

Está quase escuro. O que posso fazer?

— Lina? — chamo desesperada. E obviamente não obtenho nenhuma resposta.

Não posso procurá-la por toda a cidade. Pode estar em qualquer lugar. O melhor é ir para casa. Talvez ela também tenha ido para lá. Minha esperança é que tenha se lembrado do caminho, afinal é um roteiro que ela conhece melhor que ninguém.

Quando penso como é pequena e indefesa e que ainda por cima não fala, tenho vontade de morrer com minha falta de responsabilidade.

Vou encontrá-la. Vai estar em casa. Tem que estar em casa!

Não ouço e não vejo ninguém a meu redor. Penso só em Lina, e rezo.

Faço o percurso mais longo da minha vida, num ônibus que nunca pareceu tão lento. Um século depois, chegamos. Vou me enfiando pela porta assim que ela começa a abrir e machuco o ombro. Não importa. Só quero encontrar minha irmã sã e salva. Corro pela rua o mais rápido que posso até a porta de entrada do edifício. Tem alguém encolhido num degrau embaixo do interfone. Não posso acreditar: é Lina!

Corro para ela com lágrimas nos olhos e aperto seu corpinho nos braços.

— Desculpe, pequenina, desculpe! Aconteceu de tudo, mas não podia ter esquecido você. Me perdoe!

Ela também me aperta, com os bracinhos macios ao redor do meu pescoço. Tem os olhos molhados e vermelhos de chorar. Tadinha...

— Venha, vamos para casa. Vou preparar um banho bem quentinho e um chocolate quente para você. Quer?

Ela faz que sim. Está gelada, assustada e provavelmente muito cansada também.

Não há ninguém em casa. Acendo a luz e vou até o banheiro para encher a banheira. Lina foi até seu quarto pegar a boneca preferida, aquela que Evan decapitou e que Jenna conseguiu ajeitar por milagre.

— Tire a roupa e me espere no banheiro, assim não fica com frio. Coloquei espuma com cheirinho de framboesa na água, como você gosta. Já estou chegando para fazer um monte, um montão de espuma!

Ela sorri e faz o que mandei.

Só Lina é capaz de despertar esse meu lado doce e protetor. Não sou assim com mais ninguém. Contudo, fui capaz de me esquecer dela.

Para pedir perdão, vou deixar que tome na banheira o chocolate quente que estou preparando. Só hoje.

"O cheiro está ótimo", penso satisfeita, servindo o líquido cremoso e escuro na caneca com orelhas de elefante que é justamente a caneca do chocolate.

No banheiro, Lina está me esperando sentada pacientemente na beira da banheira. Coloco o chocolate em cima da pia e começo a sacudir a água para aumentar a espuma, a parte mais divertida do banho.

— Vamos, pegue o chuveirinho e mexa assim, para lá — digo, mostrando como fazer.

Em poucos segundos, uma montanha de espuma branca e perfumada ganha vida, crescendo como algodão-doce. Lina brinca, passando a espuma de uma mão para a outra.

— Dentro, antes que desmonte!

Ela entra lentamente, mergulhando a ponta dos dedos de um pé para testar a temperatura. Retira e tenta de novo, divertida. Finalmente, entra com as duas pernas e bate os pés no fundo da banheira.

— Quente demais?

Faz que sim. Deixo escorrer um pouco de água fria e agito com o braço para misturar com a quente.

Quando Lina senta no fundo da banheira com a água lambendo seu queixo, passo a caneca-elefante para ela.

Dois bigodinhos marrons se desenham dos lados da boca depois do primeiro gole e me convenço de que tive uma boa ideia com o chocolate.

Alguns minutos mais tarde ouço a porta de casa se abrir.

— Alguém em casa? — diz a voz de Jenna.

Levanto para falar com ela, mas Lina segura meu braço.

Coloca a caneca na borda da banheira e um dedo em cima da boca.

— Não quer que eu fale?

Sacode a cabecinha molhada para cima e para baixo.

— Tem certeza?

Faz que sim de novo, com mais força. E estica o mindinho para mim.

Faço o mesmo. Entrelaçamos nossos dedinhos.

— Obrigada, Lina.

Hoje é o dia dos pactos, das coisas que devem ser ditas e daquelas que é melhor calar. Mas será verdade que dar corresponde necessariamente a receber? Talvez não, mas só num mundo perfeito. E esse definitivamente não é.

Só agora, depois que o desastre com minha irmã foi resolvido, é que me lembro da foto que Agatha me deu. Tiro do fundo do bolso e aperto contra o peito. Só quero olhar quando estiver sozinha, em meu quarto.

Depois de fechar a porta às minhas costas, respiro profundamente e olho a foto.

Não pode ser! O cara na foto... é o sujeito que encontrei no ponto de ônibus da estação, aquele que me deu seu maço de cigarros! Será ele o assassino de Halle?!

Os cigarros... como é que não pensei antes? Deve ter alguma coisa naquele maço. Tiro da mochila e examino por alguns instantes, meio paralisada, como se não quisesse saber realmente o que contém. Abro em seguida. Vejo alguns cigarros e um bilhete. Leio: "Fique longe da água!"

32

Quando a campainha toca, Jenna se precipita para o interfone com a impaciência de uma adolescente em seu primeiro encontro. Duvido que tudo isso seja para Gad, que cada vez aparece menos nessa casa, mas a ideia de que poderia ser o tenente Sarl nem me passa pela cabeça. Justamente nessa noite em que sinto o mundo desabar em cima de mim, Jenna resolve convidar um tenente da polícia para jantar, um sujeito que ia me dar prisão perpétua se ficasse sabendo da metade das coisas em que estou envolvida.

Sarl parece contentíssimo com o convite. Cumprimenta sorridente, cheira o ar perfumado de carne assada com cogumelos, cumprimentando devidamente a cozinheira e oferecendo uma ajuda segundo a etiqueta do bom convidado, mesmo sabendo que já está tudo pronto.

— Oi, Alma.

— Boa noite, tenente Sarl, que surpresa! — é só o que consigo dizer, com uma expressão de falsa cordialidade estampada na cara.

Ele analisa todos os tons da minha voz, como bom detetive que é, para adivinhar o que penso sobre ele e sobre o fato de ter sido convidado.

Na verdade, o que pode acontecer entre ele e Jenna não é da minha conta, nem quero que seja.

Mas não tenho energia suficiente para pensar nisso.

Depois dos cumprimentos de sempre, vou para o meu quarto para garantir que "as provas incriminatórias contra a minha pessoa" estejam bem escondidas onde ninguém possa encontrá-las. Releio novamente aquele estranho bilhete. O que quer dizer "Fique longe da água"? Logo eu, que jamais gostei muito da água? E sobretudo, como é que ele me conhece? A história que Agatha me contou é absurda. Lembro bem a manhã em que fui ao Parque Norte. Estava apavorada e, quando ouvi aquele grito... ainda me dá arrepios, fugi correndo. Estava com uma dor de cabeça insuportável, que não me deixava pensar. Pensar... nem mesmo no que estava fazendo! Não, não é possível. Deve haver outra explicação. Mas, então, como esse cara afirma que me conhece? Como sabe tanta coisa sobre mim? Será que temos amigos em comum? É, deve ser isso. Do contrário, significa que sou uma assassina. Lembro de Evan, no ginásio. Daquela vez, consegui parar a tempo. E se não tivesse conseguido com Halle? E se tivesse sido eu mesma?

— Alma? Está na mesa! — A voz de Jenna me assusta, mas afasta de mim o peso das perguntas que giram na minha cabeça como meteoros.

Estamos todos sentados ao redor da mesa. Até Evan. Se alguém nos visse naquele momento, talvez de certa distância para não perceber as expressões contrariadas, diria que somos "uma tradicional família feliz": mãe, pai e três filhos. Não importa se Sarl é um policial que entrou na nossa vida para investigar o suicídio do pai de Lina, que por acaso não é o meu e de Evan, que, pobrezinho, nos abandonou sem pensar duas vezes: numa certa altura dos acontecimentos, simplesmente desapareceu. Evan não fala porque não quer, Lina porque não pode, e, portanto, tenho que preencher o silêncio para dar vazão às expectativas de mãe frustrada de Jenna.

E lá vou eu, tentando sorrir e fingir que gosto de cogumelos, que aprecio tanto quanto apreciaria um prato de cocô de rato.

A conversa em torno da mesa transcorre calma como um rio na planície, alternando pedaços de carne com informações superficiais sobre o ano escolar, sobre a saúde de minha amiga Naomi, sobre os compromissos de Jenna no hospital e sobre a vida difícil de um tenente da polícia ainda solteiro.

Mas depois o assunto se volta para mim.

— E os seus artigos sobre os assassinatos, como estão? — pergunta Sarl.

Noto que Evan me lança um olhar estranho. Prendo a respiração, esperando que não diga nada de irremediável.

— Bem, muito bem.

— Recebemos os resultados da autópsia do dono da papelaria. Mas acho que é melhor falar disso numa outra hora — diz Sarl, olhando para Lina.

— Vou levar você para a cama — anuncia Jenna. — Está um pouco cansada hoje, hein, meu passarinho?

Lina se despede de todo mundo com um beijo no rosto. É sempre muito carinhosa.

Sarl recebe aquele beijinho como se fosse uma bênção e eu também. Nessa noite, estou mesmo precisando.

Assim que Jenna e Lina se afastam, Sarl passa para os assuntos proibidos. Quanto a Evan, olha para um ponto qualquer da toalha e não parece interessado em ouvir nada.

— Foi visitar Agatha?

— Fui. Não está nada bem.

— Posso imaginar. O centro de detenção de menores é, para todos os efeitos, uma prisão.

— É um lugar horrível. Duvido que ajude a regenerar as pessoas; acho, aliás, que só serve para afundá-las ainda mais em seus problemas.

Sarl concorda.

— Uma pergunta: se Agatha não fez aquilo que pensávamos, é possível que seja solta?

— Como te disse, vão ter que apurar suas responsabilidades na história.

— Ah...

— Vejo que está preocupada. Tem alguma coisa que queira me contar?

— É que Agatha não está mesmo nada bem, tenente. Emagreceu muito, está pálida. Além do mais, me disse que está sendo drogada — informo.

— Drogada? Tem certeza? Seria muito grave.

— Estão lhe dando calmantes muito fortes.

— Talvez por causa de algum comportamento violento...

— Deu chutes e socos... no ar. Não fez mal a ninguém. Temo que possa acontecer alguma coisa muito ruim lá dentro, que possa se apagar completamente.

— Não sabia que era tão ligada a ela.

— É minha amiga e não gosto de vê-la desse jeito. Se pudesse fazer alguma coisa por ela, para ajudá-la a sair de lá...

— Acho que vai ser difícil no momento, mas prometo que vou verificar mais a fundo e não vou permitir que aconteça nada com ela.

Agradeço. Pelo menos por enquanto, basta. Mas voltarei ao assunto, esperando que, enquanto isso, Agatha tenha bom comportamento.

Agora o tenente está tentando estabelecer um diálogo com Evan, mas logo percebe que seria mais fácil convencer um mosquito a se alimentar de suco de maçã. Sobretudo porque resolveu começar pelo assunto que meu irmão mais detesta: a escola.

— Em que ano está, Evan?

— Tenho 14 anos. Por que não descobre? É um detetive, não? — responde ele, sarcástico.

A quantidade de palavras já me deixa espantada.

Sarl cai na risada e Evan fica sem graça. Um a zero para o tenente.

— Eu também era assim, na sua idade. Queria que me deixassem em paz. E se tivesse que responder a perguntas chatas de um policial curioso e ainda por cima convidado da minha mãe, com certeza ia ficar uma fera.

Evan faz uma careta, mas não responde.

— Aposto que ouve punk-rock.

Um brilho de interesse atravessa os olhos escuros de Evan.

— Que intuição!

— Bem, está todo de preto, gosta de metal e de alfinetes enfiados na bochecha. Eu também fazia tudo isso.

Olho para ele espantada. Sarl com um alfinete de fralda enfiado no rosto? Ficaria menos surpresa se tivesse me dito que toca sinetas tibetanas.

— É mesmo? — Olha divertido para o tenente. — Não consigo imaginá-lo com um moicano verde na cabeça.

— Nada de moicano, mas quando tocava com minha banda me vestia de couro dos pés à cabeça.

— E tocava o quê?

— Guitarra.

— Eu também — responde ele com pouco entusiasmo.

— Claro que meus pais não ficaram nada satisfeitos, e imagino que seja a mesma coisa com sua mãe.

— Não estou nem aí.

— Mas não vai ser assim para sempre. Um dia, vai se importar com a opinião dela.

Evan dá de ombros, que é o seu jeito habitual de responder sem fazer esforço.

Naquele momento, Jenna retorna.

— Estão falando de mim?

— Parece que seu filho e eu temos um interesse comum.

Ela também não acredita.

— E qual seria?

— A música. Eu também tocava numa banda.

— Olhe só... não tinha a menor ideia.

— Faz muito tempo que não toco. Talvez um dia recomece, quem sabe?

— Quem sabe com Evan. — Olha para o meu irmão. — O que me diz?

Evan dá de ombros novamente.

— Seria ótimo — se anima Jenna. — Tocar com Evan e ajudar Alma em seus artigos sobre os assassinatos.

De repente, meu irmão levanta os olhos para mim. Queimam de ódio e desejo de vingança.

Rezo para ele não fazer aquilo, não contar, mas não consigo detê-lo.

— Antes de ajudar, devia prendê-la.

— E por quê? — pergunta Sarl, convencido de que se trata de mais uma piada.

— Tentou me matar.

O mundo inteiro se cala e parece que a única coisa que dá para ouvir é o som do meu coração batendo enlouquecido contra as paredes do peito.

Ninguém sabe o que dizer, nem como reagir àquela afirmação.

Cabe a Sarl desfazer a tensão, cortando secamente como se fosse um elástico esticado.

— E qual a irmã que não faria isso? — Em seguida, cai na gargalhada e Jenna fica felicíssima de poder imitá-lo, mas sem deixar de perfurar Evan com os olhos.

Ele levanta e vai embora. As tentativas de Jenna de detê-lo são inúteis.

— Desculpe — diz ela a Sarl. — Desde que o pai foi embora tudo com ele é muito difícil.

Talvez esteja esquecendo que o pai que foi embora era meu também, o que não quer dizer que ande por aí com alfinetes enfiados na cara.

— Não se preocupe. Os jovens são assim mesmo. Não é, Alma? — Sarl olha para mim com uma expressão séria, quase preocupada.

Não queria que a piadinha cretina do meu irmão botasse ideias estranhas na cabeça do tenente, pequenas larvas que em breve poderiam se transformar em grandes mariposas peludas, aquelas que servem de alimento para os grandes répteis que se arrastam pelos subterrâneos escuros do nosso inconsciente.

— Desculpem, mas preciso ir para o meu quarto. Tenho que acabar os deveres para amanhã.

— Boa noite.

— Boa noite.

Jenna nem tenta me beijar. Limita-se a acariciar meus movimentos com os olhos.

No corredor, caminhando para o meu quarto, vejo a maleta de Sarl encostada na mesinha do telefone.

O que devo fazer? A tentação de dar uma olhada é muito forte, forte demais para que consiga resistir. Olho para trás. Jenna e Sarl não estão mais na mesa. Dou alguns passos atrás e vejo que estão conversando animadamente no sofá. Jenna emite risadinhas divertidas, e ele fala e se exibe como um pavão no cio. Sacudo a cabeça e vou até a maleta.

Não posso fazer barulho.

Abro devagar.

Enfio a mão lá dentro e pego um bolo de pastas. Folheio. Cada uma tem uma etiqueta com o nome do caso a que se refere. Nenhuma parece interessante, até a última: "Homicídios suspensos 1." Suspensos? Deve ser por causa dos corpos. Abro para dar uma olhada, mas fecho rapidamente assim que vejo as fotos dos corpos. Horrível crueldade. Faço um esforço, sei que tenho pouco tempo e uma ótima ocasião para descobrir alguma coisa.

Enquanto isso, continuo a ouvir as vozes de Jenna e Sarl, bem próximas, que me recordam como bastaria pouco para me pegarem com a boca na botija. E então as dúvidas de Sarl ficariam bem mais consistentes.

Pulo as fotos em bloco. Pego uma folha de papel: a autópsia da primeira vítima, o publicitário. Termos médicos incompreensíveis, nenhuma informação útil. Homicídio parque de diversões: foto do cadáver. Passo. Outra foto: morro. É uma caneta de aço idêntica à minha! Sobre a imagem, um código: B2. Olho a folha anexa, B2: arma do suicídio do único suspeito.

E por um momento penso que o suicídio também seria a única solução para mim.

33

Não sei quanto tempo fiquei com a foto daquela caneta suja de sangue na mão. Não tanto que alguém pudesse me pegar, mas o bastante para que me desse conta de que estou afundando num mar de problemas.

Pego a mochila, enfio a jaqueta e saio, sem pensar, sem me preocupar em saber se alguém me ouviu. Só sei que, se não sair daqui o mais rápido possível, corro o risco de explodir, carregada do jeito que estou de dúvidas, medos e perguntas que nunca terão respostas. A primeira de todas: por que eu e o assassino do parque de diversões, supondo que ele fosse mesmo o assassino, temos uma caneta igual? Comprei numa papelaria cujo dono foi morto por um Master que, no entanto, estava me seguindo. Um Master que provavelmente é o mesmo que entrou no meu quarto em busca do caderno roxo. Um Master que parece ter desaparecido no ar.

Lá fora, o ar da noite é frio e úmido. Cheira a coisas escondidas, esquecidas, que ninguém mais quer ver nem o sol quer iluminar. Tem gosto de morte, maldição e azar. O gosto do mal.

Caminho sem rumo, enquanto tento organizar as imagens na cabeça, como num livro, uma primeiro, a outra em seguida. Só que não há legendas nem explicações.

Resolvo sentar num banco na calçada. Não tem ninguém por ali. Está escuro. Não sair no escuro, recomendou Morgan.

Estou cada vez mais convencida de que alguma coisa horrível me liga aos assassinatos que descrevo. E os indícios só fazem aumentar: o rapaz dos cigarros, a caneta, o caderno roxo...

Minha cabeça. Sinto uma pontada, o sangue pulsa nas têmporas, ferve como uma chama, a pele se estica, quase como se fosse se rasgar, os olhos ardem.

Alguém encosta em mim.

— Não! — E salto de pé.

— Sou eu, Alma, Adam.

Olho para ele. É Adam mesmo.

— A próxima vez que fizer isso juro que mato você! — digo furiosa. É a primeira pessoa contra quem posso desabafar e jogo toda a minha raiva em cima dele. Depois penso no que acabei de dizer e tremo diante do pensamento de que poderia ser capaz de fazer isso.

— Desculpe, não queria assustar.

— Agora já assustou. O que está fazendo aqui?

— Poderia fazer a mesma pergunta. É muito tarde. Estou voltando da casa de um amigo.

Cheira à mentira, mas na realidade não estou nem aí para o que Adam faz ou deixa de fazer.

— E você? É muito tarde para uma moça sozinha.

— Precisava de um pouco de ar. Acho que não preciso pedir autorização a ninguém para fazer isso.

Olha para mim espantado.

— Posso lhe fazer companhia até sua casa, se quiser.

— Não, não quero.

— Não se faça de difícil. Só estou pensando na sua segurança — diz ele, tocando meus cabelos com a mão.

Trato de me afastar antes que consiga me tocar. O que deu nele?

— E por que estaria segura com você por perto? Não me faça rir.

— Qual é o seu problema comigo? Eu mudei.

Tenho que reconhecer, mas continuo a não confiar nele.

— Não entendo por que é tão gentil... O que deseja de verdade?

— Já disse: só quero ser seu amigo.

— Não tenho amigos.

— Não é verdade. Seline, Naomi e Agatha são suas amigas.

— Está bem: não tenho amigos homens. Fica melhor assim?

— E Morgan?

— Morgan? Nunca mais o vi. Não sei se percebeu, mas tem um tempão que ele não aparece na escola.

— Claro que percebi. Mas não é que fôssemos grandes amigos. Já lhe disse tudo o que sabia sobre ele, ou seja, seu endereço. Quanto ao resto, não faço a menor ideia de que fim teve.

Espero que fim nenhum.

— Já vou — digo com uma voz imperceptivelmente trêmula.

— Tem mesmo certeza de que não quer que vá com você?

— Tenho.

— Então, tchau. Boa noite.

— Tchau.

Quando viro as costas, a sensação de que Adam não estava ali por acaso é quase uma certeza. Não seria a primeira vez que me segue. O que pode querer comigo? Por que toda vez que olho ao redor tenho que dar de cara com ele?

De repente, me sinto sozinha e indefesa. Tenho 17 anos, só 17! Estão me ouvindo, vocês que me arrastaram para esse desastre? Não aguento mais me sentir encurralada num beco sem saída.

Socorro, alguém me ajude!

Caminho mais um pouco até decidir que é hora de voltar para casa. Espero que Sarl já tenha ido embora. Com a sua habilidade para farejar encrenca, ia ler na minha cara como se fosse um mapa e tenho certeza de que acabaria chegando direitinho à minha casa de horrores pessoal.

De repente, ouço um rumor de passos atrás de mim, e uma rajada gelada de vento me envolve em suas garras. Viro, quase esperando que seja Adam. Mas não é. Tem alguém, mas é maior, mais ameaçador.

E usa um chapéu.

Começo a correr, com a respiração parecendo um gás tóxico na minha garganta. Não posso acreditar. O maldito Master ainda está nos meus calcanhares. Reapareceu! O simples pensamento de acabar como o homem-anjo me dá asas.

Olhos transparentes.

Terror.

Por sorte, não falta muito, mas o Master corre rápido, mais rápido do que eu. Faço um último esforço e rezo para que a porta de entrada esteja aberta. Mas não está, noto antes mesmo de chegar lá.

E agora, o que faço? Não vai dar tempo de tirar as chaves. Quase posso vê-lo pulando em cima de mim, sua enorme mão enluvada apertando minha garganta mais e mais, até espremer a última gota de vida.

Naquele exato momento vejo alguém saindo do edifício. Reconheço a jaqueta de couro: é Sarl.

Graças a Deus.

Não paro e caio em cima dele, entre seus braços. Ele me pega quando já estou quase caindo.

— Tenente, me ajude, por favor! — imploro sem fôlego.

— O que houve? — pergunta ele, alarmado.

— Aquele homem... está me seguindo, me ajude!

— Que homem?

Eu me viro e fico paralisada: não tem ninguém.

— Tinha um homem. Estava me seguindo, corria muito rápido.

— Não estou vendo ninguém, Alma. Pode fazer uma descrição?

— Estava escuro, não dava para ver bem. Mas usava chapéu, tenho certeza disso.

— Chapéu? Não é um grande indício. Espere aqui, vou verificar.

Sarl extrai a pistola do coltre pendurado no cinto e se afasta uns 20 metros. Faz um giro de inspeção e retorna sacudindo a cabeça.

— Parece tudo tranquilo. Tem certeza de que o tal homem estava mesmo seguindo você?

— Tenho. Ia me pegar se não fosse você.

— Talvez só quisesse roubar. De todo modo, agora está bem, não? À parte o susto, claro.

Concordo, e começo a respirar com mais regularidade.

De repente, Sarl estranha alguma coisa. Parece concentrado. Estou cansada demais para me preocupar.

— Disse que o sujeito usava um chapéu... — murmura. — O que um homem de chapéu me faz lembrar? Claro! Um homem de chapéu foi visto saindo da papelaria onde aquele pobre infeliz foi morto.

Sinto o chão se abrir sob meus pés. Talvez fosse melhor ter sido pega pelo Master.

— E alguém disse que viu também uma moça de jaqueta escura — afirma examinando a minha, verde. Ainda bem que não uso a escura há alguns dias.

Um suor gelado escorre pela minha espinha como nitrogênio líquido.

— Estranha coincidência — comenta ele.

Tenho a impressão de que começa a alimentar algumas suspeitas, embora nem ele saiba onde colocá-las em seu tabuleiro cheio de peças que não têm nenhuma ligação entre si.

— Agora vá dormir. Sua mãe deve estar preocupada. Sei que não é minha filha, por isso não é uma ordem, mas se eu fosse você não sairia sozinha a essa hora. A cidade é muito perigosa e ninguém sabe se teria tanta sorte de próxima vez.

— Vou seguir o seu conselho. Obrigada pela ajuda.

Dá um tapinha afetuoso no meu ombro e espera que eu entre no elevador antes de se afastar. Quando entro em casa, ouço o portão bater lá embaixo.

Estou salva.

34

Não sei o que me deu na cabeça para prometer a Agatha que voltaria àquela casa de pesadelo para pegar seu gato. Mas prometi e não posso voltar atrás. Já é quase noite e, por mais que a ideia de entrar ali no escuro me dê arrepios, é a única solução segura para não ser vista.

A casa das conchas está do outro lado da rua, na minha frente, sinistra e séria. Parece que acabou de brotar do mar, como um rochedo da desgraça, só para me desafiar a entrar pela última vez, que pode ser mortal.

Olho as janelas altas e estreitas do primeiro andar e elas se deformam como olhos diabólicos; a porta é uma boca faminta que quer me engolir, que se abre deixando escapar um hálito de morte, que grita e ri porque vai me abocanhar e me arrastar para dentro do ventre do monstro. Sacudo a cabeça, fecho e reabro os olhos. A casa voltou a ser normal, se é que existe alguma coisa normal por ali.

Luto contra o medo, repetindo que é só uma casa, tijolos, areia e nada mais. E tento cumprir a promessa feita.

Chegando mais perto, vejo a fita amarela que a polícia colocou no portão e na porta para impedir o acesso de pessoas não autorizadas. Lá vou eu cometer mais um crime. Que alguém me proteja!

Tiro a fita do portão, só o suficiente para passar, e recoloco no mesmo lugar com cuidado. Dou uma olhada rápida na porta, mas, como da outra vez, não pretendo usá-la, mesmo com Agatha atrás das grades. Vejo sua bicicleta de corrida encostada no muro. Muito tempo vai passar antes que ela possa usá-la de novo.

Procuro a janelinha do porão. Já conheço bem o caminho. O jardim é uma selva de sombras que se agitam ariscas e de pequenos ruídos que grudam na minha pele como sanguessugas nojentas. Acelero o passo sem abaixar a guarda. É só impressão, repito para me tranquilizar, mas não adianta muito.

Finalmente, encontro a janela do porão. Tento abaixá-la. Inútil. Alguém deve ter fechado por dentro. Talvez a polícia, quando revistou a casa. E agora, como vou entrar?

Olho para a porta transformada, revejo a boca escancarada e estremeço. Não, prefiro passar por aqui mesmo. Como vi fazerem no cinema, tiro a jaqueta, enrolo no braço, conto até três e dou uma pancada seca no vidro, que se parte em mil pedacinhos. Esperando não ter acordado toda a vizinhança, retiro os cacos que circundam a borda da janela como garras afiadas e me enfio lá para dentro.

A descoberta e a retirada do cadáver da tia não afastaram aquele cheiro fétido que flutuava no porão.

Só então pego a lanterna que trouxe na mochila e acendo. O feixe de luz azulada ilumina o caos que me cerca. Velhas gavetas, vidros de todas as dimensões e conteúdos, uma escada enferrujada. Noto que os objetos não estão onde estavam quando fiz minha última visita. Avanço com cuidado, atenta para não tocar em nada. Tudo aqui dentro é infecto.

Ao chegar à porta em cima da escada, giro a maçaneta e entro na casa. O corredor é escuro e assustadoramente silencioso. Por um segundo, penso que preferia quando Agatha e a tia ainda estavam lá: agora que estou sozinha, a casa pode fazer o que bem entender. Pode me devorar e sumir comigo para sempre. Engulo em seco algo que parece um bolo de espinhos e sigo adiante.

Até agora, nenhum sinal do gato.

— Gato!? — tento chamar, mas tenho a impressão de que esse tipo de chamamento só funciona com cachorros.

De fato, Gato não aparece.

Chego à entrada e sinto de novo o cheiro acre dos remédios. Acho que nunca vai abandonar essas paredes. Já faz parte da alma da casa. Resolvo dar uma olhada na cozinha, para ver se o gato está por lá. Os vidros e ampolas com as soluções químicas desapareceram. No chão, uma tigela vazia me faz entender que o gato já esgotou suas provisões há tempos. Não vejo nada por ali que seja digno de nota.

Antes de ir para o andar de cima, tento abrir as portas ao longo do corredor que vai da cozinha até a entrada, mas estão definitivamente fechadas. Fico me perguntando que segredos esconderão. Às minhas costas, a grande estante de livros pesa sobre mim com seus volumes poeirentos. Fantasio que eles abandonam suas prateleiras e partem voando, como num passe de mágica, e tentam me esmagar sob seu peso. Repito comigo mesma que preciso dar um basta nessas fantasias idiotas.

Subo lentamente o primeiro lance da escada. Ainda nenhum sinal do gato. Espero que esteja no andar de cima.

Chego ao patamar. O sofá xadrez ainda está lá, com as cobertas empilhadas de um lado e o guarda-chuva apoiado num dos braços. O último lance da escada é, de novo, o mais difícil, embora eu saiba que não há nenhum cadáver me esperando lá em cima, apenas o carpete vermelho-sangue.

O quarto da tia de Agatha está vazio, a cama enorme em que estava deitada ainda está desfeita, como se estivesse esperando que ela voltasse para dormir. O fato de tudo na casa permanecer exatamente como estava antes, esperando que seus legítimos proprietários voltem a tomar posse dela, me dá mais medo ainda. Tenho vontade de dizer às paredes que eles não voltarão nunca mais. Mas tenho medo de que resolvam cair em cima de mim e sepultar-me sob os destroços de sua desilusão.

— Gato? — chamo novamente.

Nenhuma resposta.

Volto para o corredor e me pergunto qual das outras três portas esconde o quarto de Agatha. Tento abrir uma delas: para minha grande surpresa, não está fechada à chave. Estou num quarto grande e cheio de móveis cobertos com grandes lençóis brancos: parecem gigantescos fantasmas. Pego a ponta de um deles e puxo descobrindo um móvel. Uma nuvem de poeira cai sobre mim, e o raio de luz da minha lanterna recebe um chuvisco que parece plâncton. Por um instante, tenho a nítida sensação de que a casa se move e de que está me arrastando com ela para as escuras profundezas dos abismos.

O móvel que descobri é uma velha penteadeira com espelho. A luz da lanterna cai sobre minha imagem refletida, que iluminada assim é fantasmagórica. Olho para mim, hipnotizada: não sou eu... É Larissa! Ela sorri, a boca espumando comprimidos coloridos. E ri. Continua a me encarar enquanto sua pele vai ficando verde e começa a se dissolver, se descolando do osso do crânio. Ri ainda mais alto. Uma risada cortante, que se enfia por baixo da minha pele e explode em mil escamas.

Fecho os olhos e corro o mais rápido que posso, batendo a porta às minhas costas.

Encostada à parede do corredor, tento recuperar o fôlego.

Mas onde diabos se meteu aquela droga de gato? Talvez esteja exatamente no quarto de Agatha. Preciso fazer um último esforço, digo a mim mesma, com as pernas tremendo sem parar.

Abro a porta ao lado, empurrando-a com a mão, o braço estendido para não ter que entrar naquilo que descubro ser um banheiro. Aponto a lanterna para a frente e o feixe de luz revela um ambiente longo e estreito, com uma velha banheira apoiada em quatro pés, cercada por uma cortina de plástico amarelada com algumas argolas faltando. Diante dela, a pia e o espelho. Não vou conseguir enfrentar outro espelho. Vou até a última peça da casa, ao lado do quarto da tia. A porta está entreaberta. Faço questão de interpretar isso como um bom sinal.

Empurro levemente com os dedos e ilumino o interior. Dois olhos amarelos furam a escuridão e me encaram, cheios de ameaças. Dou um pulo para trás, aterrorizada. Estou com os nervos à flor da pele.

Os olhos se movem, vêm ao meu encontro. Ando para trás e caio no chão. A luz gira no ar desenhando círculos enlouquecidos.

Tenho vontade de gritar, mas de minha garganta sai apenas um gemido sufocado.

Os olhos estão quase em cima de mim, cortantes como punhais. Aponto a lanterna para eles. É a única arma que tenho. Um pouco mais abaixo, uma boca de dentes afiados se escancara.

Encontrei o gato. Ele avança em minha direção, silencioso, mas inexorável. É só um gato, penso comigo, mas é o gato de Agatha e, como tudo aqui dentro, me dá um medo mortal.

Ainda lembro o pavor que senti quando, escondida embaixo da cama, vi aquele gato andando na minha direção. Revejo os tênis vermelhos de Agatha, sentada no colchão junto à tia. Faltou muito pouco para que o gato denunciasse minha presença. Sou uma garota de sorte, afinal.

O animal para ao meu lado. Prendo a respiração. Mas ele se esfrega nas minhas pernas, mansinho. Tento relaxar, mas ainda me sinto rígida como um bloco de mármore. Consigo levantar e começo a rir de puro nervoso.

— É só uma droga de gato, numa droga de casa vazia, Alma!

Mas alguma coisa naquele ar escuro e pesado parece devorar minhas palavras assim que as pronuncio.

Dou uma olhada na direção do quarto de onde o gato saiu. Em seguida, desvio os olhos para a escada. A escolha é difícil. Não queria ficar aqui nem mais um minuto, mas a curiosidade de fuçar a vida misteriosa de Agatha é forte. E leva a melhor.

Entro no quarto, com cuidado e certo receio, como se Agatha pudesse me ver.

35

Sempre pensei que todos os quartos fossem mais ou menos iguais. Isso, antes de ver o de Agatha.

Não sei se é porque entrei aqui feito uma ladra, no escuro, com uma lanterna que ilumina apenas o que está a meu redor ou porque só o fato de conhecer Agatha e os seus hobbies já é suficiente para influenciar meus pensamentos, mas na verdade aquilo pode ser qualquer coisa menos um quarto. Sobretudo porque, num primeiro olhar, não há nenhum sinal de uma cama.

— Ai, meu Deus! — exclamo, quando levanto o feixe de luz para o teto. Aponto para o canto oposto ao local onde estou. E lá está a cama. São três velhos colchões, empilhados um sobre o outro, cobertos com um lençol e uma coberta xadrez branco e vermelho colocados numa espécie de plataforma de tábuas a uma altura de pelo menos 3 metros do chão. Para chegar àquela coisa que parece um túmulo primitivo, tem uma escada, daquelas usadas pelos pintores de parede. É de ferro, devorada cá e lá pela lepra da ferrugem.

Por que dormir lá em cima? Sinto a tentação de subir para ver de perto aquele arranjo absurdo, mas resolvo iluminar melhor o espaço que fica embaixo da cama. Arregalo os olhos e tento focalizar melhor, mas não consigo acreditar no que vejo. É um verdadeiro altar. Apoiada em duas pilhas de livros, uma prateleira de madeira sustenta uma fila de velas, todas brancas e na maior parte já consumidas, e uma tigela com uma mistura de ervas secas. Chego mais perto para sentir o cheiro e me afasto correndo, antes de vomitar: é um cheiro horrível, de matéria orgânica queimada, que lembra uma mecha de cabelos que queimei de brincadeira um tempo atrás. Só a ideia do que poderia conter seria capaz de fechar meu estômago para sempre. Ilumino a parede de fundo, completamente recoberta de folhas de papel escritas à mão. Em cada folha há uma palavra que se repete como um mantra: Ó-DIO.

É obra de uma louca, penso comigo, enquanto um arrepio tremendo me sacode por dentro.

Ódio. Ó-dio. Lembrando que a segunda sílaba, *Dio*, quer dizer Deus, penso numa oração e, ao mesmo tempo, numa maldição.

No chão, ao lado do altar, há um espécie de cofre. Vejo minha mão trêmula se aproximar da tampa do cofre e, por um segundo, penso que não devo, que é melhor deixá-lo onde está. Mas a curiosidade é uma droga que me faz passar por cima de qualquer prudência. Coloco a lanterna no altar e pego o cofre. Ajoelho para aproximá-lo do foco de luz. É de metal, com a tampa abaulada e decorada com estranhas figuras, meio homens, meio animais. Estou pronta para abrir, o coração quase parado de tensão, os nervos em estado de alerta, o sangue concentrado na cabeça num turbilhão quente e vermelho, quando sinto alguma coisa tocar minha perna. Salto como se tivesse recebido um choque, o cofre cai para trás e a tampa abre sem que eu possa fazer nada. Uma nuvem de poeira densa e pesada como fuligem me envolve e se enfia no meu nariz. Tento respirar, mas é como se aspirasse minúsculos fragmentos de vidro. Meus olhos começam a queimar como se tivesse usado gasolina em vez de colírio.

Que droga é essa? Levanto e me afasto, deixando tudo como está, inclusive a lanterna.

Enquanto tento tirar aquela poeira de cima de mim com a manga da jaqueta, a ideia do que poderia ser aquilo toma forma na minha mente como um tumor, silencioso e implacável. Não, os pais de Agatha morreram num acidente aéreo, é difícil que seus corpos tenham sido encontrados. Mas e se...

Corro para o banheiro, como se estivesse coberta por milhares de formigas vermelhas que não consigo afastar. Agarrada à pia, abro a torneira. Um riacho fino e lento começa a escorrer. Com as mãos em copa junto um pouco d'água e jogo no rosto, nos cabelos, no pescoço, por todo lado onde ainda sinto um vestígio de morte.

Droga... que nojo!

Chega, para mim chega. Não quero ficar nessa casa nem mais um segundo.

Tiro a jaqueta e enfio na cabeça, como um capuz, para retornar à câmara dos horrores. Pego a lanterna e saio, esperando que o gato me siga pelo corredor. Por sorte, é o que ele faz. Pego o animal no colo e desço a escada o mais rápido possível. A sensação de que a casa quer me segurar e a qualquer momento pode agarrar uma ponta da minha jaqueta me acompanha até a porta do porão. Estico a mão para a maçaneta, mas não alcanço. Por um segundo, o pensamento maluco de que a porta não quer me deixar sair cruza minha mente. Esfrego os olhos irritados com a mão livre e tento de novo. A porta abre e com ela o meu caminho para a liberdade. Lá embaixo, levanto o gato e o empurro pela portinha. Saio atrás dele, e o contato com o ar livre, depois daquele cheiro horrível que parece definitivamente grudado em meus ossos, me dá a impressão de que acabei de desembarcar na Lua, sem oxigênio e sem gravidade.

Minha cabeça roda. Gato olha para mim com impaciência.

Sentada na grama úmida como um velho pano de chão, recupero o fôlego. Às minhas costas, a casa é um grande animal moribundo, que exala seu último suspiro tirado diretamente das entranhas da terra.

Levanto e pego o gato no colo de novo. O jardim parece menos inquietante agora que sei, pelo menos em parte, o que se esconde entre aquelas paredes cobertas de conchas. Não há nenhuma pérola lá dentro, apenas desespero, o mesmo desespero que enlouquece as pessoas e faz com que cometam crimes horrendos. Deixando aquela casa, percebo claramente a existência de uma fronteira entre sanidade mental e loucura, que para mim é representada pela pesada porta de entrada que a fita amarela da polícia enfeita como uma celebração macabra.

36

Voltar para casa com um gato nos braços e tentar convencer Jenna a ficar com ele vai ser difícil, mas fazer isso com a aparência de quem encontrou o bichano dentro da boca de um vulcão diminui muito as chances de sucesso. A casa de Agatha me engoliu, mastigou e cuspiu como um alimento indigesto, cujas características orgânicas passaram integralmente para mim. Sem contar a pele, que alterna manchas vermelhas de tanto esfregar, com pontos negros daquele pó horroroso que parece grudado em meus poros. Os olhos são duas lesmas enormes, cuja concha alguém quebrou deixando à vista o corpo nu e vermelho de sangue. Quanto aos cabelos, estão despenteados e cheios de tufos que parecem ter sido mergulhados em cola. O suéter parece o pelo de um dálmata, cheio de manchas pretas, e a gola parece uma rosquinha malfeita. Deixo o gato no chão por um instante e fecho a jaqueta até em cima para disfarçar os danos. Trato de me arrumar da melhor maneira possível e me preparo para enfrentar o meu destino, com Gato novamente nos braços.

A chegada não promete. A primeira pessoa que encontro é Evan: ele olha com nojo, como se eu fosse um monte de estrume fumegante, e diz:

— Vou vomitar!

Muito obrigada, como sempre. Mas não é com ele que estou preocupada agora.

Avanço até a sala.

— Oi, Jenna — digo. Ela está de costas, na cozinha, lavando a louça.

— Finalmente! Sabe que horas... — Quando me vê, as reclamações ficam bloqueadas na garganta, como se tivessem ficado grandes demais para conseguir sair.

— Nossa, o que aconteceu? E esse gato? O que significa isso, Alma? — pergunta, lançando um olhar perplexo para Gato.

— Achei na rua. Não é lindo?

Lina, que chegou do quarto, parece apreciar enormemente o novo hóspede. Coloco o gato no seu colo e fico olhando enquanto ela vai brincar com ele no tapete.

— Viu, Lina gostou.

— Nem pensar! E lembre-se de que ainda não explicou o que fez para ficar desse jeito. Parece que escapou de um incêndio.

Nessa altura dos fatos, tenho duas possibilidades: ou conto a verdade, ou seja, que se trata do gato de Agatha, que ela me pediu para tomar conta dele quando fui visitá-la escondida, e que, para pegá-lo na casa dela, tive que desrespeitar a proibição da polícia e entrar em seu quarto, onde dei de cara, literalmente, com as cinzas de seus pais que ficaram uma parte dentro dos meus pulmões e o resto em cima de mim, e que é por isso que estou desse jeito..., ou invento uma mentira colossal, aquela do pobre gatinho salvo do incêndio, que sempre funciona e que seria um ótimo jeito de não ficar de castigo em casa.

Opto pela segunda e começo a improvisar, tentando despertar piedade.

— Só notei por acaso. O pobrezinho estava escondido atrás de uns latões de lixo e algum idiota resolveu se divertir tocando fogo neles. As chamas cortaram todas as saídas do coitado e então resolvi salvá-lo. Dei um pontapé num dos latões para afastá-lo e ele quase explodiu, e um monte de lixo meio queimado, fedendo mais que um peixe podre, caiu em cima de mim.

— Por favor, Alma!

— Bem, de qualquer jeito, consegui libertar o gato e vim embora. Mas ele começou a me seguir. Queria vir comigo. Foi ele quem decidiu. É verdade, foi o que aconteceu.

— E você acha que eu devia mudar de ideia só porque foi ele quem decidiu?

— Não, mas Lina talvez mude.

E, na verdade, os dois já pareciam bons amigos: Lina segura um esquilo de pelúcia pelo rabo e balança na frente dele, que tenta pegá-lo com a patinha.

Jenna lança um olhar que dispensa comentários: tudo bem, tantas você fez que me convenceu, mas da próxima vez...

— Como é o nome dele? Já escolheu algum?

— Pensei em Gato.

— Gato? Quanta imaginação!

— Se preferir Ronrom...

— Por favor! — Ela vira para minha irmã. — E você, Lina, gosta do nome Gato?

Ela concorda sorrindo.

— Bem, então está resolvido — digo.

— A não ser que queira dar sua opinião, Evan.

Meu irmão estava entrando na sala naquele momento. Está com a caixa da guitarra na mão e já vestiu a jaqueta.

Dá uma olhada de puro desprezo para o gato e destila sua maldade:

— Façam o que quiserem, só quero que esse monte de pulgas fique bem longe de mim e do meu quarto. Juro que se encontrar esse gato nas minhas coisas vou devolvê-lo empalhado.

— Evan! Por que é sempre tão... — mas Jenna não tem tempo de acabar a frase, pois ele dá as costas e vai em direção à porta.

Gato olha para ele e depois, com plácida superioridade, olha para mim como se soubesse que Evan nunca vai ter coragem de fazer nada com ele.

Quando chega a hora de dormir, Gato resolve onde vai ficar e, como se soubesse, escolhe a minha cama.

Estamos só nos dois no quarto agora. Olho para ele. Não nego que ter que dividir meu espaço com um animal é meio chato, especialmente um gato. Fala-se muito dos gatos, sobretudos os pretos. Alguns acreditam que são a encarnação do maligno, outros dizem que trazem má sorte. Mas também são venerados, como em certas religiões antigas. Algumas pessoas não gostam de ficar por perto, com medo daquele olhar misterioso. Para ser sincera, Gato provoca certo temor reverencial, como todas as coisas muito bonitas, mas impressiona porque parece ter uma consciência das coisas que vai muito além do seu ser de gato.

De todo modo, agora está aqui comigo e, de um jeito ou de outro, vamos acabar nos acostumando um com o outro. Até que não é ruim. Já me sinto menos sozinha.

37

A segunda campainha da escola ressoa implacável espalhando seu apito por todos os corredores e todas as salas. As aulas vão começar, mas aqui, no laboratório de ciências e química, não há sinal do Professor K.

Seline, Naomi e eu estamos sentadas na terceira fila. Na longa superfície da bancada, os alambiques e provetas já estão a postos.

Finalmente, um pouco antes de a sala se transformar num circo de aviõezinhos de papel voando de um lado para outro, de canetas transformadas em projéteis e de apostas futebolísticas clandestinas, o professor entra na sala, ainda de casaco. Com gestos apressados, coloca a pasta de couro na mesa, abrindo espaço entre os inúmeros livros empilhados em cima dela.

— Bom dia a todos e desculpem o atraso. — Seu tom me parece um pouco agitado demais.

— Bom dia — respondemos em coro.

É quando tira o casaco e o pendura no gancho que noto que sua mão está enfaixada. Não sei por quê, mas fico chocada, talvez porque sempre tenha achado que o professor é uma pessoa "delicada", por causa dos olhos e da brancura da pele...

A ideia de que possa ter se machucado, que aquele corpo que considero tão frágil tenha perdido sangue, me parece uma verdadeira crueldade.

— Não sei quantos de vocês sabem, mas hoje é um dia muito importante para o nosso planeta. — Vira para o quadro e escreve uma palavra em letras maiúsculas: ÁGUA.

De novo! A água me persegue! Um desconhecido, que descobri que é um dos assassinos que andam pela cidade, me deu um bilhete em que me aconselhava a ficar longe desse elemento, e agora o professor resolve transformar a água no tema de sua aula.

— Hoje é o dia mundial da água — explica o Professor K.

Não pensei que ele fosse uma dessas pessoas que caem nessa história de dia mundial de alguma coisa. Sempre achei que não passavam de golpes publicitários, grandes negócios cujo único objetivo é organizar inúteis congressos em localidades amenas para permitir que grupos de cientistas ou autodenominados especialistas tenham férias grátis num pacote com tudo incluído.

— Esse dia não tem nenhum valor enquanto instituição. Infelizmente, por trás de iniciativas desse tipo muitas vezes se escondem outros interesses que certamente não têm nada a ver com o meio ambiente...

Ah, ainda bem que não me decepcionou.

— ... seu valor está no fato de que relembra a todos, mais uma vez, o bem fundamental que a água é para nós.

Não para mim, com certeza.

— Poderia começar lembrando que a água é o elemento mais presente em nossa vida: recobre três quartos da Terra e constitui 65 por cento da massa do corpo humano. Podemos viver sem comer por um bom período, mas não sem beber.

Alguém começa a bocejar.

— Mas todo mundo sabe disso. O que talvez não conheçam são as propriedades extraordinárias da água: a primeira delas é a memória.

— A água tem memória? — murmura Naomi.

— Não tenho ideia.

— Há muitos anos, um professor, um cientista de prestígio, tentou fazer alguns experimentos com a água, para demonstrar que as moléculas que entram em sua composição são capazes, sob a forma de agregados chamados "clusters", de memorizar a geometria das substâncias nela presentes e, portanto, de mantê-la mesmo quando tais substâncias são dissolvidas. Obviamente, os resultados desencadearam um mar de polêmicas que continuaram mesmo depois da morte do cientista, que tinha caído em desgraça junto à comunidade científica. Mas o conceito permaneceu, isto é, a possibilidade de que a água, esse fluido mágico, extremamente adaptável e altamente solúvel, esconda uma característica que nunca foi reconhecida em nenhum outro elemento: a memória. Outro cientista, nosso contemporâneo, tentou até falar com a água...

Explode uma gargalhada geral. Mas eu continuo atenta e interessada. Nunca ouvi ninguém falar da água dessa maneira. Posso vê-la todo dia saindo da torneira, repousando no copo em cima da mesa ou escorrendo no rio da cidade, mas nunca me perguntei nada a respeito e menos ainda se tinha uma memória das substâncias com as quais entra em contato. Fascinante...

O Professor K ignora os risos.

— Esse cientista fez suas experiências colocando a água numa temperatura de cinco graus centígrados abaixo de zero. Em seguida, fotografou os cristais que a compõem antes e depois de ter pronunciado palavras más e palavras boas, observando diferenças significativas na geometria dos cristais, em termos de maior ou menor harmonia. Deixando de lado esses experimentos, a bem da verdade bastante fantasiosos, podemos pelo menos refletir sobre a possibilidade de que a água realmente tenha memória das substâncias com as quais entra em contato e de que faça isso através dos campos eletromagnéticos que gravitam ao redor dos átomos.

— Desculpe, professor, mas, se fosse assim, a água poluída do planeta nunca ficaria pura de novo — disse "Chapeuzinho", um colega que nunca vi sem um chapéu enfiado na cabeça.

— Temo que sim. Por isso mesmo, temos que tentar evitar comportamentos irresponsáveis com relação ao ambiente.

— É nisso que se baseiam os tratamentos homeopáticos?

— Isso mesmo, Naomi, a teoria diz que uma pequena quantidade de princípio ativo diluído em muita água tem a mesma eficiência que teria se fosse tomada pura. Isso pressupõe, evidentemente, que a água guarda esse princípio na memória e é capaz de transmiti-lo no momento certo, quando entra em contato com outras substâncias.

Levanto a mão. É uma das poucas vezes em que sinto necessidade de fazer uma pergunta.

— Então, segundo o que o senhor disse, a água contida em duas garrafas diversas não é igual?

— Não, não é. Um antigo filósofo dizia que um homem nunca se banha duas vezes no mesmo rio, porque a água nunca é a mesma. Assim também, observou-se que dois cristais de neve, mesmo sendo compostos de água no estado sólido, nunca são iguais e que, quando congelados e descongelados, se recompõem com a mesma, idêntica estrutura, sempre diferentes um do outro. Venham até aqui, um de cada vez, e vou mostrar nesse microscópio o que estou dizendo.

Dito isso, o professor retira algumas lâminas do frigorífero do laboratório e encaixa embaixo da lente do microscópio.

Quando chega a minha vez, fico impressionada com a beleza dos cristais. Nunca tinha visto antes. Olho o primeiro e verifico que é diferente do segundo. Depois o professor descongela os dois, recoloca no frigorífero e volta a pegá-los um pouco depois. Efetivamente, parecem muito semelhantes, talvez idênticos, ao que eram antes, mas sempre diferentes entre si.

Parece quase um passe de mágica.

Quando saio do laboratório me sinto leve e serena, como se toda aquela conversa sobre a água tivesse me deixado num estado de tranquilidade embrionária.

A única coisa que me pergunto é: se a água representa mesmo um grande bem para a humanidade, por que não consigo mergulhar nem na água da banheira? E por que aquele sujeito me aconselhou a ficar longe dela? Quem dera que o Professor K tivesse uma resposta para isso também.

38

O pedido de Lina não deixa margem à dúvida.

Uma e quinze em ponto. Estou na frente da sua escola, conforme combinado. Dessa vez, não me esqueci. Nunca mais vou fazer isso.

— Vamos comer batata frita? — escreve ela no caderno, um daqueles com as linhas separadas de duas em duas que se usam para aprender a escrever. Olha para mim com os olhinhos cheios de esperança.

O que eu poderia dizer senão:

— Está bem. Quer ir à lanchonete de Gad, não é?

Ela faz que sim e segura minha mão: *ela* me dá a mão. Resolvemos caminhar em vez de entrar num meio de transporte qualquer, barulhento e cheio.

A tarde é bastante luminosa e amena. Algumas folhinhas verdes aparecem na ponta dos galhos e um cheiro vago de primavera flutua no ar, combatendo o fedor do smog que se espalha como um gás venenoso.

Na lanchonete de Gad flutua outro tipo de gás, igualmente venenoso mas infinitamente mais atraente: o cheiro de fritura. Reconheceria aquele cheiro em um milhão. Não sei se é por causa do óleo que ele usa, do metal das panelas ou da qualidade dos alimentos, mas não importa: é o cheiro da lanchonete Gustibus.

— Alma! Lina! Que prazer em revê-las! — nos recebe Gad, com sua carga habitual de afeição.

— Oi, Gad!

A meu lado, Lina sorri feliz.

— Venham, sentem. Que surpresa boa...

— Estávamos com desejo de comer suas famosas batatas fritas. Sobretudo uma de nós duas... — digo, olhando para Lina.

Gad ri.

— Posso imaginar qual seja... Já estão chegando. Mais alguma coisa?

— Frango também, se tiver. Seu frango frito é divino.

— Vou preparar um especialmente para vocês. Sua mãe está bem? — pergunta antes de sair.

Sei que eles não têm se falado e a tristeza de seu olhar me convence de que não foi uma escolha sua.

— Pois é, anda trabalhando muito. Sabe como é... Passa mais tempo no hospital do que em casa — digo para consolá-lo.

— É, eu sei. É uma mulher incrível. Devem se orgulhar dela.

Entra atrás do balcão e começa a fritar nossos pedidos.

Duas mesas adiante, às costas de Lina, está sentado um grupo de rapazes. Fazem uma bagunça enorme. Falam das meninas, de uma lourinha nada mau que frequenta um curso de kick boxing com um deles, que queria convidá-la para ir à sua casa e...

Como se permitem? Tem uma criança aqui!

— Espere um pouco — digo a Lina. Levanto e vou até a mesa deles.

— Desculpem a interrupção, mas minha irmã só tem 9 anos e acho que não está nem um pouco interessada nas coisas que pretendem fazer com a lourinha do kick boxing. Entenderam? — digo ao menino que estava falando.

— Oi, beleza. Não precisa se incomodar — se intromete outro, que tem uma espinha para cada milímetro de pele.

— Melhor assim.

Estou dando meia-volta quando o sujeito do kick boxing segura meu pulso.

Consigo me livrar com um puxão e, com os olhos cravados nos dele, respondo:

— Nunca mais faça isso.

— Senão?

— Senão eu mato você — respondo sem pensar.

Devo ter falado num tom muito convincente, pois eles param de rir e olham para mim como se tivesse ficado verde.

— Deixe ela em paz — diz o espinhento. — Não bate bem da cabeça.

Volto para a minha mesa, satisfeita.

Gad chega em seguida com dois pratos fumegantes.

— Está tudo bem, Alma?

— Tudo bem.

— Posso mandá-los embora se estiverem incomodando.

— Não, já está tudo bem.

Aqueles sujeitos me fizeram lembrar de Tea.

— E sua filha, como vai? Não está aqui hoje...

Uma sombra passa por seu rosto.

— Na verdade, não a vejo há algum tempo. Disse que estava com problemas e que era melhor deixá-la em paz. É o que estou fazendo, mas não posso deixar de me preocupar.

Com a história da seita de Tito, a polícia pode ter chegado a ela. Talvez também tenha sido interrogada...

No fundo, bem que ela merece. Chegou até a roubar o próprio pai, não chegou?

Mordo um pedaço de frango crocante.

Sinto muito por Gad. Não deve estar sendo um período fácil. Mas, pensando bem, não é fácil para ninguém.

— Sei que vocês não são mais amigas, mas se souber de alguma coisa...

— Claro, Gad. Se souber de qualquer coisa, falo pra você com certeza.

— Obrigada, Alma. Não queria que ela se envolvesse em alguma coisa ruim, sabe? Aquele namorado, Michi, não é flor que se cheire.

E você não sabe como, meu caro Gad.

Chegam novos clientes, Gad vai recebê-los e indica uma mesa. É sempre tão gentil, como se aquela gordura que o reveste como uma segunda pele contribuísse para torná-lo mais suave com as pessoas.

Nesse meio-tempo, Lina morde um pedaço dourado de frango, depois de acabar com as fritas.

— Está gostando, hein!

Ela concorda, a boca brilhante de óleo e os olhos de pura felicidade. Mas só um pouco mais tarde noto que não é por causa do frango.

Seu olhar está pousado em Gad, num carinho tranquilizador. O que ela queria era vê-lo. Talvez quisesse dizer que estamos aqui, e mesmo que as coisas não estejam bem com Jenna, ele pode contar conosco.

Querida, pequena Lina. Que grande coração! Poderia conter todo o bem do mundo e talvez contenha mesmo.

Quando o último pedaço de frango desaparece do prato, é hora de ir embora. Falo com ela, levantamos e nos despedimos.

— Obrigada, Gad. Estava tudo ótimo, como sempre.

— Obrigado a vocês, Alma. Voltem quando quiserem.

Lina, que substitui as palavras por gestos, chega perto dele e dá um beijo em seu rosto com a doçura que só as crianças possuem, aquela meiguice que ainda não foi decepcionada nem poluída pela mesquinhez dos adultos.

Enquanto a observo, acontece uma coisa estranha... Não sei se é alucinação, mas tenho a nítida impressão de que o rosto de minha irmã se acende numa luz clara e difusa, como se alguma fada do céu, daquelas que povoam suas histórias de boa-noite, tivesse soprado um pouco de poeira de estrelas sobre ela. Nunca a vi tão bonita e radiosa.

Por um segundo, tenho a sensação de compreender de um jeito certo e indiscutível o que é o Bem.

39

Percorro mais uma vez o caminho para a casa de detenção a bordo do mesmo ônibus e na mais fria indiferença: como a gente se habitua rápido às coisas negativas. De acordo com o meu conto, o assassinato do escritor deveria acontecer hoje, e não sei o que fazer a não ser perguntar a Agatha onde mora o cara da foto. Poderia procurá-lo, conversar com ele e, quem sabe, conseguir entender alguma coisa. É, a gente realmente se adapta a tudo! E quando esse tudo vira um hábito e começa a fazer parte de nossa vida, é porque o mal já se transformou numa banalidade diante da qual reagimos com indiferença e o bem foi esquecido como se fosse uma coisa fora do nosso alcance.

Primeiro obstáculo: o mesmo policial de bigode ruivo informa que não poderei me encontrar com Agatha.

— E por quê?

— Está na solitária.

— Ah, não! O que ela fez?

— Houve uma briga com uma presa e Agatha mordeu a outra moça.

— Que droga, era só o que me faltava! — reclamo.

— Sinto muito, o regulamento é muito rígido sobre certo tipo de coisas.

— E quanto tempo ela vai ficar isolada?

— Normalmente, duas semanas. Menos, se tiver bom comportamento.

— Duas semanas?

Em duas semanas posso estar morta ou trancada aqui dentro para lhe fazer companhia, penso comigo.

— Não tem jeito de falar com ela? Talvez com uma autorização especial, sei lá...

— Não, não tem jeito. E já fui bastante flexível com você. Sua autorização era para um único encontro e essa já é a terceira vez que vem aqui.

Examino a carta de Sarl e descubro que ele tem razão. Suponho, portanto, que devo me considerar uma menina de sorte. Mas, na verdade, me sinto como um catalisador capaz de atrair todas as desgraças do planeta.

— Está certo — digo, abatida. — Acho que volto na semana que vem, então.

— Como quiser. Meu conselho é que arrume outra autorização. Essa aí já perdeu a validade, não dá mais — diz, olhando para a minha carta amassada.

Saio da casa de detenção com o humor abaixo do nível do mar. Agora só me restam o endereço do escritor e as coisas que escrevi no caderno roxo para tentar reconhecer a assassina e detê-la. Por que não posso ser uma simples garota de 17 anos e passar a noite em casa diante de um filme na TV com aquele ator maravilhoso, cujo pôster enfeita meu quarto? Talvez porque nunca tenha entendido qual é a graça de ter a cara de um estranho me olhando na intimidade do meu quarto. E, na verdade, continuo sem entender até hoje: já tenho um número suficiente de olhos em cima de mim me vigiando.

Pego o primeiro ônibus que passa, não importa para onde. Só espero que as horas que me separam da minha missão impossível passem rápido e sem dor, pelo menos elas.

Coloco os fones e aperto o play do MP3. Deixo que ele resolva o que vou ouvir. Não quero ter que me preocupar com isso também.

O ônibus vai para o sul, na direção do rio. Desço depois de alguns pontos. Não tenho vontade de dividir aquele espaço tão pequeno com outras pessoas. Preciso de ar, muito ar e todo para mim. Chego ao rio e me aproximo da margem. A cilada que armamos contra Adam aconteceu um pouco mais acima. Parece que já se passou uma eternidade desde aquela noite.

Fico encantada observando a superfície da água que corre sem parar. Antes da aula do Professor K, nunca tinha pensado nela como algo digno de algum interesse. Mas, mesmo que não queira, ela é parte de mim e do mundo em que vivo. Uma presença misteriosa, que não sei ainda se é amiga ou inimiga. O rio hoje está puxando para o verde-escuro, porém mais transparente que o normal graças aos últimos dias de sol. Sento na camada de cimento que reveste as margens. Está quente.

A música escorre dentro de meus ouvidos assim como a água no leito do rio. Parece que estou dando adeus a essa cidade, a essa vida, o olhar carregado de melancolia, o coração cheio de lamentos.

De repente, noto alguma coisa sendo arrastada pela corrente. Levanto num salto. Parece um cão, pequeno, talvez um filhote. Tem o pelo marrom-claro, e às vezes se confunde com a água, surgindo e desaparecendo entre as ondas e os reflexos da luz do sol sobre o rio. Ele tenta desesperadamente nadar, mantendo a cabeça fora d'água. Olho ao redor procurando angustiada algum barco onde eu possa subir para tentar pegá-lo, mas não vejo nada. Estou pronta para mergulhar e enfrentar o rio. Mas como? "Fique longe da água", martelam as palavras do tal bilhete. Mas quero salvar o cãozinho! E o escritor!

Quando viro para verificar onde ele está agora, vejo que o animal sumiu. Espero para ver se ressurge um pouco mais abaixo. Nada. Então me convenço de que foi uma alucinação, que o filhote só existiu mesmo na minha fantasia. Uma ilusão da minha mente para me obrigar a mergulhar naquelas águas geladas que querem me prender, me puxar para baixo, tomar posse de mim, para sempre.

40

Jenna cantarola enquanto cozinha um jantarzinho rápido, Evan toca guitarra trancafiado no quarto e Lina, na sala, assiste a um desenho animado que fala de princesas esquecidas, com Gato adormecido em seus joelhos. A normalidade doméstica da noite não me ajuda, ao contrário: me faz ver como estou distante dela em meu mundo de mentiras, mistérios e segredos atrozes.

— Não está com muito apetite essa noite... — observa Jenna.

— Deve ser por causa das frituras.

— Que frituras?

— Fomos ao Gad hoje, Lina e eu.

Jenna parece surpresa.

— É mesmo? Já fazia um tempo que não iam.

— Justamente. Lina queria comer as batatas fritas do Gad. São as melhores da cidade.

Jenna abaixa os olhos.

Evan não diz nada, como se estar sentado à mesa conosco fosse um simples acidente do qual ele não tem culpa.

— Não precisa me explicar nada — digo. — Sair ou não sair com Gad é problema seu. Ficamos com vontade de encontrar com ele e fomos até lá. Ponto final.

— Ouça, Alma, às vezes as coisas parecem ser de um jeito, mas depois você acaba descobrindo que são de outro.

— Nem me diga! — exclamo sem pensar.

Ela me olha surpresa. Percebe que não estou falando por falar, mas não tem como saber o porquê dessa reação. Leio em seus olhos o que está pensando: impulsividade de adolescente.

Fantástico! A palavra "adolescência" é um enorme guarda-chuva que cobre tudo e tudo justifica.

— Só queria dizer que entendo você — comento. Não toco no nome de Sarl. Prefiro não pensar nele. A simples menção de seu nome faz com que me sinta culpada e traz à memória a desagradável imagem da casa de detenção.

O tucano na base do relógio de passarinhos assovia oito horas. Preciso ir.

— Vou sair hoje à noite, Jenna.

— Acho melhor não, Alma. Amanhã tem aula e você parece muito tensa e cansada ultimamente. Acho que precisa de uma boa noite de sono reparador.

Com essa eu não contava.

— Volto cedo, prometo.

— E posso saber aonde precisa ir com tanta urgência?

— Prometi a Naomi que sairíamos juntas. Ela vai para a praia depois de amanhã. Para se distrair um pouco, entende?

— Que história horrorosa, pobrezinha. Mas é por isso mesmo que fico preocupada com você. Tem muita gente ruim por aí.

— Não sou mais uma menininha.

— Eu sei, mas vai ser sempre a minha menina. E como ela vai fazer com a escola?

— O diretor permitiu que acompanhasse as matérias pela internet, por causa de sua situação.

— Muito gentil da parte dele. Não pensei que fosse capaz de um gesto desses.

— Pois é, foi uma surpresa para todo mundo, sobretudo para Naomi. E então, posso ir? Eu prometi.

— Está bem. Mas não chegue muito tarde, por favor. Não vai ter descontos como os dela. Se não estudar, não vai aparecer nenhuma tábua de salvação, entendeu?

— Entendi, fique tranquila.

Antes de sair da sala, Evan lança mais um olhar carregado de raiva, meio encoberto por uma coisa que parece medo.

O que será que anda imaginando? Talvez pense que vou matar alguém, já que não tive sucesso com ele. Acha que sou uma criminosa. Se pudesse, ele me mandaria para a prisão, de verdade. Mas não é do tipo que espiona, que faz denúncias. Parece mais alguém que faz justiça com as próprias mãos. Resolvo ficar longe dele por enquanto.

Olho minha imagem refletida no espelho da entrada. Não vejo nada, só um rosto qualquer, aquele que designaram para mim. Mas poderia ser outro. Minha beleza, minha vaidade, é algo que não me pertence. Só o conteúdo desse invólucro perfeito é meu. Minha arma é também a minha condenação, pois ninguém olha além dela. Na realidade, ninguém me vê. Todos param nesses olhos verdes, nesses cabelos brilhantes, nesses lábios sensuais. Para que serve tudo isso? Não para mim.

Deixo a casa como se não fosse mais voltar. Trago comigo a mochila, o caderno, a caneta de aço, que agora são os meus amigos fiéis.

Lá fora é noite. Alguns ainda estão voltando do trabalho, outros saindo como eu, provavelmente para se divertir em algum lugar.

No ponto espero um ônibus que não quer saber de chegar. Dentro de um ano, poderei tirar carteira, penso. Espero que não sirva para ir a lugares que podem servir de cenário para homicídios. Dentro de um ano, ou eu existirei ainda ou os homicídios...

Logo depois, começo a atravessar o ventre da cidade: o rio é a aorta; a estação, o estômago; os parques, os pulmões; o hospital, o fígado. E o coração? Onde está o coração? Talvez na parte velha, além do rio, lá onde tudo começou. Penso no desaparecimento de Morgan naquele edifício abandonado. E em sua casa vazia.

Desço no ponto e, por um segundo, acho que vejo os dois velhinhos que me deram informação no outro dia. Ela diz alguma coisa e ele aceita em silêncio. Equilíbrios. Não devemos tocá-los, pois quando se rompem é muito difícil reconstruí-los. Às vezes, impossível.

A imagem desaparece diante dos meus olhos e dá lugar ao vazio. Ando com mais segurança agora que sei o caminho, mas não muito rápido. Respeito o tempo, como se fosse um ritual.

Quando chego à casa, só há uma luz acesa no interior, proveniente da torre. Aqui fora, no entanto, uma lua enorme espalha seu glacê prateado sobre todas as coisas, inclusive sobre mim.

41

Se durante o dia o bairro está cheio de gente que passeia pelas calçadas, de crianças que brincam e de cães que correm, à noite ele está completamente deserto. Mas não é como a zona onde Agatha morava, que dá arrepios quando a escuridão desce sobre as ruas. Aqui é diferente. Enquanto caminho, tenho a impressão de que ficar em casa não é uma necessidade para as pessoas que moram aqui, é uma escolha ditada pelo desejo de compartilhar um belo jantar em família antes de se entregar a um sono merecido.

A simples ideia de uma assassina que ronda protegida pelas sombras é capaz de perturbar a paz que circula misturada com o ar.

No meu conto, uma moça batia na porta do escritor. Preciso, portanto, encontrar um lugar seguro para vigiar a entrada. Olho ao redor rapidamente: atrás das árvores talvez dê para ela me ver. Não há caçambas de lixo, mas descubro uma van, bem grande e com a carroceria escura, estacionada do outro lado da rua. É um esconderijo perfeito.

Vou até lá e me escondo atrás dela.

Espero e espero mais ainda. Ninguém aparece. A luz da torrezinha continua acesa. Que horas serão?

O tempo passa e, com a cumplicidade da noite e do silêncio, entro numa dimensão paralela à realidade, que não tem coordenadas, mas fica suspensa entre o que é e o que poderia ser. O limite é sutil, mas existe, e é só isso que serve de base para as minhas poucas forças e as minhas frágeis esperanças.

De repente, sinto uma rajada de vento que levanta redemoinhos de poeira e arrasta consigo um folheto publicitário rasgado. Levo um susto, despertando do meu estado de vigília aparente.

Nesse exato momento, eu a vejo chegar. É uma figura que caminha com passo regular e cadenciado pela calçada do outro lado da rua. Assim que entra no feixe de luz de um poste, eu a reconheço: os cabelos de cachos "*deliciosamente infantis*" que lhe dão um ar de boneca de porcelana, o corpo delicado e aparentemente inofensivo. Imediatamente, reparo na mochila que carrega nas costas. "*Pesada*", como descrevi no conto. Estremeço só de pensar no que pode conter.

A moça continua em direção à casa sem olhar ao redor. Observando-a melhor, parece hipnotizada. Lembro das sessões de Naomi com o dr. Mahl, do modo como se abandonava à sua voz, como se não houvesse mais nada a seu redor. É assim que aquela menina olha para a frente, diretamente para o seu objetivo: a porta da casa de David.

A agitação sobe por meu corpo como um monstro dotado de vida própria e aperta o peito sem me dar trégua. Quando devo intervir? Como saber qual é a hora certa?

Ela chega ao portão.

Estranho, no conto ela batia diretamente na porta da casa.

De fato, a mão da moça empurra o portão com facilidade: está aberto.

Preciso fazer alguma coisa, agora!

Sem hesitar mais, saio de trás da van e corro na direção da assassina, que, de costas, não tem como me ver.

Ajo com rapidez e decisão, como se o perigo e o medo me deixassem inconscientemente pronta.

Nunca ataquei ninguém na minha vida. Agarro a primeira coisa ao meu alcance: os cabelos. Aperto e puxo a cabeça violentamente para trás. Os cachos emitem reflexos cor de âmbar sob a luz da pequena lâmpada ao lado da porta. Nem penso na eventualidade de que tenha uma arma para usar contra mim, talvez um punhal para enfiar na minha barriga, confio na ideia de que seus "instrumentos" estão dentro da mochila. Estão mesmo: ela luta com as mãos nuas, mas é muito mais forte do que poderia esperar.

Agarra meu pulso com uma mão e torce, enquanto a outra aperta meu pescoço. É dois palmos mais baixa que eu, mas luta como um leão. Instintivamente, levo as duas mãos ao pescoço e tento puxar a dela, bem menor, mas grudada na minha garganta com firmeza. O único resultado que obtenho é arranhá-la. Ela me encara com olhos claros, luminosos. São olhos monstruosos, que nada têm de humano.

Desvio os olhos com medo de acabar como o homem-anjo. Estamos de frente uma para a outra e seus dedos no meu pescoço bloqueiam a respiração. Nenhuma das duas grita. Se esperar mais, ela vai acabar me matando. Reúno todas as minhas forças e, enquanto minhas mãos tentam diminuir a pressão na garganta, acerto um pontapé em sua canela. Ela fica imóvel, mas tenho a impressão de que não é por causa do pontapé, porque ela nem olha para a perna. Como se tivesse percebido alguma coisa que eu não notei, ela me solta, libertando meu pescoço dolorido do aperto.

Depois foge e sua mochila pesada esbarra no portão. O barulho de ferragens acorda o vira-lata do escritor, que começa a latir feito um doido. Preciso fugir, mas é como se toda a minha energia tivesse desaparecido junto com a assassina. Caio de joelhos e agradeço por ainda ser capaz de respirar.

Alguns segundos depois, David abre a porta. O cão salta em cima de mim rosnando, mas ele o detém com um seco "não!".

Para minha sorte, o animal obedece, sem precisar de outras chamadas, e se deita perto da porta, sempre em estado de alerta, com o rabo esticado e as orelhas levantadas.

David se aproxima e me observa. Acho que não ficaria mais espantado se encontrasse um zumbi em seu jardim. Não demora a perceber as marcas em meu pescoço.

— O que aconteceu aqui? — Tem uma voz de menino, um tom delicado, de alguém que se preocupa em não magoar ninguém.

Não sei o que dizer, de modo que não respondo.

— Alguém atacou você, não foi?

Concordo.

— Entre. Vou lhe dar um copo d'água para você se recuperar e depois chamamos a polícia juntos.

A polícia? Não posso falar com a polícia.

Tenho que ir embora daqui.

Levanto com dificuldade, com o cão sempre atento aos meus movimentos.

Viro e me dirijo para o portão.

— Ei, pare aí! Aonde vai?

Não dou ouvidos e já estou na rua de novo.

— Diga pelo menos como é o seu nome, caso alguém...

Começo a correr, embora esteja exausta. Rezo para que o cachorro não me siga e para que o escritor esqueça o meu rosto. Só Deus sabe o que aconteceria se a polícia viesse lhe fazer perguntas e ele desse uma descrição minha, que eles poderiam comparar com a descrição da moça que foi vista saindo da papelaria. Seria uma catástrofe e, sem dúvida, ia me jogar atrás das grades.

Enquanto me dirijo para casa, penso na luta com a assassina e concluo que tive muita sorte. Ela não foi vencida pela minha força, mas por alguma outra coisa que a deteve e impediu que me matasse. O alvo não era eu, pelo menos não o de hoje. Se não fosse isso, já estaria morta.

42

Sempre ouvi dizer que o despertar na manhã seguinte de uma briga é traumático, mas não imaginava tanta dor. Sinto como se meu pescoço fosse se destacar do corpo.

Levanto e vou até o espelho para verificar os estragos. Tenho um vistoso colar rosa-choque feito de pele inflamada e esfolada, como se tivesse sofrido uma violenta queimadura. Com certeza, em breve o rosa-choque vai dar lugar ao roxo dos hematomas, que não vai sumir antes de algumas semanas. Passo a ponta dos dedos na pele ferida. Arde terrivelmente.

Ninguém pode me ver assim. Vou ter que me vestir até para ir ao banheiro. Em seguida, vejo a maçaneta da porta se mover inutilmente.

— Por que está trancada aí dentro, Alma? — pergunta Jenna do outro lado.

E agora? Não posso abrir. Não estou pronta.

Finjo irritação.

— Será que não dá para ter um pouco de privacidade nessa casa?

— Não, mocinha, enquanto morar aqui tem que fazer as coisas do meu jeito. Não ficou de voltar cedo ontem à noite? Agradeça aos céus que eu estava com tampões no ouvido e não sei a hora exata, mas com certeza era mais de meia-noite...

— Podemos conversar mais tarde?

— Estou esperando na cozinha. Ande rápido que estou saindo.

Aproveito a trégua para enfiar um suéter de gola rulê. A lã queima a pele como sal numa ferida.

Tiro o suéter e coloco uma camiseta, sempre de gola rulê. A situação melhora, mas não muito. Visto o suéter por cima.

Escolho uma calça qualquer, meias e sapatos. Uma última olhadela. Estou com uma cara horrível: olheiras escuras e profundas marcam meus olhos como uma máscara trágica com a pintura borrada.

Em seguida, uma dúvida me assalta. Será que escrevi alguma coisa ontem à noite? Pego a mochila e verifico o caderno. Está em seu lugar como se nada tivesse acontecido, como se não carregasse dentro de si o peso da minha vergonha, dos meus crimes.

Não tem nada além do que já tinha escrito sobre o assassinato do escritor. E, felizmente, posso dizer que ele está salvo.

Mas ela poderia tentar de novo. É a primeira vez que consigo romper o mecanismo. Antes, não tive bastante coragem e agora tenho medo de que seja pior ainda. A vítima anunciada não está morta como deveria: quais serão as consequências? Examino a mão com que arranhei a mão da assassina. Não há dúvida, tudo aconteceu realmente. Os pesadelos são realidade.

Jenna me espera na cozinha feito um guarda de fronteira. Depois de me examinar da cabeça aos pés, fica surpresa com a minha roupa.

— Não acha que vai sentir calor com esse suéter de alpinista?

— Acordei com frio hoje.

— Não duvido, com a cara de cansaço que tem. Combinamos que voltaria cedo. Assim não dá.

Inclino a cabeça, aliviada porque ela não teve a ideia de ligar para a casa de Naomi ontem à noite.

— Ouviu o que disse, Alma? Estou muito preocupada. Sei que essa história com Naomi perturbou você. Além do mais, Agatha foi presa logo em seguida...

Ainda bem que ela não sabe de nada sobre Seline!

— Mas as coisas estão se ajeitando. Naomi está melhor, Agatha está segura atrás das grades. Você precisa pensar nos estudos e retomar sua vida. Ou seja: não quero que fique na rua até tarde, sobretudo durante a semana.

— Hoje é o aniversário de Seline. Não posso deixar de ir.

Então acontece uma coisa que não esperava.

— Não ouviu nada do que eu disse! — Jenna está à beira de um ataque de nervos. — Passo a maior parte do dia fora de casa. Trabalho num lugar onde só tem gente doente, gente que está sofrendo, e preciso me mostrar alegre e positiva mesmo quando sinto o mundo desabar na minha cabeça. Fui abandonada pelos únicos homens que amei na vida. Por causa de um deles, carrego até hoje um peso na consciência, dia após dia, quando vejo a minha menina e rezo para que diga pelo menos uma palavra, que não chega nunca. Crio três filhos sozinha e os dois mais velhos não conseguem nem se esbarrar no corredor. Evan me trata como se eu fosse uma doença crônica de nascença da qual ele não pode se livrar por enquanto. Você, que deveria me apoiar porque já é uma mulher, me trata como se eu fosse um pouco mais que uma colega de apartamento chata e intrometida. Só queria um pouco de compreensão, Alma. Será que é pedir demais? — Em seguida, cai em prantos, chorando convulsivamente.

Soluça quando chego perto, cada vez mais forte, incapaz de frear o mar de frustrações que reprimia no peito havia tanto tempo.

— Vai dar tudo certo — digo. Não sou muito boa para consolar as pessoas. Na verdade, sempre fui ótima na hora de feri-las, mas não faço muito bem o papel de consoladora.

De repente, Jenna para de chorar e enxuga as lágrimas esfregando o rosto com a palma da mão.

— Preciso ir, senão Lina vai chegar tarde na escola.

— Posso levar, se quiser.

— Não precisa. Só quero que me prometa que não vai me causar mais problemas. Acho que não vou conseguir aguentar.

Como posso prometer uma coisa dessas? Mentindo.

— Tudo bem. Mas, por favor, preciso ir ao aniversário de Seline hoje à noite.

Ela olha para mim, com os olhos ainda vermelhos e amassados de choro.

— Só hoje. Sei que já disse isso ontem, mas agora estou falando sério. A partir de amanhã, a música vai mudar.

Consigo sorrir.

— Ah, estava esquecendo. Ontem à noite, logo depois que você saiu, aquele seu amigo Roth ligou.

— Deixou algum recado?

— Não, nenhum. Só pediu que avisasse que tinha ligado. O café ainda está quente — diz saindo, com um tom tão afetuoso que nunca esquecerei.

Se o meu suéter de gola alta levantou as suspeitas de Jenna, também não posso dizer que passou em branco na escola, onde a roupa não é uma coisa secundária, mas um valor importantíssimo.

Passo por cima de algumas piadinhas na entrada e sigo para a minha sala. Naomi está de ótimo humor. É seu último dia de aula antes das suas férias e vamos sair juntas hoje à noite para comemorar o aniversário de Seline. O que se pode desejar mais do que isso?

Mas justamente a aniversariante, Seline, não parece tão contente quanto deveria. Está sentada atrás da carteira, folheando distraidamente uma revista que parece uma lista telefônica.

— O que houve com ela? — pergunto a Naomi.

— Não entendi direito. Acho que ia se encontrar com Adam ontem, mas ele não apareceu.

— Bem que eu disse para não confiar nesse sujeito.

— Não foi você mesma quem disse que ele não é tão mau assim?

— Só falei porque fiquei sabendo de uma coisa.

— Que coisa?

— Que não foi ele quem incendiou a diretoria.

— Ah, não? E por que assumiu a culpa, então? Não pensei que fosse masoquista.

— E não é mesmo. Só que tinha um pouco de medo do culpado.

— E quem poderia... não! Não acredito. Foi Agatha?

— Diz ele que foi.

— Mas o anel encontrado no gabinete de Scrooge era dele.

— Agatha foi vista rondando seu armário no vestiário dos meninos. Poderia ter pegado o anel e colocado lá para incriminá-lo.

Naomi parece surpresa, mas não muito.

— É bem capaz, sobretudo depois do que fez com a tia... Então Adam está pagando uma pena injusta no lugar de Agatha?

— Isso mesmo.

— Desde quando sabe disso?

— Tem pouco tempo — minto. Não quero que volte a pensar que estou escondendo as coisas dela. Mas, nessa altura dos acontecimentos, seria impossível explicar meus motivos. E seria difícil de entender para ela também.

— Talvez a gente devesse contar a Seline.

— Melhor não, deixe ela pensar que Adam é um vândalo. Vai ajudá-la se as coisas não derem muito certo entre os dois, o que acho que vai acabar acontecendo.

Em seguida, vejo que está olhando para o suéter.

— Gola rulê, é? Para mim, o ar da primavera já chegou.

— Acho que estou ficando resfriada.

— Tome uma aspirina. Não vá faltar hoje à noite, por favor.

— BabyBlue?

— Claro, onde mais poderia ser?

43

A Cidade Velha foi invadida por bandos de jovens barulhentos que vagam pelas ruas agitando garrafas de cerveja, discotecas que vomitam música ensurdecedora e fumaça rançosa, e policiais que revistam os menos recomendáveis ou os menos recomendados, à sua escolha.

O BabyBlue se localiza nesse pedaço juvenil de qualquer sexta-feira à noite.

É relativamente novo, por isso nunca estive lá antes. Quem escolheu foi Seline. Queria retornar para apagar a lembrança da noite em que se sentiu mal. Não sei se entendo perfeitamente o seu raciocínio, mas o aniversário é dela e para mim tanto faz um local quanto outro qualquer.

O lado de fora é dominado pelo letreiro de neon, rigorosamente azul. Representa uma *pin-up*, com o inseparável vestidinho curto e esvoaçante, na pose clássica: traseiro empinado, busto para a frente.

Sob o letreiro, diante da porta de entrada, estende-se uma longa fila de gente esperando para entrar. Quem controla o tráfego é um sujeito do tamanho de dois homens, todo de preto, bronzeado como um pedaço de madeira torrado pelo sol e com a cabeça raspada e brilhante como um bola de boliche. Um detalhe elegante, considerando a escuridão reinante, são os óculos escuros, de armação flexível.

— Nosso nome está na lista, não precisamos entrar na fila — afirma Seline, com o casaquinho branco que ganhou de aniversário dos pais. Parece uma atriz dos anos sessenta, mas pelo menos começou a usar roupas do tamanho certo, sinal de que sua doença está ficando para trás.

— Vamos — digo eu, com meu velho casaco preto. Naomi usa uma jaquetinha curta lilás, que fica muito bem nela. Fico feliz em ver que também está melhor. Saber que minhas amigas estão felizes me faz ter esperança no futuro, inclusive no meu.

Partimos. O gorila da porta consegue encontrar nossos nomes na lista, apesar da barreira dos óculos escuros, e nos deixa entrar.

Como muitas outras discotecas, BabyBlue fica num subsolo. Não tenho uma atração especial pelas coisas subterrâneas. Toda vez que me vejo embaixo da terra, sem fazer inevitáveis referências à situação de quem já partiu deste para o outro mundo, não consigo evitar me sentir sufocada.

Assim, desço de má vontade as escadas que levam da entrada para a sala central, tentando não pensar na massa de terra que está sobre a minha cabeça.

— Uau! Tem um monte de gente! — exclama Seline, a única que adora esse tipo de coisa.

— É mesmo — digo olhando ao redor, o que só faz aumentar a claustrofobia. Naomi também não parece muito satisfeita.

A discoteca em si é bonita, com a primeira sala de paredes azuis, luzes baixas, sofazinhos de veludo azul-marinho encostados nas paredes e estátuas de plástico, em tamanho real, reproduzindo grandes estrelas do mundo do espetáculo. Mais adiante há um barzinho, cujo balcão é assaltado por uma multidão de gente com os braços esticados e a ficha de consumação apertada entre os dedos, como um salvo-conduto. A música *lounge* flutua no ar como um simples pano de fundo: não está ali para ser realmente ouvida e permite uma conversação normal. Paralelamente, o acúmulo de vozes consegue criar um som ambiente que lembra o zumbido de uma colmeia gigante.

Deixamos os casacos no guarda-roupa e entregamos os recibos para Naomi, que, em geral, não perde nada. Não me esqueço de ficar com a echarpe.

— E isso? — pergunta Seline, apontando para o meu pescoço.

— Estou com um pouco de dor de garganta, prefiro ficar com ela.

Seline acredita, mas Naomi olha para mim desconfiada. Entre o suéter de gola alta na escola e a echarpe naquela fornalha em que estamos, acho que está começando a suspeitar de alguma coisa.

Vamos para a segunda sala, bem maior. É estranho, mas assim que cruzamos a fronteira entre uma e outra, a música muda completamente, como se os dois ambientes fossem separados por uma parede invisível que não deixa passar o som.

Aqui, o *lounge* dá lugar a um tipo de música retrô muito antiga. Tão antiga que acho que nem era nascida quando elas surgiram.

Felizmente, tem menos gente, a maioria sentada em poltronas azul-elétrico colocadas ao redor das mesinhas de centro prateadas que cercam a pista de dança. As paredes também são prateadas e fazem a sala parecer um enorme bloco de gelo.

Não tem ninguém dançando na pista. A mesa do DJ, bem na frente da nossa, domina a sala em cima de um palquinho com colunas barrocas.

— Vamos pegar bebidas? — pergunta Naomi. — Acho que aqui vamos conseguir em menos de uma hora — brinca, apontando para o bar ao fundo. É bem maior que o da outra sala, ocupando a parede inteira. Seu balcão transparente, iluminado por linhas de neon azul, parece um aquário e espalha uma luz submarina em todo o ambiente. Atrás de uma selva de garrafas de todo tipo, o barman faz malabarismos com garrafas, cubos de gelo e copos, servindo, misturando e decorando numa velocidade espantosa.

— Vamos pedir a ele — sugiro.

Chegamos junto ao barman malabarista.

— O que posso fazer por vocês? — pergunta com um sorriso que exibe seus 32 dentes brancos e brilhantes como um anúncio de pasta de dentes.

Parece que Seline está gostando, e não apenas dos dentes.

— Quero... Naomi, como é mesmo o nome daquele coquetel que eu adoro?

— Velvet Sunset.

— Não, o outro.

— Wild Piranha.

— Isso! Um Wild Piranha.

Ele não esconde uma olhadinha maliciosa e ela corresponde com um sorrisinho encantado. Não vai aprender nunca.

— E para vocês?

— Para mim um BabyBlue — diz Naomi.

— E o que é? — pergunto.

— Tem um licor azul, suco de abacaxi e...

— Uma gotinha de vodca — apressa-se a dizer o rapaz.

Dou uma olhada na lista de coquetéis que ocupa toda a parede atrás do balcão. Tem um quilômetro de comprimento.

— Pode escolher — digo finalmente ao barman —, pode fazer o seu preferido.

Depois de alguns minutos, nossos copos estão prontos, enfileirados à nossa frente.

Amarelo-laranja o de Seline, azul o de Naomi e vermelho-fogo o meu.

— Como se chama?

— Hot Devil, e na minha opinião é fogo puro.

— Está me dizendo que vou beber um drinque que se chama Diabo Quente?

Ele concorda, divertido.

Pego o copo e analiso o conteúdo. Não sei se é por causa da luz, mas parece lava.

Quando dou o primeiro gole, vejo que na verdade *é* lava. O álcool desce pela garganta com a potência de uma língua de fogo dentro do gelo e atravessa meu peito, que queima numa ardência intensa e repentina. Finalmente, aterrissa no fundo do estômago, quase vazio, com um baque que parece uma bala de canhão.

— O que achou? — pergunta ele.

— Se conseguir apagar o incêndio, talvez consiga sentir o sabor. O que tem aqui dentro?

— Rum, tequila, suco de laranja vermelha e... o ingrediente secreto.

— Que seria...? — pergunto com a garganta em chamas.

— Uma pitadinha de pimenta. Aumenta a sensação de calor do álcool.

— Sem a menor dúvida!

Entregamos nossas cartelas, que ele marca com uma furadeira e devolve.

Nesse intervalo, a segunda sala também encheu e alguém está falando no microfone.

— Olá, todo mundo! Como estão hoje? Tudo bem? Muito bem? Não estou ouvindo vocês! BEM-VINDOS AO BA-BY-BLUE!

Aplausos e gritos de satisfação. A gente só olha.

— Chegou o momento tão esperado! Nosso convidado já está entre nós. Só por essa noite... DJ Daimon!

A plateia aplaude delirante, a voz no microfone se cala, as luzes fazem piruetas pela sala inteira, produzindo listras azuis, rosa, verdes, e começa a música, o som de verdade. Começa com um estrondo que ecoa nas minhas entranhas, para desaguar no ritmo veloz e psicodélico típico da house. As luzes se adaptam, com rajadas de flashes ofuscantes.

— Não me disse que a música era house — berro no ouvido de Naomi.

— Também não sabia. Da outra vez era música eletrônica, bem mais soft.

Mas Seline parece estar se divertindo. Antes que eu consiga dizer mais alguma coisa, ela arrasta Naomi para a pista.

Recuso o convite de Seline e entro sozinha no meio da multidão, com meu copo de sangue de diabo na mão. Dou uma pesquisada rápida nos sofás, mas não há nenhum lugar livre.

Saio. Um pouco de ar não vai me fazer mal. Pegar o casaco é impossível, de modo que saio do jeito que estou. De qualquer forma, meu drinque seria capaz de derreter até o Polo Norte.

Subo a escada desviando de quem sentou nos degraus para conversar, fumar ou namorar.

Uma vez lá fora, uma camada de frio úmido gruda em mim.

Levanto a cabeça e fico paralisada quando dou de cara com uma coisa espantosa.

44

Imóvel na frente do BabyBlue, não consigo acreditar em meus próprios olhos. Três moças e dois rapazes estão parados a uns dez passos de mim. Conheço bem demais uma daquelas moças. São aqueles cabelos cacheados e aqueles olhos claros que poderia reconhecer entre um milhão. É a menina de ontem à noite, a assassina do escritor!

Eu me perguntei várias vezes o que faria se ela tivesse me seguido ou como reagiria se a encontrasse perto de casa ou na frente da escola, mas não estava pronta para topar com ela assim, completamente por acaso, na noite de hoje, do lado de fora de uma discoteca.

Está rindo com os amigos. Ainda não percebeu minha presença e continuo a observar.

Não sei o que fazer, como me comportar. Tenho que falar com ela, isso é óbvio, mas como? E sobretudo, o que vou dizer?

Sinto a boca rígida como se tivesse mastigado cola e o estômago embrulhado. Fico parada, sem conseguir me decidir. Ela caminha na minha direção e faz isso como se não estivesse nem aí. Minha espinha dorsal é atingida por uma rajada de alfinetes que se enfiam na pele e traçam a geografia do meu medo. Está cada vez mais perto. Olho para ela, cautelosa, como se fosse um animal de rua, cujas reações não se pode prever. Não vejo mais nada ao redor, só nós duas. E então... ela passa a meu lado e vai cumprimentar um sujeito que está atrás de mim. Solto a respiração como um balão de gás furado.

Ouço a voz da menina atrás de mim, pela primeira vez. É doce e delicada.

Nem olhou para mim. Por quê? É impossível que não tenha me reconhecido. Impensável que tenha se esquecido.

Ouço quando se despede do amigo. Agora está sozinha. Tomo coragem e viro. Estamos cara a cara, olhos nos olhos. Parece um pouco mais alta... vejo que está de salto, mas mesmo assim mal supera meu ombro. E... nada. Sua expressão é neutra, velada por um leve espanto.

— Oi — digo então.

Ela me olha com cara de ponto de interrogação. — A gente se conhece?

Tem uma expressão meiga, nada a ver com a cara que tinha ontem à noite.

Instintivamente, procuro ver suas mãos, mas estão enfiadas nos bolsos da jaqueta.

Ela percebe.

— O que quer comigo? Não sei quem é você.

— Sabe sim. A gente se encontrou ontem à noite.

Parece surpresa:

— Ontem à noite? Está enganada.

— Não estou, não, infelizmente.

— Garanto que está! — Começa a ficar impaciente. — Olhe, realmente não conheço você. Talvez esteja me confundindo com outra pessoa. Onde acha que me viu?

— No Bairro Oeste. Na casa de David, o escritor.

— David? Não conheço nenhum David.

Por que está fingindo? Para que mentir dessa maneira?

— Você estava na frente da casa dele.

— Fiquei em casa a noite inteira, ontem, e de qualquer jeito, não tenho que lhe dar satisfações. Se é uma brincadeira, não estou achando graça nenhuma. Aposto que não sabe nem o meu nome.

— É verdade, não sei mesmo, mas sei de outra coisa. Suas mãos estão arranhadas, não estão? Deixe ver.

— Não deixo ver coisa alguma! — responde irritada, mas um pouco menos segura.

— É inútil negar. Suas mãos são a prova de que estou certa.

De repente, ela me encara. A raiva sumiu, lavada pelo rio de angústia que cai sobre ela. Lentamente, tira as mãos dos bolsos: uma delas está coberta de arranhões vermelhos. Exatamente os que fiz quando tentei me livrar de seu aperto.

Ela olha para a mão arranhada como se não fosse sua, depois se apressa a dar uma explicação, mas seu tom é muito incerto. Não mente bem.

— Foi o meu gato, é tudo. — Depois, pensa um instante. — Mas como é que sabia que estou com a mão arranhada?

— Porque fui eu quem arranhei.

Arregala os olhos como quem acabou de ver um fantasma. E começa a tremer, mas acho que nem ela sabe por quê.

— Estava na frente da casa de David ontem à noite. Sei disso porque estava lá também. Para deter você.

— Deter? Não estou entendendo.

— Eu ataquei primeiro e você agarrou meu pescoço e tentou me estrangular — digo afastando a echarpe. — Foi por isso que arranhei você.

Ela examina minhas escoriações, franzindo a testa.

— Garanto que não conheço você.

— Não posso explicar como eu soube disso, mas você foi até lá com um objetivo preciso: matar David. E eu consegui impedir.

Ela não acredita no que está ouvindo.

— Deve ser doida. Nunca ouvi falar de nenhum escritor chamado David, não sei onde mora e jamais me passou pela cabeça matar alguém.

Parece sinceramente perturbada com as minhas palavras, com os arranhões e com as marcas no meu pescoço. Como é que não se lembra? A imagem de Larissa me vem à memória e penso que essa menina também pode ter uma sósia. Uma espécie de duplo. Seria uma coincidência absurda. Possível? Também podia ser ela mesma, mas num estado de semiconsciência.

Tenta se afastar. Vou atrás dela.

— Não sei quem você é, mas me deixe em paz — grita se virando, convencida de que, eliminando a minha presença, vai eliminar também a angústia que tomou conta dela.

— Pegue isso. — Escrevo meu telefone num pedaço de papel.

Percebo que está olhando horrorizada para a minha caneta de aço. Engole em seco sem conseguir disfarçar, mas não diz nada.

— É meu número de telefone. Meu nome é Alma. Por favor, me avise se acontecer alguma coisa estranha, algo que não consiga explicar... mas pode ligar também só para conversar. É importante.

— Posso saber quem você é realmente?
— Só uma pessoa que quer ajudar.
— Ajudar a fazer o quê?
— Ainda não sei, mas guarde esse número e ligue se precisar.
— Nina! Estamos indo! — chama alguém no grupo de seus amigos.
Paro e olho para ela.
— Seu nome é Nina?
Ela me lança um olhar gelado.
— É, mas é melhor que esqueça isso.
E pela segunda vez vai embora, engolida pela noite.

O resto da noite passa em surdina. Naomi e Seline me obrigam a dançar. Meu corpo se move, mas o pensamento continua fixo em Nina.

— Que pena que não se divertiu — diz Seline quando saímos da discoteca. — Você anda muito estranha ultimamente.

— Ela é *sempre* muito estranha! — corrige Naomi.

45

Procuro um modo de pegar no sono, mas acho que não vou dormir hoje. Gato, ainda mais acordado do que eu, me observa com seus olhos enormes.

— O que devo fazer, Gato? — pergunto em voz alta.

Ele me encara, solene, fazendo pose de estátua de porcelana.

Bem diferente das encarnações de deuses e profetas!

— Não me diga que é implicante como a sua dona, Agatha, e simplesmente não está com vontade de ajudar!

Devo estar ficando mesmo louca para fazer perguntas a uma bola de pelos com quatro patas.

Um silêncio de morte envolve a casa. Já que não adianta pensar em dormir, resolvo aproveitar para organizar as ideias. Pego várias folhas de papel e divido em pedaços menores. Em cada um, escrevo alguma coisa: um nome, um acontecimento, uma dúvida. A minha história recente.

ACIDENTE

LARISSA

DOR DE CABEÇA

COMPRO CADERNO ROXO

COMPRO CANETA DE AÇO

CONTOS

ASSASSINATO PUBLICITÁRIO

ASSASSINATO PARQUE DE DIVERSÕES

ASSASSINATO HALLE

TENTATIVA DE ASSASSINATO EVAN???

MORGAN

BEIJO E FUGA MORGAN

EDIFÍCIO ABANDONADO

CASA DE MORGAN

MORTE DO DONO DA PAPELARIA (HOMEM-ANJO)

MASTER

MASTER DESAPARECIDO NA ÁGUA?

QUARTO REVISTADO

ANEL DE DRAGÃO

ORIGAMI EM FORMA DE DRAGÃO

ADAM?

VÍDEO DE SELINE

VIOLÊNCIA CONTRA NAOMI — TITO

INCÊNDIO NO GABINETE DO DIRETOR

CASA DAS CONCHAS

AGATHA — DENÚNCIA — PRISÃO

RAPAZ DOS CIGARROS

FOTO DO RAPAZ DOS CIGARROS

"FIQUE LONGE DA ÁGUA"

ADAM

DAVID O ESCRITOR

NINA

Tento colocar os fatos em ordem, esperando não ter esquecido nada. Procuro uma ligação lógica entre os acontecimentos, os nomes, os locais, mas não encontro nada. Faço e desfaço todas as combinações possíveis entre as peças desse quebra-cabeça e me dou conta de que não vou conseguir nada sozinha. Falta alguma coisa, alguma coisa que dê sentido ao conjunto, que conecte os elementos. Sei que bastaria uma chave, uma única chave, para entender. Mas onde encontrá-la? Um papelzinho ficou na minha mão "EDIFÍCIO ABANDONADO".

É o lugar onde vi Morgan entrar, mas... a simples ideia de voltar lá já me enche de pavor.

"RAPAZ DOS CIGARROS"... se pelo menos soubesse onde procurá-lo, onde ele mora. Maldita Agatha! Tinha que ficar em isolamento logo agora! Agora que poderia realmente me ajudar. Gato solta um miado, talvez tenha entendido que estou irritada com sua dona maluca. Faço um carinho na cabecinha dele, que abaixa a cabeça quando toco a orelha direita. Fecha os olhos, embriagado de puro prazer, mas depois se afasta, irritado.

— É inútil ficar irritado. A realidade agora é essa, vai ter que se contentar comigo.

Embaralho novamente os papéis. Silencioso, Gato salta na cama e começa a lamber a pata.

Naquele instante, o toque do telefone me faz estremecer na quietude da noite. Quem pode estar ligando para nossa casa a essa hora?

Saio correndo do quarto. O telefone não para. Levanto o fone com raiva.

— Alô? — digo em voz baixa.

— Oi, sou eu — ouço alguém dizer do outro lado. Não conseguiria descrever a sensação que tive nem com todas as palavras do dicionário. Ela simplesmente não existia na lista das possibilidades antes que eu experimentasse. Não me atrevia a esperar por isso, mas, ao mesmo tempo, era a coisa que mais desejava no mundo. E agora está acontecendo. Não é mais um daqueles pesadelos. Aquela voz é verdadeira e é dele, finalmente.

— Morgan?

— Oi.

— É você mesmo?

— Sim, Alma. Sou eu.

As perguntas que acumulei nas últimas semanas se empilham nos cantos da minha boca, empurram para sair e abrir caminho entre as outras. Cada uma delas quer sua resposta, não sei a qual dar preferência. Todas elas me assaltam depois da alegria de ouvi-lo e da raiva por ter me abandonado quando mais precisava dele.

— Não vai dizer nada?

— Não sei por onde começar.

— Recebeu minha carta?

— Recebi, mas estou assustada e desorientada.

— Eu sei. Por isso voltei. Precisamos nos ver.

— Quando?

— Agora.

O medo de que possa desaparecer novamente não permite que entenda direito o que acabou de dizer.

— Diga onde.

— Na frente da sua casa em cinco minutos. — Desliga sem acrescentar nada.

Fico alguns instantes com o fone na orelha. Do outro lado, o *bipe-bipe* ritmado da ligação interrompida. Meu coração bate a mil por hora. Aperto uma das mãos no peito para tentar segurá-lo. Tenho medo de explodir. Recoloco o fone no lugar e vou para o meu quarto, muito nervosa. Não sei o que fazer.

Sim, preciso me vestir, essa é a primeira coisa.

O que escolho? Não importa. Escolho qualquer coisa, basta que tenha gola rulê.

Gato olha para mim tranquilo, pelo menos ele. Quanto tempo vou ficar fora? Não sei. Pego a mochila com o caderno e a caneta. Será que vou precisar de mais alguma coisa? O que Morgan pretende fazer? Preciso ficar calma ou vou aprontar alguma. Se tivesse mais tempo... não, melhor assim. Até agora, a espera estava me matando. Como esperei esse telefonema que não chegava nunca, e agora não consigo nem pensar! Tudo roda, dentro e fora, não consigo parar as coisas, fixar as ideias. Olho o despertador. Devem ter passado cinco minutos desde que Morgan ligou. Chegou a hora de ir. Ou será que é cedo demais? O que importa? Desço e espero. Ele vai chegar. Dessa vez vai chegar com certeza.

Dou uma última olhada em Gato.

— Comporte-se — digo.

Depois vou para a entrada. Na penumbra do corredor, iluminado por raios fantasmagóricos de luz, noto uma presença pequena e silenciosa. Minha irmã Lina.

Nós duas nos olhamos por alguns instantes. Parece preocupada. Tenho a nítida sensação de que ela sabe o que está acontecendo e olha para mim como se estivesse me abençoando. Não dizemos nada. Não precisamos de palavras. Seu sorriso é suficiente para me dizer que tudo vai ficar bem. Na angústia e no horror que me cercam, ela é minha tranquilidade, aconteça o que acontecer. O que seus olhos estão me dizendo agora? Claro... esqueci uma coisa. Volto ao quarto, pego e mostro a ela.

É a sua sinetinha da sorte. Lina está sorrindo. Dou tchau, ela me dá um beijo no rosto e volta para a cama.

Fora de casa, no elevador e ainda na entrada do prédio, aquele beijinho espalha um calor agradável pelo meu rosto e faz com que me sinta viva.

46

Saio do portão. O carro de Morgan está parado bem em frente. Não sei muito bem o que sinto: nesse exato momento, o medo vence o resto e deixa tudo meio embaçado. Mas é só um instante. Logo depois, é como se meu estômago estivesse se revirando todo.

Morgan está ali, no carro, a poucos passos de mim. Quanto tempo esperei, quantas vezes imaginei esse momento. E mais uma vez, uma pontada, uma fisgada, o medo de que possa desaparecer diante dos meus olhos. Ele é mais rápido do que eu: abre a porta do carro, desce e olha para mim. Seus olhos violeta são ainda mais bonitos do que lembrava. Seus cabelos têm um brilho dourado sob a luz do lampião.

Caminha para mim e sorri.

Não diz nada, nem eu a ele. Só me abraça como se não quisesse mais me deixar partir. Morgan não tem perfume, não tem calor. É um espírito profundo que me envolve e me faz sua.

Quando nos afastamos, olhos nos olhos, vivemos um instante de entendimento puro, sem palavras.

Com uma das mãos, ele afasta meus cabelos do rosto. As pontas de seus dedos frios me provocam arrepios e uma onda de sensações que se espalha por todo o meu corpo.

Vejo seu nariz, sua boca se aproximarem mais e mais. Mas nesse momento uma coisa que eu não esperava dispara dentro de mim. Seus lábios tentam atrair os meus, mas eles resistem. Dou um passo para trás. Ele não reage. Tudo o que passei no período em que ele não estava lá volta à superfície, tim-tim por tim-tim. Uma voz me diz que fique esperta, relembra cada noite sem dormir, cada fuga, cada terror sem explicação.

— Quero que me explique essa história toda — limito-me a dizer.
Ele concorda.

— Vamos para o carro.

Morgan dirige rápido, está em silêncio, mergulhado em seus pensamentos. Também olho a rua na minha frente. Atravessamos a Ponte Nova do aeroporto, cruzando apenas com os poucos carros que trafegam na direção oposta.

Estamos indo para a Cidade Velha. Entramos pelas ruas estreitas e sem conexão aparente do bairro. Parece que toda a minha vida gira em torno dessas ruas. Morgan estaciona o carro numa pracinha, perto da igreja onde socorri Naomi na noite da festa de Tito.

O cemitério fica a cerca de 10 metros, com suas cruzes, lápides e suas vidas que não existem mais. É um mundo paralelo ao dos vivos, e a única ligação entre os dois são os corpos devolvidos à terra.

— Gosto dos cemitérios — diz Morgan, de repente. — São uma espécie de porta entre as duas dimensões.

Fico em silêncio.

— Sempre acreditei que os corpos se transformassem em invólucros vazios — continua ele —, que a alma voasse para longe depois da morte.

— E agora não acredita mais?

— Acredito muito mais do que antes.

Sacudo a cabeça.

— Chega de frases enigmáticas, Morgan!

— Sei muito bem como se sente, Alma. Sei porque também passei por isso.

— Não brinque comigo!

— Jamais faria isso. Venha comigo — diz, seguindo na frente. Noto que está com uma mochila azul no ombro.

Fico parada.

— Não vem?

— Tive que me virar sozinha e foi o que tratei de fazer: passei por momentos inacreditáveis, mas agora estou aqui. Quero saber de tudo. Não vou seguir você de olhos fechados.

Ele se aproxima e segura meu braço, com um jeito decidido, mas gentil.

— Por favor, confie em mim uma última vez. Prometo que não vou decepcioná-la.

— Faz pouco tempo, numa noite dessas, um deles... um Master... entrou em minha casa e virou meu quarto de cabeça para baixo. Acho que o mesmo Master me seguiu outro dia até a porta de casa. Se não fosse o tenente Sarl, talvez estivesse morta. Onde estava você nessa hora?

— Existem coisas, Alma, que são mais importantes do que a minha vida ou a sua, coisas maiores do que nós, que não podemos fechar numa gaveta e simplesmente ignorar. Sinto muito não ter ficado a seu lado o tempo todo, mas às vezes não dá para fazer diferente. De qualquer jeito, agora estamos aqui e juntos. Para mim, é suficiente. Espero que para você também.

Suas palavras me acalmam, apesar da noite que se fecha ao nosso redor, do cemitério, do silêncio rompido apenas pelo grito de algum pássaro e do nevoeiro que envolve as coisas e deixa seus contornos enfumaçados.

Caminhamos lado a lado pelas ruas estreitas e desertas. Um vira-lata de pelo tigrado com uma orelha meio caída nos faz companhia, mas depois fareja um monte de lixo e vai embora. Morgan tem razão: tudo na vida é uma questão de prioridade.

— Sabia que agora tenho um gato? — digo, só para quebrar o silêncio que caiu entre nós, carregado pela espera de alguma coisa que não sei bem o que é.

— Ganhou de presente ou resolveu arranjar um gato?

— Na verdade, é o gato de Agatha. Ela está...

— Na casa de detenção, já sei.

Sabe. E talvez estivesse até me espionando na saída da escola ou quando voltava para casa ou mesmo quando fui jantar com Roth. Talvez o vulto encapuzado que nos seguiu no estacionamento fosse ele...

— Sei que estava na cidade durante esse período. Vi o carimbo dos correios na carta.

— Digamos que estava.

— E que continua fazendo mistério...

— Mas não por muito tempo. Pretendo lhe contar absolutamente tudo.

Antes que tivesse tempo de responder, ele interrompeu:

— É aqui. Chegamos.

Não tinha prestado atenção no caminho, mas estávamos na frente do edifício abandonado onde Morgan entrou e desapareceu misteriosamente da outra vez em que estive aqui: os tijolos escuros da fachada, as janelas com os vidros quebrados, a porta de madeira apodrecida pelo tempo. Lembro cada segundo passado dentro daquele edifício, o pavor que senti e a minha fuga.

— Temos que entrar aí?

Ele faz que sim e abre caminho para mim ao longo da primeira sala. A claridade da rua projeta um cone de luz amarelada que, como um refletor de teatro, revela os detalhes da ruína que nos cerca: velhos móveis empilhados nos cantos, entulho espalhado pelo chão, paredes descascadas. Tudo transpira abandono e miséria. O ar está carregado de poeira, uma poeira densa, com cheiro de mofo, que gruda na pele e me envolve também, como tudo aqui dentro, numa capa de velhice e decadência.

— Que droga de lugar é esse?

— É o Velho Aqueduto da cidade...

Água de novo, não é possível!

— Está abandonado há muito tempo... pelo menos cinquenta anos. É um lugar muito especial, logo vai ver por quê.

— Nem sabia que existia um Velho Aqueduto.

— Muita gente não sabe. Quando alguma coisa é substituída e deixa de ser usada, as pessoas esquecem rapidamente e, em muito pouco tempo, é como se nunca tivesse existido.

A imagem do quarto de despejo na casa de seus pais surge na minha memória.

Em seguida, ele faz uma coisa que eu não esperava de jeito nenhum. Pega minha mão e me puxa para ele. E eu me sinto como um fantoche em seus braços. Ele me aperta de novo e perco a respiração. Depois, ergue meu queixo com o indicador. Seu rosto está tão próximo que vejo suas feições meio fora de foco, mas sinto toda a sua energia magnética. E dessa vez não oponho resistência. Deixo que seus lábios pousem sobre os meus e afasto qualquer pensamento da cabeça. Ele está me beijando, não importa o que isso significa. Mas é um beijo curto, parece que só quer retomar o contato, recuperar a intimidade com alguma coisa que estava distante, como nós dois estivemos até agora.

— Sei que em breve nada será como antes e quero me lembrar de você como está agora, antes de saber.

— Está me assustando.

Toca meu nariz com o dedo, carinhoso.

— Já disse que estou com você. Mas é melhor a gente ir andando.

Mais tensão. Sinto que está ali, sob a pele, pronta para me dar um choque diante de qualquer estímulo externo.

— Cuidado com os vidros no chão.

— Não dá para ver nada aqui dentro — reclamo assim que deixamos a área iluminada. Morgan não trouxe nenhuma lanterna.

— Me dê a mão, eu guio você.

Não gosto de ser guiada, mas não tenho alternativa. Entrego minha mão, um pouco hesitante, e tento caminhar a seu lado sem tropeçar.

Um pouco mais adiante, Morgan para de repente. Meu coração começa a bater mais forte.

— O que houve? — pergunto assustada.

As palavras se perdem no ar escuro e parado.

— Nada, mas... Antes de continuar, queria dizer que, de agora em diante, estarei sempre a seu lado. Muito mais do que estive até agora.

— Está bem. Mas por que está me dizendo isso agora?

— Porque saber a verdade muda tudo. Quem descobre qual é a sua verdadeira natureza não pode mais fingir.

47

Avanço no meio da escuridão, minha mão apertada na mão de Morgan.

— Como faz para enxergar alguma coisa?

— Conheço o caminho.

— Deve conhecer muito bem.

— Agora cuidado com a escada. Coloque um pé de cada vez e fique perto de mim. Vai dar tudo certo.

Continua a repetir isso, mas não me sinto tão tranquila assim. Andar no escuro num lugar como esse é uma coisa que não desejo a ninguém. Tenho medo de pisar, de uma hora para outra, num rato morto. Começo a entender o que significa ser cego.

Nem as teias de aranha me dão folga e tocam meu rosto como uma carícia de morte.

— Essa escada não acaba nunca? — protesto. Estou ficando cansada. E com frio.

— Mais um último esforço e estaremos lá.

— Já disse isso uns mil degraus atrás.

Mas dessa vez era verdade. Percorremos um pequeno trecho plano e pegamos outra escada. Bato com o pé numa coisa que sai rolando fazendo um barulho metálico.

— Desculpe.

— Não tem problema, mas agora temos que nos apressar.

Agora? Por quê? O que mudou agora?

Aceleramos o passo. Fico grudada nele e tenho a impressão de que estamos caminhando no gelo: não consigo dar um passo com segurança e os degraus parecem não ter fim. Transpiro, mas ao mesmo tempo sinto frio, a testa cheia de gotinhas geladas. Finalmente, uma claridade distante aparece no meio da escuridão e consigo ver o final da escada.

— Uma luz! — exclamo.

Desço os últimos degraus com uma nova energia.

Estamos num subsolo. O ar é mais quente e sufocante, como se estivéssemos centenas de quilômetros debaixo da terra.

Dobramos uma esquina e me deparo com um corredor tão comprido que parece impossível. Tenho dificuldade para acreditar no que meus olhos estão vendo. A meu lado, Morgan para um pouco para eu me habituar. Mas como é possível se habituar a um lugar como esse?

A perspectiva, cada vez mais estreita, parece quase infinita, iluminada por um fio do qual pendem, como lagartas em seus casulos, lâmpadas fluorescentes que espalham uma luz fantasmagórica e vacilante.

— O que é... isso? — pergunto.

— O que acha?

— Não sei... parece um lugar irreal, como se estivéssemos dentro de um quadro.

Ele aperta minha mão. Está fria.

Por um momento, um só, sou assaltada pela dúvida mais terrível: e se ele não estiver do meu lado? Se tiver me trazido aqui para me fazer mal? Não sei quase nada de Morgan, apenas que me deixou sozinha e que vive numa casa desprovida de memória. Penso no que aconteceu com Naomi, em como fiquei furiosa com ela por sua ingenuidade.

Largo sua mão. Ele me fulmina com um olhar de pura decepção. Morgan é um cara muito estranho: alterna momentos de afeto caloroso com outros de gelo absoluto. Não sei qual das duas coisas faz parte de sua verdadeira natureza.

— Não pode interromper o contato — diz ele.

— De que contato está falando?

— Do nosso. Embora eu estivesse longe, nós dois sempre estivemos em contato.

— Pois não notei nada.

— Não poderia, não ainda.

— Por favor, Morgan, pare de falar como um profeta! Estou exausta! Para onde está me levando? E por quê? Não tenho a menor intenção de ficar aqui ouvindo suas frases misteriosas. Fala de coisas que não conheço, repetindo sem parar que entenderei em breve! Pois bem, quero entender agora, não daqui a uma hora ou um dia. Agora!

Morgan segue seu caminho pelo corredor e não posso fazer outra coisa senão ir atrás dele: a última coisa que quero é ficar sozinha aqui dentro. Ou aqui embaixo.

Enquanto avançamos, ouço o zumbido das luzes sobre nossas cabeças e o ar fica cada vez mais pesado e úmido. Parece uma caverna. Percebo que vários corredores secundários saem do corredor principal, todos igualmente tétricos, estendendo-se a perder de vista, como longos braços. Um verdadeiro labirinto subterrâneo. Morgan caminha na frente com a segurança de quem sabe aonde vai. A certa altura, dobra à esquerda num corredor lateral, depois pega outro, o segundo à direita, acho eu.

— É muito fácil se perder aqui. — O eco de minha voz ressoa entre as paredes úmidas.

— Muito mais do que você pensa.

Leves gotas de um líquido que parece água começam a cair do teto. Quando a primeira atinge minha testa, levanto os olhos e noto que a parede está cheia de grandes manchas esverdeadas com rachaduras profundas como feridas. Grossos canos enferrujados passam junto a nós na parede da direita, borbulhando rumorosamente.

— O aqueduto ainda funciona? — pergunto curiosa com todo aquele movimento.

— Num certo sentido, sim. — É a sua milésima não resposta.

— Tudo bem, já entendi. Não vou perguntar mais nada até você resolver me explicar tudo isso. Se continuar, vou acabar me irritando.

— Só queria dizer que algumas funções ainda estão ativas, mas que a cidade não usa mais esse aqueduto.

— Imagino que também vou entender isso em breve.

Ele concorda, sorrindo como quem está diante de uma criança que finalmente aprendeu a lição.

Dobramos algumas esquinas e pegamos um corredor um pouco mais largo que o anterior. De repente, o barulho da água corrente fica mais forte, mas é impossível descobrir exatamente de onde vem. É um som primitivo, terreno, apavorante.

Uns 20 metros depois, encontramos uma porta. É de ferro, avermelhada e meio enferrujada. Morgan segura a enorme maçaneta em forma de garra e puxa para si. Assim que a porta se abre, como se jorrasse de uma garrafa que ficou muito tempo fechada, um jato de água estagnada cai em cima de mim e me deixa sem fôlego. Tapo o nariz instintivamente e estico o pescoço para olhar para dentro.

48

O salão que se estende diante de mim é no mínimo surrealista.

Enorme, ocupado quase por inteiro por quatro piscinas gigantescas, retangulares e cheias d'água. O chão e as paredes são revestidos de pequenas pastilhas azuis, como os ladrilhos das piscinas de antigamente, que param mais ou menos a um metro do teto descascado e cheio de manchas de umidade. Logo acima da faixa de ladrilhos, grandes lâmpadas circulares revestidas de grades de ferro projetam gaiolas gigantescas na superfície das águas.

Chego mais perto com cuidado, sem perder Morgan de vista um segundo.

A superfície da primeira piscina, que fica bem na frente da porta, está coberta por uma fina camada gelatinosa e esverdeada que parece um gramado depois da chuva. Flutua imóvel como se embaixo dela realmente houvesse terra. Na segunda piscina, ao contrário, o manto verde se reduz a umas poucas ilhas suspensas num mar de água escura como petróleo e que parece ter também a consistência oleosa do petróleo. Também aqui é impossível ver o fundo. À medida que avanço para a última piscina, noto que o aspecto da água melhora. O cheiro que vem de todas juntas é forte e nojento, como se centenas de cadáveres estivessem apodrecendo no fundo da água.

Tenho uma ânsia de vômito tão forte que mal consigo segurar.

— O que estamos fazendo aqui?

Morgan se aproxima da beira da última piscina, a que tem uma aparência menos horrível.

— Venha até aqui.

Obedeço e olho para baixo. Tenho a impressão de que alguma coisa se move lá no fundo, mas talvez seja apenas uma sombra projetada por minha mente sugestionável.

— Tem coragem de entrar?

— E por que iria fazer uma idiotice dessas?

— É só uma piscina.

— Uma piscina cheia de água de esgoto.

— É só um pouco suja, mas não é contaminada.

— De jeito algum, não entraria nunca. No que me diz respeito, podia ter qualquer coisa nessa água — digo, continuando a ver sombras em movimento no fundo. De tanto em tanto uma bolha estoura na superfície, como se alguma coisa respirasse no fundo da escuridão.

— Está com medo?

— Não, me dá aflição. É diferente.

— Você que é diferente, Alma.

— Como assim?

— Não é como as outras pessoas. Alguma vez já foi à piscina ou à praia?

— Não, e daí?

— Por quê?

— Porque não gosto de nadar.

— Já nadou alguma vez?

— Para dizer a verdade, nunca.

Morgan sorri, como se já soubesse a resposta.

— O que está querendo demonstrar com isso? Não sou a única pessoa que não gosta de nadar. É normal.

— Mas você não é uma pessoa normal.

— O que está dizendo?! Claro que sou normal!

— O problema não é querer ou não: você não *pode* mergulhar.

— Juro que não entendo você. Mais que isso: não entendo o que está...

— Entre na piscina — interrompe ele.

— Já disse que me dá nojo.

— Não é por isso que você não entra.

Olho de novo para a água escura. Respiro seu cheiro adocicado.

Tudo isso é absurdo, mas se Morgan pensa que sou covarde, se não entrar na água vou dar razão a ele.

Por que odeio tanto a água? Tudo seria bem mais fácil se não me sentisse tão mal só de olhar para ela.

— Por que está pedindo para eu fazer uma coisa dessas?

— Para que comece a entender quem é.

— Uma menina mimada? É isso que está querendo dizer? Bem, está completamente enganado... — respondo, subindo na borda da piscina.

Vejo uma velha escada enferrujada do outro lado. Vou até lá e viro de costas, pronta para descer. Entrar tudo bem, mas mergulhar de cabeça também já é demais.

Solto uma das mãos da escada por um segundo e vejo que está toda suja de poeira de ferro e ferrugem. Que sensação horrível!

— Não seria melhor tirar pelo menos o jeans? A roupa molhada pesa muito mais e pode arrastar você para o fundo.

Então era isso que ele queria? Obrigar-me a tirar a roupa? Viro para ele.

— Obrigada pelo conselho, mas não vou tirar nada.

— Nem os sapatos?

Realmente, os sapatos podem incomodar um pouco, mas o simples pensamento de tocar a água com os pés nus parece inaceitável.

Portanto, fico com eles e começo a descer. Vejo a água opaca embaixo de mim e sinto uma vertigem, como se ela quisesse me atrair e eu tentasse resistir.

Assim que coloco o pé no primeiro degrau, a escada balança com um rangido arrepiante. E se quebrar? Não vai acontecer, não vai acontecer, continuo a repetir, esperando que ela me ouça.

Enquanto isso, os olhos de Morgan estão apontados para mim como dois faróis. Por que essa prova parece tão importante para ele?

Penso nele e Adam juntos, na piscina.

Desço mais um degrau. Estico o pé para baixo.

Quando penetra na superfície da água, uma garra de gelo envolve meus tornozelos e uma corrente elétrica sobe até a ponta dos meus cabelos. Queria parar e sair correndo, mas continuo até o segundo degrau. E depois o terceiro. Desço até os joelhos.

À medida que vou afundando naquela água suja, sinto um peso enorme no peito e uma sensação crescente de sufocação, como se as válvulas dos meus pulmões estivessem se fechando aos poucos. O ar não entra nem sai.

Mas não paro. Não, Morgan.

Afundo até a cintura e sinto um primeiro sintoma de paralisia.

Desço mais um pouco, mais um degrau, que ainda não é o último. Fico me perguntando qual será a profundidade daquela piscina, se é que tem fundo.

Aperto os dentes, anulo os pensamentos, fecho os lábios. A água lambe meus ombros bem na base do pescoço. Não sinto mais nada, nem meu corpo, nem minha mente. O terror desapareceu. Tudo é silêncio e paz, pela primeira vez desde que cheguei nesta terra.

Abandono qualquer vontade e qualquer resistência e me deixo cair na muda calmaria do elemento que me recebe.

Paz e escuridão, para sempre.

A respiração me falta, mas não é ruim: pernas e braços presos numa massa que parece sólida a meu redor. Isso também não é ruim. É como se aliviar da vida que queimava nas minhas veias com a violência de um fogo inimigo. Levanto os olhos para o teto que reluz em brilhos esverdeados. Meus olhos também estão entre esses brilhos. Agora, eu também faço parte da piscina e do mundo que ela guarda dentro de si.

A água gelada anestesia os sentidos, cura a dor e me convence a me render. Nunca um gesto me pareceu tão natural, tão bom.

A vida está me abandonando... Fecho os olhos, mas, de repente, sinto uma mão agarrando meu braço e me puxando para cima.

Em seguida, vejo o rosto de Morgan.

Levo alguns instantes para entender que estou fora d'água. Minha roupa está encharcada e grudada no corpo como uma pele gélida. Todo o resto está desfocado, nebuloso, incerto.

Minha cabeça roda sem parar.

— O que... o que aconteceu?

— Estava trazendo você de volta.

Suas palavras são sons distantes que ecoam em meus ouvidos como em corredores vazios.

De repente, começo a tremer.

Morgan toca em mim. Está fazendo alguma coisa. Tirando minha roupa. Primeiro o jeans, que não quer sair. Depois o suéter pesado. Não tenho forças para resistir. Sinto que está acariciando as marcas em meu pescoço.

No final, ele me cobre com alguma coisa, talvez uma jaqueta, e esfrega minhas pernas e braços com energia. Quer me reanimar, como se faz com um motor que morreu. Mas, nesse caso, não basta aquecer o sistema.

Eu estava indo embora.

— O que aconteceu comigo? — repito.

Ele não responde. Continua a friccionar todo o meu corpo.

— P-por que me tirou de lá? — pergunto batendo os dentes.

— Porque você precisa viver, Alma.

— Era tão bom...

— Não, não era bom. Era qualquer coisa menos bom. Era o mal.

Naquele exato momento, desato a chorar. A vida explode de novo dentro de mim com sua força invencível e inesperada.

Choro. E as lágrimas são água. E a água é vida.

Não é... não pode ser... o mal.

— Acabou. Você foi decidida e corajosa. E forte. Você é forte, Alma. A mais forte de todos nós.

Não entendo o que está dizendo e me abandono em seus braços, ainda chorando, confusa.

Morgan acaricia meus cabelos e minha testa. Aquele momento é tão suave que não me importaria se ele fosse o último.

49

Não sei dizer quanto tempo fiquei deitada no chão. Uma hora? Dez minutos? Quando levanto, ainda estou ensopada e com cheiro de cachorro molhado.

Morgan me leva para longe das piscinas.

— Não quer que entre de novo? — pergunto cheia de ironia.

— Não, por enquanto é suficiente. Como está se sentindo?

— Como se tivesse morrido e ressuscitado.

— Muito apropriado.

— Tinha alguma coisa naquela piscina... que me queria. Senti isso... Minha cabeça começou a rodar, não tinha mais nenhum poder sobre meus pensamentos, como se alguém tivesse roubado cada um deles...

— Num certo sentido, é isso mesmo que acontece.

Olho para meus pés e pernas nus. Por baixo da jaqueta de Morgan, estou só com a roupa de baixo. Minhas roupas formam um montinho ensopado a meu lado.

Sem dizer nada, Morgan pega sua mochila e tira um moletom, calças compridas e um par de tênis velhos.

— Pode vestir isso. Acho que vai servir.

Pego as roupas sem fazer perguntas. São um pouco grandes, mas secas. Pego os tênis também, com a nítida sensação de que ele tinha programado aquilo tudo. Para quê? Qual é o objetivo?

— Se estiver melhor, podemos ir.

— Ir para onde?

— Conhecer a verdade. Mas aviso: não vai ser fácil de encarar. Por isso, resolvi ir aos poucos.

— Então é isso? Uma espécie de prova? Um batismo de fogo?

Os lábios de Morgan se abrem num sorriso amargo.

— É uma espécie de batismo. Só não é de fogo.

Antes de sair do salão, dou uma última olhada para as piscinas cheias d'água. Agora parecem menos assustadoras e até menos malcheirosas. Com o tempo, a gente se habitua a tudo, costuma dizer Jenna.

Sem uma palavra, voltamos ao labirinto de corredores. Morgan se move com segurança, como um felino em sua toca. E esse lugar tem mesmo todas as características de uma toca: é subterrâneo, hostil, suficientemente tétrico para desencorajar a entrada de qualquer pessoa.

Passamos por uma série de corredores, como se estivéssemos no meio de um nada desprovido de som. No entanto, é estranho... alguma coisa me diz que não estamos totalmente sozinhos.

— Como vão as coisas com seu irmão? — pergunta ele de repente.

— Como sempre.

— Não ficou com raiva depois daquela noite no ginásio?

— Acho que ainda não entendeu muito bem o que aconteceu. Nem eu.

Morgan para e chega perto de mim. Segura meu rosto entre as duas mãos e me olha dentro dos olhos.

Penso que ele vai me beijar, mas não. Ficamos assim por alguns segundos, depois ele me solta e retoma a caminhada.

Por que me sinto tão agitada quando ele está perto de mim? É esse o sentimento que chamamos de amor?

Chegamos a outra porta. É muito pesada, de ferro pintado de preto, sem vidros, sem maçaneta e com um estranho furo no lugar da fechadura.

— Chegamos — diz Morgan, sério.

— Uma segunda prova?

— Isso mesmo, a mais difícil. Está pronta?

— Não sei para quê, mas espero estar. Você está me aterrorizando cada vez mais.

Morgan remexe num dos bolsos. Imagino que esteja procurando a chave. Mas o que ele tira de lá não é uma chave.

É a caneta de aço. A minha caneta!

— Mas... — estremeço.

— Isso mesmo. É igual à sua.

— E você comprou...

— Do dono da papelaria.

— Sabia que...

— Sabia, infelizmente. Foi uma grande perda.

— Uma perda... para quem?

— Para mim. E para todos nós.

— Nós? Continua a falar de "nós"...

— Já vai entender.

Morgan enfia a caneta no buraco que substitui a fechadura. O fino corpo de aço dá uma volta de noventa graus à direita. Ouve-se um sonoro *clique*. E a porta se abre.

— Não perca nunca a sua — recomenda ele antes de empurrar a pesada porta com a mão. — Porque não vai ganhar outra.

— A minha também funciona?

— Digamos que essa é uma de suas funções.

Sem dizer mais nada, ele me convida a entrar.

— Mas está tudo escuro! — reajo, olhando para o lado de lá.

Morgan me empurra literalmente para dentro e fecha a porta às nossas costas. A fechadura estala de novo. Uma luz se acende sobre nossas cabeças. Estamos numa espécie de antessala quadrada e completamente vazia. Não preciso esperar muito antes que uma segunda porta, menos imponente que a primeira, se abra diante de nós com um leve sopro.

50

O segundo salão é enorme e também é ocupado por uma grande piscina cheia d'água. As paredes são revestidas de pastilhas verde-claras. O teto é muito alto e ligeiramente arredondado, como nos porões. Na verdade, trata-se de um imenso reservatório de água, tipo uma cisterna.

E tem gente.

Dois rapazes e uma moça. Olho para eles espantada. Mas eu... a conheço! É a menina que vi conversando com Morgan e o Professor K!

Percebe que estou olhando para ela com ar interrogativo, mas se limita a sustentar meu olhar sem dizer nada, como se esperasse que alguém nos apresentasse. E esse alguém é Morgan.

— Pessoal, essa é Alma.

— Oi — cumprimentam os três em coro. É evidente que não foi a primeira vez que ouviram meu nome.

Não sei o que dizer, como me comportar. Até essa noite, não estava entendendo nada do que acontecia, agora é certo que entendo menos ainda. Trato de me concentrar no único rosto conhecido, o da menina. É muito bonita, alta e com um corpo esguio. Mas é o rosto que impressiona: a pele clara e perfeita, os olhos escuros que brilham como uma noite estrelada, emoldurados por sobrancelhas importantes e tão pretas que parecem pintadas. Os cabelos, também negros e cacheados, estão presos num longo rabo de cavalo. Está de jeans e moletom branco com capuz, mas nela tudo parece fashion.

— Alma, essa é Ariel.

Ela dá um passo em minha direção e estende a mão. Meu aperto é firme, como o dela. Ambos frios. Trocamos um olhar intenso, que ocupa todo o espaço entre nós e nos aproxima mais do que eu gostaria.

Parece loucura, mas é uma espécie de proximidade primitiva. Largo a mão dela de repente, como se o contato tivesse ficado insuportável.

— Prazer em conhecê-la, Alma — diz ela finalmente. Tem uma voz calma, bastante baixa e muito vivida para uma pessoa tão jovem. Se fechasse os olhos, poderia dizer que pertencia a uma mulher de meia-idade.

— O prazer é meu — respondo, cerimoniosa.

— E eles são Raul e Christian.

Os dois rapazes avançam.

— Bem-vinda — diz Raul, sério.

Usa os cabelos curtíssimos, quase raspados na cabeça clara. Os olhos negros têm um desenho levemente amendoado, e os lábios carnudos combinam com o nariz curto e maciço. Tem dois sinais logo abaixo do olho direito e um brilho de desafio estampado no rosto. Está completamente vestido de preto, de modo que é difícil distinguir as roupas na luz fraca do salão.

— Bem-vinda — repete Christian em seguida. Ele, ao contrário, é sorridente e tem os traços mais suaves, os olhos azuis e grandes, dentes brancos, cabelos claros e finos como os de uma criança.

São dois rapazes lindíssimos que, ao contrário de Ariel, nunca vi antes. Ou, pelo menos, não que me lembre.

— Obrigada — respondo cautelosa.

Lanço a Morgan um olhar carregado de perguntas.

— Vou lhe mostrar o Refúgio — diz ele.

— Refúgio?

— É, chamamos esse lugar de refúgio porque é um local em que podemos ficar em segurança — responde Ariel num tom seco, como se quisesse destacar a estupidez da minha pergunta. Percebo uma leve hostilidade, como se ela não me quisesse por aqui.

— Ariel! — exclama Morgan.

— Desculpe...

— Vamos tentar fazer com que se sinta em casa, certo?

Como poderia me sentir em casa naquele lugar? A simples ideia já me dá arrepios.

Ariel faz que sim, mas não parece muito convencida. Pelo jeito, acho que quem manda aqui é Morgan. Mas comanda o quê? Parece uma espécie de sociedade secreta.

— De qualquer forma, Ariel tinha razão, o Refúgio é um local seguro para nós, o único na cidade — explica Morgan. — Depois de fechada, aquela segunda porta só pode ser aberta por uma caneta igual à nossa e é impossível arrombar ou derrubar. Foi projetada especialmente para isso, como todo o resto.

— E de quem vocês se protegem?

Eles trocam um olhar de entendimento.

— Dos Masters — responde Morgan.

Meu olhar passeia pelos rostos de cada um.

— Não é só você que os Masters perseguem. Querem acabar com todos nós. Mas aqui estamos bastante seguros.

Bastante?, penso comigo.

— E querem acabar conosco por quê? E, sobretudo, o que eu tenho a ver com vocês, com eles, com esse Refúgio?

— Venha comigo — diz Morgan.

Vou atrás dele até uma espécie de bancada de alvenaria ao lado da piscina. A água tem uma cor verde-clara que se confunde com a cor dos ladrilhos e do teto. É mais clara que a das piscinas do outro salão, mas não o suficiente para que possa ver o fundo perfeitamente. Levada por uma força repentina e incontrolável, caio de joelhos e passo os dedos na superfície da água. Está gelada, mas não me faz estremecer. É água, mas não sinto aversão como antes. Ao contrário, ela me atrai de maneira irresistível. O que está acontecendo comigo?

Uma certa mão — Morgan de novo — agarra meu braço e me obriga a levantar.

— Sente-se aqui. Mais tarde a gente conversa sobre a cisterna.

Os outros também se sentam perto de nós, em silêncio, como se fosse a estreia de uma peça de teatro.

Morgan começa a falar num tom de voz diferente, quase solene.

— Todos nós, Alma, temos uma coisa em comum, algo que nos liga independentemente da nossa vontade. Todos viemos do mesmo lugar. De certa forma, somos irmãos.

Abaixa os olhos. Dá para perceber que está procurando as palavras certas para dizer alguma coisa, mas parece que ainda não inventaram as palavras certas para o que precisa dizer.

— Chamamos esse lugar de My Land. Pode ser visto como um mundo próximo do nosso, paralelo ao mundo da cidade, com o qual tem uma ligação permanente e indissolúvel. É a partir da cidade que ele vive e encontra seus habitantes.

Ouço suas palavras com o coração quase parado no peito, sem saber se ele vai voltar a bater.

— Não somos como os outros seres humanos... porque não somos humanos ou pelo menos não completamente humanos. Temos o corpo dos humanos, mas a alma que habita nosso corpo é diferente, não é livre. É a nossa alma que nos torna diferentes, piores, maus. É ela que nos torna assassinos. Somos filhos de um mesmo pai, cruel e sem piedade... Ele se chama Leviatã e nos capturou... ou melhor, capturou nossas almas, trazendo-as para My Land. Conseguiu nos pegar quando éramos almas errantes que só queriam ser admitidas nessa Terra, só queriam encarnar como todas as outras almas e vir ao mundo. Mas o destino tinha negado essa possibilidade às nossas almas. E o Leviatã se aproveitou disso, de nossa triste fraqueza, de nossa nostalgia da vida, e nos reuniu a seu redor, nos criou e educou, convencendo-nos de que éramos iguais a Ele. Por quê? Porque Ele odeia o mundo. Esse mundo. Odeia porque é só o que sabe fazer e, portanto, deseja que seu ódio se torne concreto e real. Para isso, estimula o terror e a violência. E faz isso através de seres como nós. Somos os seus agentes do caos. O Leviatã nos deu um corpo de grande beleza, uma inteligência superior, um caráter duro e insensível às emoções, que são o verdadeiro ponto fraco dos humanos. Ele nos fez sedutores e irresistíveis, tentadores, desejáveis. E sem piedade. Assim, somos enviados à Terra para matar sob suas ordens, ao acaso, sem motivo algum. "Enquanto os homens conhecerem o terror, conseguirei dominá-los", é o que Ele sempre diz. O medo é a sua arma. O medo da morte e ao mesmo tempo o medo da vida. Mas numa certa altura, o mecanismo travou, algo que Ele não previu em sua diabólica perfeição: um de nós despertou do sono hipnótico em que Ele nos faz cair antes de nos mandar para cá. Alguém escapou das malhas finíssimas de sua rede e começou a nadar em liberdade, no mar aberto. E de lá, vendo o mundo de outra perspectiva, finalmente se deu conta de que existem outros horizontes, outros modos de viver, de que existe liberdade, e resolveu se rebelar contra as ordens do Leviatã, recusando-se a ser apenas um fantoche nas mãos de um pai infame. E cortou os fios...

Tento prestar o máximo de atenção nas palavras de Morgan, mas são como pedras que me atingem com violência em todo o corpo. Não sei se é mais difícil para ele explicar essas coisas de modo que pareçam reais ou para mim ouvir tudo aquilo lutando contra o desejo de fugir porque sei que é tudo verdade.

— Está me dizendo que... eu... sou uma dessa almas? — pergunto quando Morgan para de falar.

— Estou, Alma. Você também é uma de nós. É uma Não Nascida.

51

— Não Nascida — repito. — Não Nascida.

— Você é uma alma que nunca conseguiu vir ao mundo como todas as outras e que, portanto, acabou nas mãos do Leviatã, o senhor de My Land, o único pai que conhecemos. Um pai cruel e terrível.

— Está querendo que eu acredite que sou filha... do Mal?

— Como todos nós. Somos como cristais, Alma, de uma beleza perfeita e altiva, desejada e ao mesmo tempo inatingível. Porque é fria, desprovida de sentimentos...

— Bem, mas minha mãe, Jenna... Jenna também é uma bela mulher.

— É diferente... seu fascínio tem algo de antinatural, de diabólico, que enfeitiça, apesar de ser gélido. Nunca ficou com ninguém. Não acha estranho?

— Isso nunca me interessou, é só.

— Não é isso. Fomos educados para não sentir emoções e rejeitar as dos outros, para sermos duros e frios, para não permitir que elas nos influenciassem. O Leviatã nos ensinou a odiar o contato humano, o calor dos afetos. — Faz uma pausa. Em seguida, fitando um ponto no vazio: — Não podemos querer bem a ninguém, não sabemos amar.

Aquelas palavras, pronunciadas quase em voz baixa, penetram em meu peito como flechas envenenadas. Ferem, queimam, espalham seu líquido de morte onde nunca houve vida, segundo o que acabei de saber.

— E sem esses sentimentos, nossa existência não é muito mais do que uma simples ilusão.

Mordo os lábios. É o que sempre pensei. Ilusão. Uma simples ilusão.

Morgan olha para mim.

— Está se reconhecendo em tudo que estou dizendo, não está?

— Detesto ter que admitir, mas estou — respondo, mais impassível do que gostaria.

Lentamente, começo a entender algumas coisas.

— E por que os Masters querem nos matar? Quem são eles?

— Os Masters são caçadores, sem coração nem alma, criados pelo Leviatã com o único objetivo de matar quem se rebela.

— Não têm vontade própria. — É a primeira vez que um dos rapazes abre a boca.

— Exatamente, são meros executores. É por isso que são tão eficientes: não podem conhecer a piedade.

— Nem pensam como os outros: não sentem medo — interrompe o mesmo rapaz, Christian.

— Só querem nos matar — confirma Ariel. — Separar nossa alma do corpo e nos jogar na água.

Viro num salto.

— E como conseguem separar a alma do corpo?

É Morgan quem responde:

— Através dos olhos. Preste muita atenção naqueles olhos, Alma!

— Então... Foi assim que mataram o dono da papelaria! É por isso que os olhos ficaram transparentes, porque o Master... arrancou sua alma!

Morgan faz que sim.

— E agem sempre do mesmo modo?

Ele suspira:

— Em geral, sim. Os Masters não andam armados, não têm a inteligência necessária para manejar objetos complexos. Só recebem instruções muito simples do Leviatã, como, por exemplo, jogar alguém na água, onde, mesmo que uma parte da alma fique no lugar, seria definitivamente separada do corpo.

— E o que acontece com os nossos corpos?

— Enquanto os deles, criados pelo Leviatã, se dissolvem, os nossos continuam a existir, mas, sem alma e sem sepultura, são condenados a vagar para sempre, sem descanso, sem sossego. Teve uma pequena demonstração do que acontece há pouco, quando pedi que entrasse na piscina.

— Então eu podia ter morrido?

— Se eu não tivesse tirado você de lá... Na realidade, não seria correto dizer que estaria morta, porque nem nasceu. Apenas voltaria para My Land.

Sacudo a cabeça. Não entendo. My Land? A água?

— Ouça, Alma... My Land é um mundo só de água, de pura água. E mesmo vivendo do lado de cá, quando nos aproximamos muito dela, ficamos mais vulneráveis ao chamado do Leviatã, que nos atrai para tentar nos colocar de volta em suas fileiras e dominar nossas almas de novo.

— Era isso mesmo que sentia... — exclamo. — Como se alguém estivesse tentando dobrar minha vontade para me obrigar a mergulhar. E era um poder muito forte, convincente e hipnótico. No final, era quase... agradável.

— Era o poder do Leviatã. Ele está dentro da sua mente, é capaz de controlá-la, obrigando você a agir de acordo com seus planos. A sensação agradável de que fala é o aniquilamento dos sentidos. Quem não sente não sofre. E a recusa inicial representa a sua ligação com a vida. Embora ilusória, sua vida tenta manter você longe Dele. Longe de suas ordens.

Meu pensamento corre para a noite no ginásio.

— Então foi o Leviatã quem ordenou que matasse Evan?

— Foi.

Seguro a cabeça entre as mãos. Morgan coloca a mão em meu ombro, mas quase não sinto.

— E o caderno, os contos que escrevo? Também são ordens do Leviatã?

— Não temos certeza. — Morgan olha para os outros. — Nenhum de nós nunca fez nada desse tipo.

— E daí?

— Daí que achamos que é um... dom, que você é capaz de captar as ordens que o Leviatã transmite às almas de outros Não Nascidos. Talvez seja capaz de ouvir os fluxos de seus pensamentos... tem uma capacidade maior do que a nossa de estabelecer contato com Ele.

— Mas... o que é Ele? E por que o chamam de Leviatã?

— Ele é o espírito maligno em estado puro, é o Mal, a escuridão, a noite, o caos, o desespero. Reúne em si todos os horrores do mundo, pois é também o seu criador. O Leviatã é um monstro, um dragão marinho que vive num mundo de água venenosa. E é... seu pai.

Os outros concordam gravemente.

— Isso é demais! Não posso acreditar.

— Mas é assim. Você é sua filha e ao mesmo tempo seu instrumento. Mas isso não quer dizer que vai continuar sendo. É por isso que resolvemos nos unir. Nós também escapamos da rede, nos revoltamos e e estamos lutando contra o nosso destino.

— Mas como? Você mesmo não disse que Ele é onipotente?

— É verdade. Mas somos muitos, cada dia mais. E não seria a primeira vez que os Filhos se revoltam contra o Pai.

Encaro um por um, desconsolada.

— Mas vocês são apenas quatro...

— Aqui e agora, nesse momento — rebate Morgan, com os olhos em fogo. — Mas existem muitos Não Nascidos nessa cidade. E fora dela também. Alguns não têm nenhuma consciência: são muito ligados ao Pai para se unirem a nós, mas outros já estão no bom caminho. É um caminho longo e arriscado, que nos faz vacilar a cada passo, que nos obriga a lutar o tempo todo contra a tentação de voltar atrás. Mas, no final, é um caminho que leva à liberdade.

— Mas como, Morgan? Como, se o Leviatã nos domina, entra em nossas mentes, nos faz agir como Ele quer e, quando nos rebelamos, envia criaturas sem piedade, com olhos aterrorizantes, para nos matar...

— Autômatos — diz Christian.

— Monstros — sublinha Raul.

— Uma maldade estúpida injetada num invólucro que parece um corpo, mas nada tem de humano — diz Ariel. — Seus olhos são o espelho de sua natureza. Usam luvas, chapéu e óculos porque são seres das trevas, não suportam os raios do sol, e porque precisam se esconder.

— E como podemos detê-los?

— Do mesmo jeito que eles usam para nos matar: jogando-os na água — explica Ariel.

— São como robôs, mas feitos de carne e osso, entende? — intervém Morgan. — São destruídos pela água e têm que ser substituídos por outros exemplares.

— Nós os chamamos de Golens — diz Raul, sombrio.

Olho para Morgan, com a cabeça latejando.

— Um deles me seguiu no parque. Quando me atacou, usei a caneta de aço para me defender. Enfiei bem no olho. Ainda estremeço, só de pensar! Lembro que não saiu sangue, só um líquido meio parecido, da mesma cor vermelha, porém muito mais... ralo.

— De fato, não é sangue, é uma espécie de linfa. Sob certos aspectos, os Masters se parecem mais com os vegetais do que com os humanos. Não precisam se alimentar nem dormir.

— Autômatos, como eu disse.

— Fantoches — insiste Raul.

— E são muitos?

— Não sabemos precisamente quantos, mas reparamos que o número aumentou ultimamente. Esse foi um dos motivos que me obrigaram a sumir por um tempo.

— O que fez durante esse tempo todo?

— Não estava muito longe, mas tinha que fazer uma coisa... Aqui.

— Aqui? Quer dizer que não saiu da cidade?

— Digamos que sim. Depois eu explico. É melhor ir aos poucos.

Revejo sua casa, sem o menor vestígio de sua presença, e tenho vontade de pedir explicações, mas não na frente de todo mundo.

— E vocês? — pergunto aos outros. — Também somem e reaparecem do nada nas suas vidas normais?

Quem responde é Raul.

— Quando você escolhe se rebelar, deixa de ser filho de alguém. Tem que abandonar sua vida, ou melhor, a vida que o Leviatã lhe deu, para...

— Agora chega — interrompe Morgan. — Já disse que é melhor ir contando as coisas aos poucos. Não podemos carregá-la com todo esse peso de uma só vez. Precisa de tempo para entender e se habituar à nova realidade. Não queremos que acabe como Eva... não é?

— Claro que não — diz Ariel.

— Quem é Eva? — pergunto.

— Uma amiga nossa.

— Isso eu já entendi, mas o que houve com ela?

— Conto em seguida. Mas primeiro você precisa saber de uma regra importante.

— Que regra?

— A partir de agora, é preciso que nos informe sem falta de tudo o que fizer. É fundamental.

— Estão querendo me controlar?

— Claro que não! Mas agora que sabe quem é e conhece sua verdadeira natureza, o risco aumenta. O Leviatã sabe de tudo, inclusive da sua rebelião, e vai tentar atrair você de volta para Ele com mais insistência ainda.

— Faz muito tempo que os Masters estão nos meus calcanhares, bem antes que soubesse que podia me rebelar!

— Você não sabia, é verdade, mas Ele, sim. Ele compreendeu. Percebeu que era capaz de interferir em suas comunicações com os outros Não Nascidos e resolveu acabar com você. Esses contos, previsões e sonhos premonitórios não faziam parte de seus planos. Você se tornou um perigo para Ele.

Rio, nervosa.

— Precisa nos contar tudo, até as coisas que considera sem importância. Com o tempo, vai aprender a agir e se defender sozinha, mas por ora precisa confiar na gente.

Estou num beco sem saída.

Morgan e eu caminhamos um atrás do outro pelos corredores do aqueduto, que já me parecem menos fantasmagóricos.

Estamos voltando para casa.

— Você praticamente ordenou que o informasse de tudo o que faço — digo a certa altura. — Bem, tem uma coisa que precisa saber... — O barulho da água que recomeça a correr, rápida, nos canos enferrujados acima de nós, desvia minha atenção.

— Está ouvindo esse barulho?

— É água...

— Sei, mas para onde vai, se o aqueduto está desativado?

— Vai para o Refúgio. Serve para acionar o mecanismo da cisterna, aquela piscina enorme que ocupa a parte central do salão. Da próxima vez que viermos aqui, vou explicar direito como funciona.

— Sei que está fazendo isso pelo meu bem — digo, fazendo um esforço para manter a calma —, mas é difícil ficar conhecendo a verdade aos pedaços. Tentei ligar para o número que deixou escrito naquele origami em forma de dragão. A secretária eletrônica respondeu. Era uma voz de mulher, dizendo que ela e Leo não estavam em casa. Pensei que fossem seus pais, embora a gravação não mencionasse seu nome. Não deixei recado, mas fui atrás do seu endereço.

— Como?

— Perguntei a Adam.

— Adam?

— Sabia que se encontravam fora da escola. Na piscina...

— Pois é, cheguei a suspeitar que ele era um Não Nascido, de modo que resolvi fazer um teste e perguntei se queria ir comigo à piscina. Quando o vi nadar como um peixe, tive a prova de que não era um dos nossos. Mas para não dar na vista tive que convidá-lo para passar lá em casa. Dei meu endereço, mas ele acabou não aparecendo.

— Então não são amigos?

— Não. Não confiava nele naquela época e não confio agora. Tome muito cuidado: ele não pode saber quem você é de jeito nenhum e menos ainda que temos um refúgio.

— Não sou tão idiota assim.

— De agora em diante, todo cuidado é pouco... Mas termine o que estava dizendo.

— Adam me deu seu endereço e fui à sua casa.

Ele ficou em silêncio.

— Encontrei o arranha-céu onde você mora, procurei o apartamento e toquei a campainha. Ninguém respondeu. Tentei de novo e nada. Então resolvi forçar a fechadura.

— O quê?

— Arrombei a fechadura.

Morgan me escuta impassível, como uma estátua de gelo. Parece que o simples fato de ter procurado por ele, apesar de sua proibição, foi suficiente para deixá-lo furioso.

— Era uma casa muito bonita, clara, moderna, diferente do que eu pensava. E sobretudo era uma casa deserta. Verifiquei todos os quartos e não encontrei nada que se referisse a você. Achei estranho, mas pensei que podia descobrir alguma coisa no seu quarto, ou melhor, no quarto que pensava que seria o seu. Mas não encontrei nada. Não havia um quarto seu. Por que não tem nada de seu em sua casa, Morgan? Nem um quarto!

Morgan abaixa os olhos. Quando levanta de novo, me encara: é um olhar de dar medo.

— Não devia ter feito isso, Alma — diz lentamente, separando bem as palavras. Parecia realmente irritado.

— Eu sei, mas...

— Alguém poderia ter visto você. Poderia até ser presa. E seria o seu fim. Os Não Nascidos não sobrevivem em cativeiro.

— O que quer dizer?

— Preferimos a morte a ficar trancados, prisioneiros num lugar onde não podemos ter contato com outras pessoas... onde não podemos criar o caos. Simplesmente nos matamos.

Nós nos matamos. Claro, que beleza!

— Vi você saindo do comissariado no dia em que a polícia prendeu o cara do parque de diversões...

— Fui até lá por causa dele.

— Cheguei a pensar que você...

— Que fui até lá para matá-lo? Ridículo. — Morgan fala num tom aborrecido, de superioridade, como se eu fosse uma irmãzinha menor que usou e estragou um de seus brinquedos.

— Você estava fugindo. O que poderia pensar?

— Estava tentando salvar a vida dele! Sabia que o Leviatã ia obrigá-lo a se matar. Mas cheguei tarde demais.

— Fazia parte do grupo de vocês?

— Ainda não. Não totalmente. Estávamos começando um trabalho de conscientização com ele, e com muitos outros também, para trazê-lo para o nosso lado.

— E o dono da papelaria? Qual era o seu papel?

— Isso também será explicado quando chegar a hora. Agora acho que temos outras questões a esclarecer.

— Como, por exemplo, por que a sua casa não é sua casa?

— É o preço que pagamos. Quando nós, os Não Nascidos, resolvemos nos rebelar contra o Pai, deixamos de existir como seres humanos, até mesmo na família. Como foi o próprio Leviatã quem nos deu essa vida e nos entregou a ela, Ele pode tomar de volta o que deu.

— Não, espere... não estou entendendo...

— Se tentar escapar de seu poder, a vida que Ele lhe deu desaparece e sua família esquece você, apaga sua existência da memória completamente. Como se nunca tivesse existido.

— Mas... e as suas coisas, tudo o que fez até aquele momento?

— Fica perdido.

— Não consigo imaginar como isso pode acontecer.

— É o que somos, Alma: almas tristes que vagam ansiosas por encontrar um corpo, para poder nascer e sentir finalmente o sabor da vida; que sentem um desejo tão grande de viver que vendem sua única possibilidade ao Leviatã, e que são enganadas por Ele com a promessa de ter uma vida. Porém...

— Está dizendo que se decidisse me juntar a vocês, perderia minha família? E ninguém mais me reconheceria?

— Como disse, é o preço a pagar.

— E para quê?

— Pela liberdade. É a única coisa que conta para quem nasceu escravo como nós.

— Nós... — Ainda não consigo acreditar que sou como eles, uma filha do Mal, uma alma que ganhou um corpo e uma missão monstruosa na Terra.

— Mas Adam ainda se lembra de você. Todos os seus amigos lembram.

— Não é bem assim. Os primeiros a esquecer são os familiares, as pessoas que têm uma ligação mais forte com você. Depois, pouco a pouco, os amigos e conhecidos também começam a esquecer. Não há regras e prazos definidos. Mas agora vamos. Sua mãe não pode perceber sua ausência.

— De que adianta, se daqui a pouco nem vai lembrar que existi?

— Nossas famílias e os humanos em geral não podem suspeitar e acima de tudo não podem nunca, eu disse nunca, entrar em contato com nosso mundo de origem. Se algum deles soubesse, seria uma catástrofe.

— Soubesse de quê?

— Tem algumas pessoas que estudaram... o mundo de onde viemos. My Land. Cientistas. Alguns deles acham que se um humano tentasse passar do mundo real para My Land, as barreiras que separam as duas realidades poderiam se romper... e as coisas de lá poderiam se misturar com as coisas daqui.

— Misturar... como?

— É perigoso até de falar. Vou levá-la para casa. Faça como se nada tivesse acontecido, até chegar a hora de tomar a decisão. Mas quando esse momento chegar, terá que escolher: nós ou eles.

52

Sair ao ar livre depois de seis horas dentro dos subterrâneos do Velho Aqueduto me provoca uma forte tontura, como se tivesse chegado ao topo da montanha mais alta do mundo. Além de uma sensação de vitória, naturalmente. Mas, na verdade, é como se tivesse sido privada de alguma coisa, como se minha identidade tivesse sido arrancada de mim, amassada e jogada fora como papel velho, deixando-me assim, nua e indefesa.

O ar da noite é fresco, agradável. O céu está clareando, se preparando para um novo dia. Ao nosso redor, os passarinhos madrugadores cantam como se quisessem dizer, em sua língua incompreensível, que estou de volta à realidade. Morgan caminha silencioso.

Percorremos o mesmo caminho da noite anterior, mas de trás para a frente. Quando olho para o cemitério, não me parece tão inquietante: já estou me sentindo mais próxima de quem está sepultado debaixo da terra do que de quem vive aqui em cima.

No carro, não damos uma palavra. Cruzo com pessoas, rostos, bocas e olhos que me observam, e fico me perguntando o que será que veem, além do meu rosto, tão bonito quanto maldito. Talvez não vejam nada, só um vazio. Sinto um frio penetrante e absoluto que atravessa meu corpo de cima a baixo. Como será não ter um corpo? Como é a vida de uma alma?

Morgan estaciona na frente do meu prédio.

— Normalidade, Alma.

— O quê?

— Tem que agir como se nada tivesse mudado. Normalidade.

— Vou tentar.

— Entrarei em contato com você em breve. Enquanto isso, se precisar falar comigo, use alguma coisa vermelha, uma echarpe, um boné, uma bolsa, qualquer coisa e vou entender.

— E o que vai fazer agora?

— Já chegamos. Por favor, é tarde.

Abro a porta e me preparo para descer.

— Morgan?

— Sim.

— Sou realmente a única a sonhar com os assassinatos?

— É, é a única. Mas não é propriamente um sonho. Nós não sonhamos.

— Como assim?

— Consegue se lembrar de algum sonho, com exceção dos assassinatos?

— Bem...

— Não é possível, garanto.

— Na outra noite sonhei uma coisa. Meu corpo navegava num rio como se fosse um barco. Estava me sentindo muito bem, até o momento em que ouvi o barulho de uma cachoeira a distância. E então, me dei conta de que estava indo em direção à morte.

— Não foi um sonho, Alma. Era o Leviatã chamando você para perto dele. Era uma mensagem, uma forma de induzi-la a voltar para Ele.

— Toda vez que sonho... sonho com o Leviatã?

— Exatamente, e nunca subestime o poder dele. Ele se insinua na mente, gota a gota, escava noite após noite, e a pessoa pode acabar se rendendo à sua vontade. Acho que sua mente é extraordinariamente forte, pois conseguiu enfrentá-lo até agora, mas não é forte o bastante para derrotá-lo. Para isso, precisamos de muita gente desejando a mesma coisa. Muitos mais do que somos hoje.

— Não somos... quer dizer, vocês não são muitos.

— Até pouco tempo atrás tinha mais gente, mas alguns não resistiram.

— O que significa não resistiram?

— Que voltaram para My Land.

Fico sem palavras. Penso em minhas mãos frias. E agora, pela primeira vez, acho que entendi por que sou assim. Sou uma criatura gelada porque pertenço a My Land.

Dou um beijo rápido em Morgan e sou engolida pelo portão, depois pelo elevador, onde finalmente respiro o ar daquela normalidade que ele pede tanto que eu mantenha.

Quando abro a porta de casa, todos ainda estão dormindo. Jenna não está no turno da madrugada, Lina ainda não acordou e imagino que Evan esteja em seu quarto, sem dar a menor bola para o que acontece a seu redor.

Talvez seja a primeira vez na minha vida que me sinto realmente feliz por estar aqui. Olho ao redor, como se estivesse voltando de uma viagem que me levou a lugares muito distantes, durante muito tempo. No entanto, só estive fora algumas horas. Poderei renunciar algum dia a tudo isso?

Sempre pensei que não me importava, que minha família não passava de uma punição que tinha que aguentar, dia após dia. Achava que eram um peso para mim. Mas agora...

Entro em meu quarto, silenciosa como uma ladra. Largo a mochila e tiro o macacão que Morgan me deu, com vontade de tomar uma chuveirada. O cheiro adocicado da água da piscina está grudado em minha pele. Deslizo pelo corredor até o banheiro. Ligo a água e fico olhando ela sair pelos buraquinhos do chuveiro. Coloco no mínimo, como gosto. Tem a energia de uma chuvinha de primavera. Coloco a cabeça embaixo do jato, esforçando-me para permanecer o máximo possível. Pode me apagar, digo. Faça-me desaparecer.

De repente, arregalo os olhos, apavorada.

Ouço a água saindo dos canos. Posso sentir os canos mergulharem na direção do subsolo.

E ouço sua voz, sob a água, dentro da água, sua voz me chamando.

Sacudo a cabeça com força para afastar dos ouvidos aquela voz.

Olho horrorizada para o bocal do chuveiro.

Toco os cabelos, o nariz, a boca, os olhos, os braços, o pescoço todo esfolado, o seio e depois a barriga, os quadris, as pernas, e me encolho abraçando os tornozelos e os pés. Como é possível que nada disso me pertença? Que não seja eu? Levanto e olho para o jato d'água que não para de cair.

Os canos, vermes enroscados no subsolo.

O dragão marinho no seu mundo de água.

Aperto as mãos ao redor da cintura, os braços cruzados sobre o peito. Afundo as unhas na carne, profundamente. De qualquer jeito, não é minha, repito comigo. Machuca, eu me machuco, e não paro. Eu me odeio. Odeio esse corpo perfeito, odeio tudo o que sou.

Choro, e as lágrimas deslizam pelo meu rosto, pingam nos ladrilhos, misturadas à agua. Em seguida, caio de joelhos na cerâmica brilhante. Não paro de chorar, não quero parar até esvaziar minha dor. A água desce, sugada pelo ralo que quer fazer a mesma coisa comigo. Tapo os ouvidos com as mãos. Minha cabeça dói, como se fosse explodir.

— Me deixe em paz! — grito. — Vá embora, não sou sua. E nunca serei.

Fecho os olhos para enfrentar uma pontada que afunda em meu cérebro como uma punhalada.

Venha.

Levanto o rosto para o jato quente. Arregalo os olhos e fico olhando a água cair em cima de mim.

— Sou mais forte — digo.

O chamado desaparece. O ralo parece maior do que nunca. Tenho certeza de que Ele está me ouvindo.

— Sou mais forte do que você.

Em seguida, ouço alguém bater na porta.

— Ande logo! O banheiro não é só seu!

Evan. Fecho a torneira do chuveiro e enfio o roupão.

O rosto de meu irmão é duro como o de uma estátua.

— Que merda de gritaria foi essa?

Nem penso em responder. Passo a seu lado como se não existisse.

Ele entra no banheiro e bate a porta violentamente às suas costas.

Deito na cama, completamente sem forças.

Gato olha para mim do alto da escrivaninha. Depois pula em cima da cama e deita a meu lado. Através da toalha do roupão, sinto seu corpo magro e quente contra o meu, percebo a vida pulsando sob o pelo negro e, por um instante, sinto inveja dele.

Levanto com muito esforço. Preciso me vestir e me arrumar para a escola.

Normalidade, como disse Morgan.

Pego o macacão e enterro no armário de sempre, esperando que Jenna nunca ponha as mãos lá dentro. Em seguida, enfio um collant listrado, uma saia e um puloverzinho verde de gola rulê. Finalmente, pego a mochila e levo o maior susto: está aberta. Tenho certeza de que puxei o fecho até o fim. O caderno sumiu!

Começo a suar frio. Alguém entrou no meu quarto enquanto estava no chuveiro? Quem? E por quê?

Corro para a sala feito uma doida. E quase caio dura quando vejo meu caderno roxo nas mãos de Lina, que está desenhando com seus lápis de cor. Arranco o caderno de suas mãos, literalmente.

— Quem mandou você pegar? — berro, furiosa.

Jenna, que está preparando o café na cozinha, vira para mim, surpresa. Nunca me viu falar daquele jeito com minha irmã.

Lina me olha com os olhos arregalados, sem acreditar no que ouviu.

Ficamos imóveis alguns instantes, ambas paralisadas pelo meu ataque histérico.

— Quando quiser alguma coisa, tem que pedir primeiro — digo num tom mais calmo.

Ela não para de olhar para mim, como se esperasse uma palavra a mais, que errei, que não estou zangada com ela.

Folheio o caderno, nervosa. Lina não tocou nas páginas em que escrevi os contos. Estava fazendo um desenho numa das páginas seguintes.

Tenho que sentar para não cair. É o desenho de uma pessoa que segura um fio vermelho. A outra ponta do fio está na mão de um homem estendido embaixo da terra.

Meu olhar pula de minha irmã para o desenho sem parar. É difícil entender de onde ela pode ter tirado uma cena daquelas.

Lina!

Curiosa, Jenna se aproxima. Mas fecho o caderno antes que possa ver alguma coisa.

— O que desenhou?

— Nada de importante. Um campo. Mas não podia desenhar nesse caderno.

— É só uma menina.

— O caderno não é meu. Só isso.

Escondo os olhos com os cabelos. — Preciso acabar de me arrumar ou vou chegar atrasada.

Estou saindo da sala quando faço meia-volta e dou um beijo em Lina.

— Eu te amo — sussurro em seu ouvido. — Desculpe.

É a primeira vez que pronuncio aquelas palavras na minha vida. E é a primeira vez que tenho a sensação de que realmente sei o que significam.

53

Estou pronta, imóvel diante da porta. Tenho medo de abrir, de começar aquele dia, aparentemente igual a todos os outros, mas na realidade o primeiro de uma vida que não será mais como a que tinha antes. A escola, minhas amigas, seus problemas, a partir de hoje tudo aquilo ganha contornos diferentes e infinitamente mais distantes.

— Estava esquecendo de lhe dizer — chama Jenna, um segundo antes de eu abrir a porta.

Tem um bilhete na mão. Sinto um arrepio, não sei por quê.

— Uma menina ligou para você ontem.

— Por que não me disse ontem à noite?

— Esqueci, ora!

— Era importante!

— Acontece nas melhores famílias, às vezes — rebate ela, sorrindo.

— Com você então... — respondo brincando.

Ele faz uma careta, fingindo que está ofendida.

Pego o bilhete.

— Obrigada.

Jenna volta a seus preparativos matinais e eu leio o pedacinho de papel dobrado: "NINA — 910 091 99."

Ela ligou.

Talvez tenha lembrado alguma coisa. Talvez esteja encrencada.

É uma Não Nascida, penso comigo.

Ela também.

É uma sensação estranha, mas agora que sei quem sou, quem somos, o medo que sinto é diferente. É a diferença entre ter um inimigo desconhecido e saber quem você vai ter que enfrentar. O Leviatã, meu... Pai. A simples palavra já me dá horror. Nunca tive um pai.

Paro ao lado do telefone e resolvo ligar. Talvez ainda esteja em casa.

Sem hesitar, levanto o fone e digito o número. A linha está livre. No segundo toque, uma voz feminina responde e, por sorte, não é uma gravação.

— Alô.

— Bom dia, é a...

— Sei quem é... Sou Nina.

— Oi, que bom que resolveu ligar.

— É, preciso falar com você.

— Estou indo para a escola agora, mas...

— Agora. É urgente, por favor.

Pela voz, parece desesperada.

— Está bem.

Penso rapidamente num local seguro. Não posso voltar ao Refúgio, Morgan proibiu. É melhor um lugar cheio de gente ou um lugar mais tranquilo?

— Vamos nos encontrar no Parque Pequeno, perto do centro. Em meia hora, certo?

Do outro lado não há resposta. Caiu a linha? Desligo, esperando que tenha ouvido. Claro, penso, se não tivesse ouvido, teria ligado de novo.

Preciso avisar Morgan e só tem um jeito, já que ele não vai mais à escola. Corro até meu quarto em busca de alguma coisa vermelha. Não gosto muito dessa cor, por isso demoro a encontrar. Finalmente, descubro uma velha echarpe de viscose que nem lembrava mais que tinha.

Vai ficar uma beleza com o pulôver verde!, penso com uma careta de desgosto, embora a moda seja a última de minhas preocupações nesse momento. Enrolo a echarpe no pescoço e volto para a entrada, onde Jenna e Lina estão prontas para sair.

Hoje todo mundo se atrasou.

— Tudo bem? — pergunta Jenna.

— Tudo, claro!

Devo estar com uma cara meio tensa, sem falar no look esquisito. Jenna pergunta se quero carona. Não faz isso nunca e resolve fazer justamente no dia em que vou matar aula. Inacreditável.

Um pouco mais tarde, finjo que entro na escola para tranquilizá-la, espero que pegue o caminho para o hospital e saio pelo pátio. Ou, pelo menos, tento. Sinto um olhar apontado para mim. Quando me viro, só vejo um par de óculos escuros. É o Professor K, imóvel, olhando para mim ao lado do portão. Não tenho certeza, mas tenho a impressão de que sabe aonde estou indo e o que vou fazer. Mas não faz nada para me deter. Ao contrário, de repente ergue a mão e acena — noto que não está mais enfaixada. Em seguida, desaparece no pátio, cada vez mais misterioso.

Vou me afastando da escola quase correndo. Espero não encontrar mais ninguém, mas não tenho sorte. Na primeira esquina, dou de cara com Seline, que me olha como se eu tivesse acabado de desembarcar de uma astronave.

— A que houve com você, Alma?

— Por quê? — me faço de desentendida.

— Que roupa é essa?

Sabia que ia reparar.

— A de sempre... Só coloquei essa echarpe.

— Estou vendo!

Ficamos em silêncio por alguns instantes, até ela perceber que não tenho intenção de ir à escola.

— Vai para onde?

— Tenho... uma consulta com o médico.

— Uma consulta? E por que veio até a escola, então?

— Bem... porque tinha esquecido de avisar você. Ainda bem que nos encontramos...

— Ah... legal! — ela sorri.

— Não queria que ficasse preocupada. Agora que Naomi foi embora, ficamos só nós duas: temos que nos unir.

— É verdade. Espero que não seja nada grave.

— Como assim?

— A consulta.

— Ah, não. Só rotina. Sabe como é, depois do acidente os médicos querem me monitorar, como dizem eles.

— Não esqueça de me contar como foi. Vai entrar mais tarde?

— Se der tempo, vou. Senão, a gente se fala de tarde.

— Está bem. Vou estar em casa. Na verdade, ia sair com Adam, mas ele não vai poder — diz com uma expressão triste.

— Está tudo bem?

— Na verdade, não. Não dá certo, é só isso. Bem que você avisou. E no fundo eu sabia que ele não era mesmo confiável... Só que dessa vez ele não fez nada de errado: não me enganou. Só não parece muito interessado — conclui.

— Ainda vai encontrar a pessoa certa para você, Seline, tenho certeza. Bem, desculpe, mas tenho que ir senão vou chegar atrasada.

É assim que nos separamos: eu corro para o parque e ela caminha lentamente para a escola. Não sabe que eu daria tudo para trocar com ela, para trocar minha vida pela dela.

Apesar do atraso, chego primeiro à entrada do parque.

Sento num banco e olho para o céu opaco que, visto através dos galhos das árvores, parece uma velha renda amarelada pelos anos. O sol não passa de uma luz refletida pelo colchão de nuvens que pesam sobre a cidade.

O ar, carregado de umidade, tem cheiro de terra. Volto a pensar no desenho de Lina, no homem enterrado ligado ao homem vivo por um fio vermelho. Vermelho... como a echarpe que tenho no pescoço, o sinal combinado para chamar Morgan.

Qual é o significado do vermelho? Para mim, nunca teve significado algum até agora. Era simplesmente uma cor que eu detestava.

Ela não demora muito a chegar. Dentro de uma jaqueta impermeável cinza-escuro, Nina caminha depressa, os braços cruzados no peito, com a atitude de quem está se protegendo de alguma coisa. Está com uma mochila nas costas, que logo reconheço: é a mesma que usava na noite em que tentou matar o escritor!

Faço um esforço para ficar impassível. Onde está você, Morgan? Não viu a echarpe vermelha? Não devia estar de olho em mim?

— Oi — digo quando ela para na minha frente.

— Oi — responde, evidentemente perturbada.

— Vamos dar uma volta?

Ela me segue sem dizer nada.

— Por que queria me ver com tanta urgência? — pergunto sem rodeios.

— Aconteceu uma coisa.

— Que coisa?

— Encontrei isso em cima do meu armário... — Aponta a mochila. — Achei estranho porque não lembrava de ter colocado nada lá. Quando fui ver, notei que era muito pesada e resolvi abrir. E lá dentro... lá dentro tinha...

— Pregos, martelo, cordas, um punhal...

Ela arregala os olhos quase em pânico. Sua voz treme de emoção.

— Como é que você sabe?

— Da mesma forma que sabia dos arranhões em sua mão.

— Aquela história do escritor de novo?

Faz a pergunta com uma mistura de resignação e desprezo, como se soubesse que, querendo ou não, é a única explicação possível.

— Temo que essa história seja *sua*, Nina.

— Você é maluca!

Deixa a mochila cair no chão e desata a chorar. Observo a cena pensando em mim mesma, muito tempo atrás, às voltas com as primeiras lágrimas da minha vida. Não sei o que dizer, a não ser:

— Calma, fique calma. Talvez eu possa ajudar, se parar de chorar.

Ela enxuga os olhos claros, exausta.

— Desculpe. Quase nunca choro.

— Sei, eu também não chorava. Sonha?

— O quê?

— Sonha, pelo menos de vez em quando? Aposto que não, que não sonha nunca. E que não sabe nadar, que odeia a água. Não é verdade?

— Como é que sabe tudo isso a meu respeito? Quem é você? Não me lembro de você! Não conheço você!

— É verdade, a gente não se conhece. Mas nos encontramos no Bairro Oeste, algumas noites atrás.

Ela começa a bater nas têmporas com os punhos.

— Por quê, por que não consigo lembrar?

— Existe um motivo, mas agora precisa se acalmar.

Apoio a mão em seu ombro, mas ela salta como se tivesse sido espetada com uma agulha.

— Desculpe, estou com os nervos à flor da pele. E depois...

— Eu sei, nunca suportou o contato dos outros.

Ela arregala os olhos, aterrorizada.

Fico me perguntando o que posso fazer por ela naquele momento.

— Por favor, me explique o que é tudo isso.

Ouço passos e só no último instante percebo que tem alguém às minhas costas. Já estou pronta para gritar e fugir quando reconheço sua voz.

— Pode deixar que eu explico.

Morgan está ao nosso lado.

Nina olha para ele assustada. Mas eu o abraço.

— Ainda bem que chegou!

Morgan me abraça rapidamente e me afasta. Naquela altura dos fatos, Nina está mais confusa ainda.

— Quem é esse?

— Meu nome é Morgan. Oi, Nina.

— Como é que sabe meu nome? — Seu olhar corre entre nós dois, inquieto. — Estão juntos nisso! É uma brincadeira de péssimo gosto! O que desejam? Têm alguma ideia de quanto me assustaram?

— Ter medo é normal. Mas não é brincadeira, infelizmente. E estamos aqui só para ajudar — diz Morgan, com toda a calma que consegue reunir.

— É verdade, Nina. Pode confiar em nós.

Ela sacode a cabeça, mas não parece convencida. Também não vai embora, fica ali, hesitante, frágil.

— Pode ir agora, Alma. Vou ficar com ela.

Olho para ele espantada.

— Queria ir com vocês.

— Normalidade, lembra?

— Mas...

— Normalidade... e regras.

Abaixo a cabeça e faço o que ele manda.

Vou embora sem uma palavra. Quando viro, eles já estão fora do meu campo visual. Imagino que foram para o Refúgio. Talvez ele a leve para fazer a prova da água na sala das piscinas, depois vai lhe dar um macacão e ficará olhando enquanto se veste.

Não, digo a mim mesma. Morgan não estava com nenhuma mochila hoje. Nenhuma mochila e nenhum macacão.

54

Quando volto para a escola, a manchete de um jornal exposto na banca chama a minha atenção.

PROCESSO-RELÂMPAGO PARA A ADOLESCENTE
QUE EMBALSAMOU A TIA

É Agatha! Compro um e começo a ler com aflição.

São vários artigos nas páginas policiais. Um deles é assinado por Roth e fala da entrevista que fez comigo naquele jantar. Meu nome não está lá, como ele tinha prometido, apenas a letra A. Mas não é o que leio primeiro.

> Agatha, 17 anos e duas acusações gravíssimas nas costas, ocultação e profanação de cadáver, será julgada num processo-relâmpago por determinação do magistrado. O motivo alegado pelo juiz é que a adolescente precisa de cuidados psiquiátricos urgentes, devido aos problemas mentais que apresentou na prisão.
>
> Segundo boatos que circulam nos últimos dias pelos corredores da delegacia, o tenente Sarl, responsável pela prisão da moça, teria pedido que ela fosse colocada em isolamento, pois temia pela sua segurança em razão de seu comportamento. Um guarda carcerário declarou que Agatha teria ajudado outra detenta a tentar suicídio.

Pulo para:

> Afastado o risco de uma condenação a três anos de prisão, o advogado de defesa da adolescente declarou-se satisfeito com a absolvição por incapacidade mental...

E finalmente:

> A adolescente será transferida para um hospital psiquiátrico, onde receberá tratamento por tempo indeterminado. O médico que trata do caso, dr. Mahl, não fez nenhum comentário acerca dos prazos e do tipo de terapia, dizendo que só poderá fazer uma previsão depois do início do tratamento.

Agatha internada num hospital psiquiátrico! Vai enlouquecer de vez, tenho certeza. Mesmo com o dr. Mahl.

Calma, Alma, calma. Primeiro é preciso organizar as ideias para depois agir sem perda de tempo.

Dou uma rápida passada na entrevista e confirmo que Roth foi fiel ao que falei. Amasso o jornal, jogo fora e caminho decidida para a estação ferroviária.

O consultário do dr. Mahl fica lá perto.

Prefiro andar. Não sinto nenhuma vontade de pegar um transporte barulhento e cheio. Preciso de ar, uma necessidade que cresce cada dia mais.

A essa hora da manhã, as calçadas estão praticamente vazias. Ando rápido e, sem perceber, já estou na frente do grande edifício da estação, diante dos portões escancarados. Viro numa travessa e pela primeira vez, a poucos passos do consultório do médico, me pergunto o que estou fazendo. Não sei se ele já chegou, nem se vai poder ou querer falar comigo, mas tenho certeza de que vim até aqui sem pensar direito.

Paro diante da porta e olho ao redor.

E fico paralisada.

Do outro lado da rua, vejo um sujeito, quase de perfil. Tem cabelos curtos e pretos, usa uma jaqueta clara, e um fio de fumaça sai de sua boca e desliza pelos ombros, como uma trilha branca.

É ele! O cara que me deu seu maço de cigarros. O assassino. Ele vira de costas e caminha para a estação. Dou uma olhada para a porta e não consigo resolver se devo seguir meu plano inicial ou ir atrás dele. Ir atrás dele... poderia ser perigoso. Morgan nunca ia concordar.

Mas é o que faço.

Ele anda depressa, sem se virar, mas não consigo afastar de mim a desgradável sensação de que sabe perfeitamente que estou ali.

Enquanto isso, fico me perguntando o que estará fazendo por aqui. É verdade que da primeira vez também estava nas vizinhanças da estação, mas será que o fato de encontrá-lo exatamente na rua do consultório do dr. Mahl, o médico que trata de Agatha, que está presa junto com sua irmã, é uma simples coincidência?

Acho que não. E quanto mais penso, mais acho que existe uma ligação entre os fatos, que tudo faz parte da mesma história. Até as pessoas que não pareciam ter nada a ver com ela, como Agatha, por exemplo, são na verdade elos da mesma corrente, talvez menores e mais fracos, mas sempre elos.

O cara para no sinal. A calçada de onde saem os ônibus fica do outro lado e é mais ou menos onde nos encontramos da primeira vez. O bonequinho luminoso para a travessia de pedestres ficou amarelo e começou a piscar. De um salto, ele atravessa no último minuto. E eu fico parada, cortada pelo fluxo do tráfego.

Não posso deixar que escape assim. Pulo no meio dos carros que começam a buzinar feito doidos. Então ele se vira, olha para mim, faz uma careta e, em seguida, sai correndo.

Mais um passo, um carro, um palavrão e estou atrás dele. Corro no interior da estação, na passagem subterrânea cheia de gente. Abro caminho do jeito que posso. Consigo vê-lo, mas está muito distante. Uma revoada de pombos sobe bem na minha frente. Lá está ele... aparece e desaparece na multidão, cada vez mais longe.

Corro tudo o que posso e sigo atrás dele até a plataforma, pelas escadas.

Plataforma 19.

Vejo um trem parado. Ele sobe num pulo, um segundo antes que as portas se fechem e as rodas de ferro comecem a deslizar pelos trilhos.

Paro, sem fôlego. Sinto um cheiro vago de poeira de ferro e de ferrugem no rastro do trem que se afasta.

* * *

— O dr. Mahl está no consultório. Está atendendo, mas vou avisá-lo assim que for possível — responde a secretária atrás do balcãozinho de madeira branca.

Pede que me sente na pequena sala de espera, com uma mesinha de centro cheia de revistas variadas e cercada de poltroninhas de couro verde-claro, mais bonitas do que confortáveis. A espera me deixa nervosa.

Por sorte, dura pouco. A secretária comunica que o médico vai me atender, mas só dispõe de alguns minutos entre um paciente e outro.

Vou até sua sala. Conheço bem o caminho.

O dr. Mahl me recebe com sua habitual pacata serenidade. Pelo menos no que diz respeito a ele, nada mudou. Seus cabelos castanhos encaracolados continuam altos e volumosos na cabeça. O tom de voz é calmo e tranquilizante como eu recordava.

— Alma, que surpresa! E então, como vai?

Sento na frente dele, do lado de cá da mesa.

— Bom dia, doutor. Estou muito bem, obrigada.

— E Naomi?

— Também. Deve saber que Tito e seu bando foram condenados.

— Claro. Deve ser um alívio para ela.

— É, muito. Foi morar na praia, na casa de uma tia.

— Fui eu quem aconselhou que tirasse umas férias. Fico contente em saber que resolveu seguir meu conselho. Bem, não tenho muito tempo, desculpe, e vejo que está preocupada. Aconteceu alguma coisa que queira me contar?

Não precisa de um diploma para perceber isso. Estou tensa como elástico esticado.

— É Agatha. Li no jornal que vai se tratar com o senhor. Ela é minha amiga. É com ela que estou preocupada. Queria saber...

— Alma... — interrompe ele. — Sabe que existe segredo profissional: não posso falar sobre meus pacientes.

— Eu sei, e não vim para isso. Só queria lhe dizer que Agatha jamais tentaria suicídio. É uma pessoa cheia de problemas, mas não é uma suicida. Lembre-se disso. Ela quer viver.

— Obrigado por me avisar. Mas aposto que foi outra coisa que a trouxe aqui hoje. Não é verdade?

Meus olhos são uma confissão.

— Estou me sentindo culpada em relação a ela — digo num sopro. — Quem a denunciou à polícia fui eu. Queria ter certeza de que está bem e de que vai ajudá-la.

— Ela sabe que foi você?

— Sabe... e me perdoou. Mas, agora, eu queria fazer alguma coisa por ela.

— A decisão de interná-la num hospital psiquiátrico foi do juiz, depois de cuidadosas perícias que eu mesmo verifiquei. Espero que entenda que ela realmente precisa de tratamento.

— Mas se achasse que ficou curada depois do tratamento, o senhor a deixaria sair?

— Sim, claro. Mas vamos precisar de tempo e esforço para que suas condições melhorem.

— Ela é uma lutadora, sempre. Foi obrigada a engolir porcarias, sedativos para que ficasse calma, mas não quer se matar, tenho certeza. Quanto à moça que queria se suicidar...

O olhar de Mahl se torna mais intenso e atento.

— O que sabe sobre essa moça?

— O senhor a conhece?

— Sei o que fez, junto com o irmão gêmeo.

Que estava bem aqui, gostaria de dizer, em frente a seu consultório.

— Pois é, a versão de uma menina que tentou matar os pais não é confiável.

— Bem, desse ponto de vista, a versão de uma outra que tentou mumificar a tia também não seria...

— Garanto que Agatha não é mentirosa. Ela errou, eu sei, mas por favor não se esqueça do que eu disse.

— Estou preocupado, Alma.

Não posso deixar transparecer nada, não posso.

— Com o quê, dr. Mahl?

— Está cercada de companhias nada saudáveis... Acho que anda precisando de um pouco mais de tranquilidade.

Não ouso negar, portanto fico em silêncio.

— Você também sofreu um trauma, perdeu duas amigas.
— Estou bem.
— Não teve mais dor de cabeça?
— Muito de vez em quando.
Mahl parece não acreditar. Agita-se na cadeira. É hora de partir. Levanto.
— Obrigada, doutor. Pode me fazer um último favor?
— Diga.
— Quando encontrar com Agatha, diga obrigada de minha parte. Ela sabe por quê.
— Está bem. Cuide-se, Alma, e pode me ligar se precisar... me contar alguma coisa.
— Certo.
— Promete?
— Prometo.
Levanto e deixo o consultório com a nítida impressão de ter sido psicanalisada sem querer.
Conversar com esses espreme-cérebros é fogo.

55

Quando saio do consultório do dr. Mahl, ando sem rumo certo. Para a escola? Para o Velho Aqueduto? Não, melhor não, acho que Morgan não ia gostar. O melhor é voltar para casa de ônibus e tentar descansar um pouco. Quando chego ao ponto, ouço alguém chamar meu nome:

— Alma?

É um sujeito numa moto, com um capacete preto na cabeça parecendo um enorme inseto. Não é possível que seja mais um desconhecido que me conhece. De fato, quando tira o capacete, vejo o rosto de Adam.

— Ah, é você...

— Que animação!

— Desculpe, mas hoje não é um bom dia. Estou muito cansada.

— Estou vendo. Não foi à escola.

Fico em silêncio e ele resolve não perguntar o motivo.

— Quer uma carona?

— Você nem sabe para onde estou indo...

— Não, mas se você disser posso levá-la até lá.

— E por quê?

— Por que o quê?

— Por que tanta gentileza comigo?

— Nossa, é só uma carona. Tem sempre que achar que estou com segundas intenções?

— Não acho nada — respondo, seca.

— E então, quer ou não essa carona?

Penso um segundo. Dois. Três.

— Está bem.

Adam desce da moto, abre o bauzinho na traseira, tira outro capacete e me entrega.

— Ponha isso e diga para onde devo ir.

Dou o endereço da minha casa, pensando que, de todo modo, ele já deve saber. Subo na garupa.

— Passe os braços na minha cintura.

Claro, pode esperar?

Mas, quando ele dá a partida, tenho que abraçar sua cintura se não quiser acabar no chão. Nunca tinha andado de moto antes. A sensação não é de todo ruim: disparamos pelas ruas cheias de carros, evitando os obstáculos numa corrida desenfreada contra o vento.

Aperto a cintura magra de Adam, sinto os músculos retesados na barriga lisa. De vez em quando, sinto um leve cheiro que imagino seja o dele. Sinto o efeito. Nem eu nem Morgan temos cheiro.

Dura dez minutos. No máximo, 15. E Adam para diante da porta e me deixa descer.

— É aqui?

— É. Obrigada... — digo, devolvendo o capacete.

— Foi um prazer. A gente se vê na escola.

Fico olhando ele abrir e fechar o baú, subir na moto e partir de novo, depois de acelerar ruidosamente.

Como se não fosse nada de mais. Como se fosse normal.

Normalidade.

Foi gentil, penso comigo. Não sei por quê, mas ele foi gentil.

Assim que cruzo o portão e coloco os pés no hall, alguém me segura pelo ombro.

— Morgan! O que está fazendo aqui?

— Procurando você. Não foi à escola hoje? Fiquei escondido do lado de fora do portão esperando você.

— Estava ocupada.

— E aonde foi?

— Ao consultório do dr. Mahl. Descobri que está tratando de Agatha e queria dizer que, apesar do que fez, ela merece uma oportunidade.

— Assim como o Adam?

— Viu quando ele foi embora? Bem, só me ofereceu uma carona.

— E você aceitou.

— Você disse que os Não Nascidos não têm emoções. Mas estou achando que está com ciúmes.

— Deixe de bobagem. Só estou preocupado. Já disse que não confio nele. Aliás, não confio nos seres humanos em geral. E por isso mesmo acho que devia ficar bem longe dele.

— Mas também disse que devia agir normalmente. E foi o que fiz. E você, o que veio fazer aqui?

— Vim buscar você. Temos que voltar ao Refúgio.

— Agora?

— Por quê, tem alguma coisa a fazer?

— Não, mas... é que estou exausta e queria descansar um pouco.

Morgan olha para mim com um ar vagamente piedoso.

— Vamos fazer o seguinte: vamos até o Refúgio e você descansa lá mesmo, mais tarde.

Imagino que mais cedo ou mais tarde terei que me acostumar com a ideia de passar mais tempo lá dentro, portanto, não crio problemas.

O Velho Aqueduto espera por nós.

— Como está Nina? — pergunto quando entramos no carro.

Ele me olha com severidade.

— Estamos cuidando dela.

— O que significa *cuidando*?

— Não é mais de sua conta — corta ele secamente.

É uma resposta que não deixa margem para interpretações. Não quer que pergunte mais nada. Insuportável. Quando quer, ele sabe ser realmente insuportável.

Chegamos ao edifício abandonado e tenho uma sensação de déjà-vu que não tem a ver com ontem à noite, mas com uma lembrança mais antiga, como se uma coisa enterrada no fundo da mente começasse a voltar à superfície, lenta e implacavelmente.

Entramos na primeira sala, onde me distraio observando o balé da poeira suspensa no ar. De repente, vejo a poeira formar um rosto que me encara com olhos ferozes, a boca escancarada, cheia de dentes pontiagudos e nojentos.

Dou um passo atrás.

Morgan olha para mim.

— O que houve?

— Nada... não foi nada.

A poeira voltou a ser apenas poeira: o mal está dentro da minha cabeça. Passo a mão na testa, afastando os pensamentos.

Vou andando atrás de Morgan pela segunda sala. Não tenho mais medo. Ando mais depressa do que ontem.

— O que está me esperando hoje? — pergunto na esperança de obter uma resposta compreensível. Deve haver algum motivo para ele vir me pegar tão cedo.

— Precisa encontrar com uma pessoa.

— Uma pessoa ou um Não Nascido?

— As duas coisas.

Não sei o que pensar. Como é possível que alguém seja as duas coisas? Cada vez que penso que entendi tudo, algum detalhe novo aparece para colocar tudo em jogo novamente. E as minhas constantes voltam a ser variáveis. Acho que vou enlouquecer.

Percorremos o labirinto dos corredores daquele subsolo num silêncio carregado de expectativas.

No final, chegamos à porta de ferro hermeticamente fechada.

— Use a sua — diz ele.

Pego minha caneta e enfio na fechadura. *Clique*. Giro 180 graus, a porta se abre e tenho a horrível sensação de que acabei de destampar uma coisa que estava fechada havia muito tempo.

56

O Professor K.

Está no Refúgio: as lentes escuras mais impenetráveis do que nunca, uma palidez de dar inveja na lua e a voz grave que parece brotar das profundezas de uma selva.

— Seja bem-vinda, Alma.

Acho que percebeu meu estado de total confusão. De fato, tenta me colocar à vontade.

— Sei que deve estar achando estranho me encontrar aqui. Faz pouco tempo que conhece sua verdadeira natureza, esse lugar e seus novos amigos — diz, olhando para Ariel, Raul e Christian, alinhados numa fileira perfeita diante de mim, como um pelotão de fuzilamento.

— Não é a única coisa estranha que vi nos últimos tempos — rebato, dando uma olhadinha significativa para Morgan. — A menos que o senhor esteja aqui para me censurar porque viu quando fugi da escola hoje de manhã...

Ninguém ri da minha piadinha.

— Claro que não. Entendo muito bem que, depois de tudo o que soube, a escola deve parecer um lugar distante, onde não acontece nada de realmente importante.

— Para dizer a verdade, não consigo mais distinguir o que tem a ver comigo ou não. Encontro pessoas que nunca vi antes, mas me conhecem, e pessoas que pensava conhecer e que descubro que não passam de estranhos.

— Algum tempo atrás, houve alguém que disse: às vezes se conhece melhor com o coração do que com os olhos.

Repito sua frase na cabeça. Acho que resume muito bem o sentido da minha vida nos últimos meses.

— Venha comigo, vamos até a piscina. Preciso lhe explicar o motivo de minha presença aqui.

Da primeira vez, não prestei a atenção que devia a esse lugar. Além da piscina, que ocupa a maior parte do espaço, noto que não há janelas, pois estamos no subsolo, mas apenas pequenas aberturas de ventilação, colocadas no alto da parede.

Bem atrás do Professor K, vejo uma espécie de gaiola de alvenaria com um dos lados — o que dá para a piscina — composto por uma placa de vidro.

— Gosta da minha sala?

— Está querendo dizer que é obra sua?

— Todo o Refúgio foi construído por ele — explica Morgan. — O professor é uma ajuda indispensável para os Não Nascidos.

— Obrigado, Morgan — diz o professor, agradecido.

Ao vê-los aqui, compreendo finalmente o porquê daquelas conversas secretas, daquela relação que sempre achei meio esquisita. E entendo também por que vi o professor conversando animadamente com Ariel fora da escola. Tudo retorna e se encaixa perfeitamente, com simplicidade, como se fosse um quebra-cabeça para crianças.

— Lembra da minha aula a respeito da água?

Faço que sim.

— Não podia dizer na frente dos outros alunos que a água é o elemento em que você nasceu, o elemento de que é feito o mundo de My Land, no qual as almas vivem suspensas.

— E então por que os Não Nascidos não podem mergulhar na água? Por que a água é tão perigosa para nós?

— Porque no momento em que esse corpo lhe foi concedido, você deixou de ser o que era antes, ganhou vida, uma vida idêntica em tudo e por tudo à de um ser humano.

Ganhar vida... Parecer um ser humano... mas ser uma coisa diferente. Será que algum dia vou mesmo me acostumar com tudo isso?

— A água é ligada à sua vida anterior. Se sua alma entrar em pleno contato com ela, como acontece quando mergulha completamente, a força de atração daquilo que você era anteriormente, do lugar de onde vem e Daquele que lhe deu esse corpo, seria poderosa demais para que você pudesse vencê-la. Todos os seres que vêm de My Land estão sujeitos a esse poder da água, inclusive aqueles que vocês chamam de Masters. Mas falaremos sobre isso mais tarde. Basta que saiba que, para nós, a água é ao mesmo tempo vida e morte.

— O senhor também é um Não Nascido?

O Professor K fica em silêncio por alguns instantes, depois aproxima a mão do rosto e, muito devagar, mostra o que tentei imaginar tantas vezes. Com a ponta dos dedos segura uma das hastes dos óculos escuros e começa a descê-lo por cima do nariz. Como um ritual que exige gestos lentos e precisos, ele tira os óculos completamente, mas mantém os olhos fechados.

Noto que um círculo de atenção se forma entre todos nós, algo que nos torna próximos e compactos como se nada pudesse penetrar ou sair, como se não houvesse mais espaços vazios entre nós.

O rosto do professor tem uma aparência diferente sem os óculos. Parece mais jovem, mais decidido.

Quando abre os olhos, entendo por que os esconde. Suas íris se destacam, nítidas, vermelhas e brilhantes como duas lantejoulas. Emanam uma luz que ofusca. São olhos infernais.

— Fui, durante um tempo. Também venho de My Land, onde era um servo de Leviatã. Quando fui enviado à Terra, cumpri suas ordens, matei e semeei o terror como Ele tinha ensinado, durante tanto tempo que não tenho a força de lembrar, de um modo tão feroz que alguma coisa dentro de mim, aquela única coisa que Ele não conseguiu eliminar, finalmente reagiu e consegui me rebelar contra suas ordens: meu coração experimentou uma emoção fortíssima. Horror. Horror de mim mesmo. E foi com esse horror pelo que era antes que consegui me separar Dele.

— Mas disseram que os Não Nascidos não sentem emoção.

— Pois é, de fato. Mas acho que não se refere a todos, ou pelo menos não da mesma forma. Somos almas diferentes umas das outras. E é na diversidade que se aninham os germes da rebelião. Seus contos, por exemplo. São uma coisa sua, só sua. Um dom.

— Se é isso mesmo que acha...

— Sei que é difícil de aceitar, mas para todos nós foi uma bênção, um dom do Bem, que nos incentiva a não desistir. Através de você, ele nos mostra uma esperança que podemos utilizar. Você... capta as suas ordens!

— Mas os contos estão cada vez menos frequentes. Talvez estejam acontecendo menos assassinatos.

— É uma consequência da sua revolta. Quando transcreve seus pesadelos para o papel, está entrando em contato com o espírito do Leviatã, com sua energia negativa. Mas, quanto mais se rebela, mais essa ligação enfraquece. Ele está combatendo você, está lutando contra a sua mente.

— Então essa é a razão das dores de cabeça...

— Exatamente — responde o Professor K. — Quando eu me rebelei... e meus olhos ficaram do jeito que acabou de ver, o Leviatã mandou seus Masters contra mim. Um deles quase conseguiu me matar... me desligar desse corpo.

— Não consigo imaginar como...

— Nos seres humanos, alma e corpo se procuram e se escolhem, nascem juntos e se unem no amor à vida. Mas conosco não é assim. Somos almas abandonadas, privadas da alegria de nascer, a quem um ser desprezível oferece um corpo perfeito, que na verdade é uma arma que ele usa para seus fins. O que há em nós não é uma beleza real, pois nossas almas são prisioneiras de uma aparência tão atraente quanto maléfica. Fomos feitos para atrair e destruir, sem nenhum remorso. Mas não conseguimos nos ligar a esse corpo instantaneamente. Só aprendemos a amá-lo com o tempo. E, por isso, os Masters podem nos pegar desprevenidos e nos separar dele com relativa simplicidade: nosso corpo é uma coisa que recebemos como empréstimo, nada mais. Os Masters me deixaram assim, mas não me derrotaram. Não ainda.

— O professor — interrompe Morgan — quer dizer que sua pele clara e seus olhos...

— Tentaram arrancar minha alma, mas não conseguiram. Fiquei ligado ao meu corpo, consegui amá-lo mesmo depois que o enfraqueceram e o privaram de energia e de vida.

— Meu Deus, é terrível!

Ouço sua voz, olho sua aparência e sinto uma pena infinita pelos sofrimentos que teve que suportar.

O Professor K aponta de novo para a estranha construção a seu lado.

— E agora, Alma, gostaria finalmente de explicar o motivo pelo qual lhe pedi que viesse até aqui.

Sorri, colocando novamente os óculos.

— Já é hora de saber o que essa piscina contém realmente e por que sua salvação depende dela.

Justamente quando penso que já ouvi o suficiente, que já sei tudo o que tinha que saber, percebo que só vi a ponta do iceberg e que sua base, mergulhada nas profundezas, é muito, muito maior.

57

Olho para a piscina sem vê-la realmente, perdendo-me nas imagens refletidas na superfície.

O professor está na cabine. Posso vê-lo mexendo com alguma coisa abaixo dele, provavelmente um painel de controle.

Reina na sala o mais absoluto silêncio. Estamos todos à espera. A única diferença é que os outros sabem o que vai acontecer, enquanto eu não tenho a mínima ideia.

De repente, explode no ar um forte ruído mecânico, como uma engrenagem que entra em ação. As paredes da cisterna começam a vibrar e, por um instante, tenho a sensação de estar a bordo de um submarino prestes a submergir. Um rangido surdo de peças mecânicas que roçam umas nas outras é seguido por uma sucção poderosa, como se tivessem aberto um ralo no fundo da piscina. E é isso mesmo: o nível da água está descendo, primeiro lentamente, depois cada vez mais rápido.

À medida que a piscina esvazia, um cheiro forte de podre se espalha no ar, de algas apodrecidas, grudadas há muito tempo nos ladrilhos das bordas. Tampo o nariz com dois dedos e continuo a olhar, com medo que, de uma hora para outra, apareça alguma nova monstruosidade.

No entanto, quando a piscina já está pela metade, surge uma coisa que parece a tampa de uma grande caixa apoiada no fundo. Só quando a piscina fica totalmente vazia é que posso vê-la por inteiro: trata-se de um cubo de metal da altura de um homem, com quatro pequenas escotilhas em cada uma das faces laterais. Uma camada de musgo reveste toda a superfície do cubo, dando-lhe a aparência misteriosa de um cofre de um navio naufragado.

— Que droga é essa?

Morgan, que nesse meio-tempo tinha se aproximado, silencioso como um predador noturno, coloca a mão no meu ombro.

— É a câmara de transição. O único jeito de ir a My Land. — Com um gesto de cabeça, indica o professor, que sai da cabine de manobra e vem até onde estamos. — Levou oito anos para projetá-la e construí-la.

— E como funciona?

O professor explica pessoalmente:

— Isso que está vendo lá no fundo é uma câmara estanque, ou seja, hermeticamente fechada. Normalmente fica escondida e protegida pela água da piscina. É feita inteiramente de aço inoxidável, para não ser devorada pela ferrugem. Seu funcionamento é simples, mas bastante eficaz. Tem uma bomba, acionada por uma manivela na cabine onde eu estava, que precisa de três minutos e 20 segundos para esvaziar a piscina. Depois disso, é possível descer até lá embaixo, usando a escada. Na porta da câmara, criei outro sistema de segurança para que só os Não Nascidos pudessem ter acesso a ela. Venha comigo.

Seguimos pela borda da piscina e paramos num ponto de onde se vê a porta de acesso à câmara. Só então noto que há uma espécie de maçaneta aplicada na parede de metal: uma manivela semelhante à dos cofres-fortes.

— É uma manivela térmica. O mecanismo só entra em ação se a mão que o toca tiver uma temperatura de exatamente trinta graus centígrados, ou seja, a temperatura corporal dos Não Nascidos.

O nosso toque frio.

— E... uma vez lá dentro?

— Siga-me...

O professor vai até a escada de aço, vira de costas e começa a descer. Tenho dificuldades para descer atrás dele: a escada é fria e escorregadia. Morgan também desce.

À medida que penetro na piscina, o cheiro de mofo fica cada vez mais forte e nojento.

— Cuidado para não escorregar — diz o Professor K.

Ariel, Raul e Christian ficaram na beira da piscina, observando do alto, aparentemente tranquilos.

Quando nós três colocamos os pés no fundo, o professor pousa a mão na manivela da câmara de transição.

Fico olhando para ele, imóvel. Levo um tempo para descobrir que não estou nem respirando.

Mas não acontece absolutamente nada.

O mecanismo da fechadura não dispara e a porta continua fechada.

— Tente você — diz ele.

Chego mais perto e ele pega minha mão na sua. Sinto um efeito estranho, como se fosse uma mão de cera.

Guiada pelo professor, aperto os dedos em torno da manivela. *Clique, claque*, responde a fechadura.

E a porta se abre na mesma hora, exatamente como a de um cofre.

— Não entendi...

— Só os Não Nascidos conseguem abrir a porta.

— Mas o senhor... disse que é um Não Nascido.

— Fui. Depois que me rebelei contra Ele, me afastei da minha natureza e ganhei outra... que não é a dos Não Nascidos, mas também não é propriamente humana. Mas a minha temperatura subiu. E não ouço mais a voz do Leviatã em minha cabeça.

— Isso acontece com todos os rebeldes?

Morgan e o Professor K se entreolham.

— Na verdade, não conhecemos nenhum outro. A maior parte de nós não consegue chegar até onde ele chegou...

— explica Morgan. — Para ser exato, nenhum outro... antes de você.

— Eu? — murmuro assustada.

O Professor K dá um passo à frente.

— Ainda não é o momento de abordar esse assunto. Entre comigo.

O interior da câmara me deixa sem palavras. Parece uma sala de execução da pena de morte, só que bem menor. De pé, o professor quase toca o teto com a cabeça e calculo que quatro pessoas já ficariam apertadas lá dentro. A decoração é despojada e essencial: uma maca com um monte de correias; uma mesa com uma série de garrafinhas iguais, cheias de um líquido transparente; e uma caixa retangular de aço. Ao lado da maca, uma cadeira, igual às que se usam nas escolas, com o assento e o encosto de fórmica azul e a estrutura de ferro.

O ambiente me provoca arrepios e os instrumentos médicos me dão vontade de fugir para bem longe.

— Vou explicar como funciona. A pessoa que chamamos de "viajante" se acomoda nessa maca. Não fique impressionada com as correias. É só para impedir que o corpo caia durante a viagem.

— A viagem?

— A viagem da alma a My Land. Levei anos para encontrar a substância certa para separá-la do corpo... — Pega uma das garrafinhas transparentes colocadas sobre a mesa.

Não posso deixar de pensar na cozinha de Agatha, sua melhor aluna, com todos aqueles tubos cheios de pós mirabolantes e líquidos mortais. É estranho que o professor não tenha falado nela.

— Estou vendo que está confusa, mas já vai entender tudo. Como dizia, tive dificuldade para encontrar a substância adequada. Não é simples criar o estado de transe perfeito e reproduzir quimicamente as condições ideias nas quais a alma se separa do corpo.

Olho para a garrafinha com suspeita.

— É uma solução à base de Tetradotoxina.

— Tetrado... — tento repetir.

— Tetradotoxina. É uma substância muito rara, extraída dos tetraodontídeos, comumente conhecidos como baiacus. Em poucas palavras, é o veneno desses peixes.

— Está querendo dizer que injeta veneno no corpo dos Não Nascidos?

— O mais difícil é dosar. Um erro de um único miligrama pode criar um estado de coma irreversível. — Mas procura me tranquilizar em seguida: — Seja como for, esse problema já foi superado. No entanto, é importante que a solução seja preparada só por mim. Depois de pronta, a tetradotoxina é injetada nas veias do viajante, que mergulha num sono aparente. Enquanto isso, a sala é cercada e recoberta pela água. Essa mistura de transe induzido, ambiente fechado e água permite que o sujeito consiga, com plena consciência, fazer a própria alma viajar para My Land. É uma viagem muito difícil e cansativa. À medida que a alma se aproxima de seu destino, o poder do Leviatã vai aumentando. Por isso, a viagem não pode durar mais do que certo tempo, que varia com base no grau de consciência do Não Nascido. Só os mais maduros conseguem se transferir por mais tempo.

— Talvez seja uma pergunta cretina — interrompo —, mas qual é o objetivo dessa viagem?

— O objetivo é libertar o maior número possível das almas capturadas pelo Leviatã. Quando chegam à sua corte, as almas são ingênuas e desorientadas, como os recém-nascidos humanos: nesse momento, ainda é possível salvá-las. O Leviatã utiliza seu desejo de ter um corpo e vir ao mundo para obrigá-las a seguir suas ordens quando chegarem à Terra. Passam por um processo de educação e treinamento e formam o seu exército pessoal. Depois, Ele comanda os corpos que as hospedam a seu bel-prazer, como marionetes cujos fios estão em Suas mãos.

Começo a chorar sem perceber. Mas não é um choro de verdade, é apenas a água primitiva na qual minha alma estava mergulhada. Não dá para aguentar mais.

— Parece uma coisa muito perigosa — digo no final.

— E é. Por isso, até agora, apenas Morgan e Raul fizeram a viagem.

Viro para Morgan, que ficou do lado de fora. Tem um olhar orgulhoso, de quem sabe que é importante.

— E também é perigoso para o corpo que fica aqui — continua o professor. — É um momento em que poderia ser presa fácil para os Masters, por isso a câmara tem que estar inteiramente cercada de água. Se caísse nas mãos de um deles... bem, a alma que o ocupava não poderia retornar, nunca mais. Já viu os olhos de um Master?

Faço que sim.

— E como eram, Alma?

— Luminosos — respondo, e de repente entendo o porquê.

O Professor K aprova lentamente.

— Eles se iluminam quando começam a sugar a alma dos Não Nascidos. Possuem, embora em quantidades mínimas, o poder de separar nossa alma do corpo e exercem esse poder através do olhar. A luz que você viu era da sua alma que, pouco a pouco, fluía para o Master.

Depois de uma breve pausa, o professor recomeça a falar.

— Como estava dizendo antes, quando o viajante entra na câmara, a porta é hermeticamente fechada e a piscina se enche de água de novo. Tem sempre alguém lá fora para acionar a alavanca na beira da piscina. Enquanto a alma estiver viajando, ninguém entra e ninguém sai do Refúgio.

— E como vocês sabem quando a alma retorna da viagem?

— Simples. Quando a alma reentra no corpo e recomeça a respirar, aparecem bolhas na superfície da água. É o sinal para esvaziar novamente a piscina.

— Tem mais uma coisa que gostaria de saber. Os Masters usam um anel com um dragão, não usam?

Morgan faz que sim. E o professor também.

— O que significa?

— O dragão é o símbolo do Leviatã. Quem usa o anel é um emissário, um fiel servidor Dele. Também servem para os Masters se reconhecerem entre si.

Relembro num turbilhão o que houve há algumas semanas.

Pensei que Adam fosse um deles.

E estava enganada quando pensei que o dragão de origami que encontrei na minha carteira na escola fosse para mim. Era simplesmente a forma que Adam encontrou para mandar uma mensagem a Agatha: sabia que tinha roubado o anel do seu armário e colocado na mesa de Scrooge para que todos acreditassem que ele era o responsável pelo incêndio no gabinete do diretor. E o tal anel nem era dele: foi encontrado por acaso perto do lago do Parque Norte.

Um acaso, um simples acaso.

Nada mais que isso.

58

Logo em seguida, o Professor K se despede de todos.

Morgan fica conversando com ele na porta do Refúgio e eu fico sozinha com os outros.

— O começo é difícil para todos — diz Christian, o mais sociável do grupo.

Acho que é o seu jeito de me dar boas-vindas e dizer que não estou mais sozinha.

— Desde quando vocês sabem?

— Eu, há mais ou menos seis meses.

— E você? — pergunto a Raul.

— Dois anos.

— É por isso que é um viajante?

— Não é uma questão de tempo. Tem almas que nunca estarão prontas para viajar, porque são muito fracas e frágeis.

— E o que fazem, se não podem ir para My Land?

— Podem acionar a bomba — responde Christian, apontando para a pequena central de controle.

Raul concorda. É um sujeito estranho, que não se limita a olhar para você. Encara as pessoas como se não conseguisse fazer nada sem aquele excesso de intensidade que parece ser uma característica de sua personalidade. É algo que não consegue evitar: é assim em tudo, até no tom cheio da voz, que ocupa o espaço não apenas com o som das palavras, mas também com o poder e o peso que dá a cada uma delas.

— Não é um jogo — acrescenta Ariel, que não quer se sentir excluída.

— Acho que entendi — respondo. Em seguida, bocejo e peço desculpas. Estou caindo aos pedaços.

— Pode descansar aqui, se quiser. Temos algumas camas na sala ao lado. Na verdade, são estrados com um colchão, mas não são desconfortáveis.

Christian se afasta para o lado oposto da piscina. Vejo que se aproxima do que parece ser uma simples parede, mas que na realidade esconde uma porta disfarçada que abre assim que ele a toca.

— Venha — diz Ariel, mais como uma ordem do que como um convite.

A porta secreta leva para um quarto não muito grande, com quatro caminhas dispostas num perfeito estilo quartel, quatro mesinhas, duas cadeiras, uma das duas com algumas roupas no encosto, um grande armário de madeira e dois lustres pendurados no teto como dois ovos enormes. Nenhuma janela.

— É aqui que dormimos quando estamos no Refúgio — explica Christian.

— Então não vivem aqui?

— Não, pelo menos não todos. Só quem deixou definitivamente a família foi Morgan, recentemente. Nós continuamos mantendo a ligação com a nossa vida humana.

Tento imaginar o que significa viver sozinho naquele quarto. E fico me perguntando se algum dia vai acontecer comigo também. Não, não quero nem pensar. Não poderia deixar Jenna e Lina. E, para ser sincera, nem mesmo Evan.

Enquanto isso, Morgan retorna.

— Quer que leve você para casa? — pergunta ao me ver hesitar diante da porta daquele cubículo.

— É, prefiro.

Rapidamente, nos despedimos dos outros.

— O professor recomendou que mantivesse a máxima discrição na escola. Ninguém pode perceber nada. Ele continua a ser seu professor de ciências e você uma aluna como as outras. É muito importante.

— Pode deixar, vou agir como se nada tivesse acontecido. Ninguém mais ganha de mim nesse jogo deprimente.

* * *

Dentro do carro, os sons da bomba que suga, das canetas que abrem portas, do clique das fechaduras, da água que escorre ainda ecoam nos meus ouvidos. Parecem tatuados nos meus tímpanos, sei que não se apagarão nunca mais.

— Onde ele os encontra? — pergunto de repente.

— Onde quem encontra o quê?

— É uma coisa que não entendi. Tudo bem com as almas, consigo imaginar a coisa, mas onde o Leviatã encontra os corpos? Quer dizer, acho que não pode criá-los, estou enganada?

— Não, realmente não pode. Pode surrupiar, roubar, mas não pode criá-los.

— E onde, de quem ele rouba?

— Usa os corpos de pessoas mortas, particularmente de pessoas que cometeram suicídio.

Sinto uma vertigem.

— Suicídio?

— Sim, é uma lei cruel: para cada alma que não quer mais viver, existe uma que deseja a vida desesperadamente. A primeira abandona o corpo que escolheu no momento do nascimento, a outra é colocada nesse mesmo corpo pelo Leviatã, que o torna ainda mais irresistível, como tudo que é maligno.

Escondo o rosto nas mãos, tentando entender o pensamento que passa pela minha cabeça: então eu sou Larissa, ou melhor, vivo no corpo da filha do fotógrafo!

— O que houve?

— Eu a vi, Morgan!

— Quem!?

— A menina cujo corpo ficou para mim, a que se suicidou. A menina que era eu!

— É mesmo?

Sua surpresa parece autêntica.

— Aconteceu por acaso. Fui a uma exposição de fotos com minha turma da escola. O fotógrafo se chama Markos e é muito famoso. Estava admirando as imagens, quando Naomi me chamou e me mostrou uma delas. Era o retrato de uma moça. Uma moça igual a mim! Examinei várias vezes, até cheguei mais perto para ver melhor: éramos como duas gotas d'água, duas irmãs gêmeas. Em seguida, descobri que tinha cometido suicídio pouco tempo antes, junto com algumas amigas. Na verdade, três noites antes do meu acidente.

— É realmente estranho que a tenha visto. Mas isso é outra coisa que pretendia lhe contar.

— Como funciona? Não entendo.

— Todos nós chegamos aqui num acidente. Um evento traumático. O acidente, o choque que ele causa, é uma espécie de porta entre uma dimensão e outra.

— Está querendo me dizer que comecei a fazer parte desse mundo no acidente em que minhas amigas perderam a vida?

— Isso mesmo.

— E elas morreram por minha causa?

— Não. Mas a morte delas permitiu que você viesse para a Terra — responde ele com uma voz tranquila.

— É por isso que fui a única a sair ilesa?

— Você simplesmente não existia antes do acidente. Eram duas amigas e só, sem nenhuma Alma. O corpo de Larissa já estava sepultado naquela noite. O Leviatã o desenterrou assim que a alma da moça o abandonou e colocou a sua no lugar da dela. Foi ali que você ganhou vida. Depois, você foi até a rua e pediu carona para um carro que sofreria um acidente logo em seguida. Havia duas meninas a bordo. Foi no momento exato do acidente que você começou a existir como Alma.

Ouço o que diz, estremecendo a cada palavra.

— Quer dizer que não... não conheci as duas?

Morgan balança a cabeça negativamente.

— Sua cicatriz é a única marca de sua chegada traumática.

— E antes do acidente? Qual é a nossa situação?

— Nenhum de nós tem consciência do que acontece antes. Talvez tenha ido até a rua a pé e depois pedido a carona.

— Então as minhas amigas, quer dizer, as duas meninas me deram carona por puro acaso?

Ele faz que sim.

— Então é por isso que, naquela noite, estava usando a mesma camiseta com que Larissa foi enterrada. É horrível!

Morgan se limita a me olhar com pena.

— Mas se "nasci" no momento do acidente, como é que tenho um passado? Como é que Jenna e meus irmãos se lembram de mim como se estivesse lá antes do acidente?

— A memória que eles têm de você é um bloco único com a etiqueta "passado", onde o Leviatã acrescentou seu nome. Se pensar bem, vai ver que as lembranças conjuntas não são muitas nem muito precisas.

— É verdade, mas sempre pensei que era eu que não lembrava direito...

— Já ouviu sua mãe contar alguma coisa sobre você quando era pequena?

Balanço a cabeça.

— Tudo é arranjado para que a família hospedeira, os amigos e os colegas da escola se comportem como se o Não Nascido existisse antes daquele momento. Dezessete anos atrás, no seu caso. Dezoito no meu. As coisas foram analisadas em seus mínimos detalhes pelo Leviatã. E mesmo que não sejam detalhes muito precisos, não importa, porque geram confusão e caos. Medo.

— Então é por isso que... quando resolve ir embora... de verdade... a família não tem muita dificuldade para remover você.

— Exatamente, porque na realidade você nunca existiu, ou melhor, só na mente deles.

— Não é possível! É uma espécie de...

— Ia dizer mágica? Entenda como quiser, mas nós também somos mágica, quer dizer, em nossa essência. Somos impalpáveis e transparentes, somos almas que só podem ser reconhecidas porque um corpo nos envolve e nos dá forma, somos poeira que precisa de um raio de luz para ficar visível.

— É horrível. Tudo isso é a coisa mais horrorosa que já ouvi. É a negação do próprio conceito de amor, de amizade, de afeto...

— Não existe amor, amizade ou afeto no lugar de onde viemos, Alma, apenas dor e desespero. Por isso fomos educados para não sentir emoção, para sermos impermeáveis aos sentimentos. O sofrimento nos enfraquece.

— Mas como posso lutar contra tudo isso?

— Não se deixe abater, estamos lutando para permanecer na Terra e para aprender a ser humanos.

— Aprender por quê? É uma coisa tão distante assim da nossa natureza?

— Isso a gente não tem como saber. Nenhum de nós viveu o suficiente para descobrir.

— E o Professor K?

— É um Não Nascido que está tentando aprender a ser humano. No entanto, por mais que sua inteligência seja extraordinária, existem coisas que nem um gênio pode perceber. O ser humano é uma relação complexa entre a alma e o corpo. Eles precisam se harmonizar num encaixe perfeito que se chama vida: ninguém sabe explicar como se cria, mas todos podem reconhecer quando a veem diante de si. É o segredo da natureza, Alma, da natureza que o Leviatã odeia e pretende destruir. É aquilo que faz nossas almas desejarem nascer e viver, que faz com que aceitem morrer, submetendo-se ao destino de todo ser humano, porque a beleza do que recebemos nesse caminho é única e inimitável. Somos Não Nascidos vindos de um lugar chamado My Land. E tudo o que mais desejamos é *ser*.

Pela primeira vez desde que o conheço, senti uma emoção verdadeira brotando das palavras de Morgan, como se fosse uma chama que ele tem que controlar para não ser devorado.

E só então começo a entender de verdade que não sou muito diferente dele e que, por mais que ainda me pergunte qual é o significado desse meu destino absurdo, sinto com absoluta certeza que não estou mais sozinha.

59

Morgan acabou de me deixar diante da porta de casa, assustada como um cachorrinho na chuva. Mas não iria procurar abrigo em nenhum outro lugar.

Nunca me senti ligada a nada ou ninguém, talvez com exceção de minha irmã, pois mesmo com ela muitas vezes fui fria e emocionalmente inconstante. Mas, nesse momento, me sinto tão distante do meu antigo eu que consigo analisá-lo de fora e compreender a dificuldade que os outros têm que enfrentar para se relacionar comigo.

Não acredito que exista um jeito de remediar isso, pelo menos não agora, com tão pouco tempo à minha disposição. Mas talvez exista uma forma de aprender a viver com eles, de aprender a ser como eles, um deles, sem que percebam nada. Normalidade, repetiu Morgan antes de se despedir.

Normalidade, regras, palavras, água, alma, silêncio, aprovação, horror. Subo a escada pensando nisso tudo. Estou enlouquecendo, essa é a verdade.

— Alma, pensei que tivesse se perdido — diz Jenna, vindo a meu encontro com um copo cheio de vinho na mão.

Olho disfarçadamente para o cabide de roupas: lá está a jaqueta de couro preto do tenente Sarl!

— Olá!

— Tenente, que surpresa!

Só agora me dou conta de que não perguntei nada a Morgan sobre os assassinos, seu modo de agir, e nem mesmo se sou, ao menos potencialmente, um deles.

— Faz um bom tempo que não nos vemos. Não foi mais me pedir informações sobre aqueles casos, para os seus artigos. Continua com eles?

— Tenho escrito menos, ultimamente — respondo, pelo menos uma vez com sinceridade. — Tem alguma novidade sobre a investigação?

— Posso confiar em você?

— Não vou dizer a ninguém.

Ele sorri.

— Conseguimos dar mais alguns passos.

— Podem conversar sobre isso mais tarde — interrompe Jenna. — Venha ver primeiro a bela surpresa que chegou para você, querida! — Ela me guia até a sala.

Sobre a mesa, reina um enorme ramo de flores que ela colocou cuidadosamente num vaso com água.

— Isso?

— Isso mesmo.

— Para mim?

Sarl assovia às minhas costas.

— E quem mandou?

Nunca tinha recebido flores antes.

— Tem o seu nome no cartão. Tem alguma coisa para me contar? — pergunta Jenna, com ar malicioso.

O buquê de flores é grande e parece uma almofada gorda e perfumada, amarelo brilhante.

— São peônias — diz Jenna. — Flores muito delicadas e elegantes.

— E desde quando você entende de flores? — pergunto, pegando o cartão.

— Sempre gostei de flores — rebate ela, melancólica.

Noto uma troca de olhares com Sarl, que prefiro ignorar.

A entrevista sobre Agatha foi publicada. Esse é o meu agradecimento, acompanhado de um convite para amanhã à noite. Parto em dois dias e ficaria muito feliz se pudesse me despedir. Um beijo, Roth.

Devia ter adivinhado.

Parte para onde? O cartão não diz para onde, nem por quanto tempo.

Quando me viro, os olhos de Sarl e Jenna estão apontados para mim, cheios de expectativas. E eu trato de desiludi-los.

— E então? A investigação?

Jenna continua a olhar para mim. Talvez esteja se perguntando por que, das duas filhas que a vida lhe deu, uma é muda por natureza e a outra por escolha. Deixo que medite sobre seus erros como mãe envolvida no perfume das peônias, contente porque o presente de Roth alegrou-a mais do que a mim.

— O que acham de conversar no quarto, não aqui? — sugere, apontando para a pequena Lina, que está desenhando sentada no tapete.

É uma boa ideia.

Gato nos recebe com um miado baixinho, quase incomodado com nossa chegada ao quarto ou talvez apenas com a presença de Sarl. Coloco a mochila com o caderno e a caneta o mais longe possível do tenente e ofereço a cadeira em frente à escrivaninha, depois de liberá-la das roupas que estão lá em cima há dias.

Sento na cama e tento não cair dura. Só o contato com o colchão macio já me dá vontade de mergulhar ali para sempre.

— O que quer saber?

— Tudo o que puder me contar. — Sorrio.

— A autópisa do corpo do rapaz que prendi não mostrou nada de significativo. Tudo dentro do esperado, a não ser a carótida direita cortada, é claro. O legista só descobriu um coração gasto demais para um jovem daquela idade, como se já tivesse sofrido um infarte ou coisa parecida.

— E ele teve mesmo um infarte?

— Não, o médico negou essa hipótese, mas não parecia muito convencido. Disse que aparentemente estava tudo normal, mas que na verdade havia alguma coisa de estranho no coração, que ele não conseguia explicar muito bem.

— Entendo. — Sei muito bem o que era. Era um corpo já morto e se Sarl tivesse a ideia de procurar as fotos dos jovens que se suicidaram nos últimos anos, com certeza encontraria o retrato do rapaz.

— E tem a caneta.

Vou desmaiar.

— É um modelo de esferográfica artesanal, com um número gravado no corpo de aço. A imprensa divulgou a descrição e uma senhora ligou para dizer que a viu sendo vendida na papelaria do centro, aquela cujo proprietário morreu faz pouco.

— Pensei que tinha sido assassinado.

— Não há provas que sustentem a teoria de que foi homicídio, nem ferimentos no corpo, nenhuma evidência na loja. O mais estranho é que a tal senhora disse que tentou comprar uma dessas canetas, mas o dono se recusou a vender, dizendo que tinham sido feitas sob encomenda.

— Que incrível!

— O quê?

— Como tudo vem à tona apenas porque alguém lembra de uma coisa que na hora parecia completamente sem interesse, mas que depois, diante dos novos acontecimentos, ganha importância.

— Vejo que deu passos de gigante como jornalista. Se entendeu isso, entendeu tudo da profissão.

Sorrio com amargura.

— Ouça... Vamos mudar de assunto. Sua mãe está preocupada com você. Diz que fica pouco em casa, que sai e só volta tarde da noite e que não estuda direito. É isso mesmo?

Naquele momento, Gato pula nos meus joelhos e começa a ronronar.

Enquanto procuro as palavras certas para responder ao tenente sem parecer muito esquisita, aproveito para fazer carinho nele.

— Quem é que não fez isso na minha idade? Saio com minhas amigas e a escola vai indo como sempre. Jenna exagera, como toda mãe.

— Ela sente o peso de ter que educar vocês sozinha. Por isso, às vezes fica muito apreensiva. Você, que é a mais velha, devia ficar do lado dela.

— Vou tentar, tenente — digo, e naquele instante acredito mesmo nisso.

Ele levanta, faz um carinho em meus cabelos e sai do quarto.

Caio na cama. Finalmente, posso relaxar. Pelo menos por enquanto. Gato desce do meu colo e fica me olhando com aqueles olhos inquietantes.

— Sua dona vai para um hospital psiquiátrico, meu bem. E a culpa é toda minha.

Ele responde com seu miado abafado.

— É, eu sei, sou uma péssima amiga. Mas hoje fui falar com o dr. Mahl, o médico que vai cuidar dela. Disse que não é uma candidata ao suicídio, que não precisa encher a coitada de calmantes. Fiz o que podia por ela e...

— Gostaria de visitá-la mais uma vez, antes que seja transferida?

A voz de Sarl me pega de surpresa.

Viro e vejo que ainda está parado na porta. Ouviu tudo.

— Pensei que já tinha ido para a sala.

— Fui, mas voltei para avisar que está na mesa. E então, quer ir visitar Agatha?

— Gostaria muito, sim.

— Vou com você amanhã, depois da escola, se concordar.

— Faria isso por mim?

— Claro. Só espero que eu consiga chegar na hora. Sabe, nós policiais estamos sempre atrasados...

— Eu espero.

— Só peço uma coisa.

Paro de respirar.

— O quê?

— Tem que ser um segredo entre nós. Sua mãe não aprova certas companhias, entende? E com certeza não ia gostar de saber que levei você à casa de detenção para falar com uma delas.

Concordo.

— Agora vamos jantar, ou levantaremos suspeitas — diz em tom de brincadeira.

Sorrio. Sarl é realmente uma ótima pessoa. E se eu soubesse que vai ficar com Jenna, no caso em que eu tivesse que desaparecer para sempre de suas vidas, ia me sentir um pouco mais tranquila.

As situações são como as moedas: sempre têm dois lados, um vence, o outro perde.

E para mim deu cara... a *minha* cara, e vou seguir em frente até quebrá-la.

Chega de coroas, me lembram enterro.

60

Perambulo pelos corredores da escola como uma figurinha que ficou fora do álbum. Estou me sentindo completamente distante dessa realidade que um dia foi minha. Meus colegas são os mesmos de sempre e fazem as mesmas coisas de sempre, quem mudou fui eu, e mudei demais para voltar a falar a língua deles.

Encontro o Professor K no intervalo e nos cumprimentamos como se nada tivesse acontecido, embora minha mente continue retornando ao Refúgio, à câmara de transição.

— Oi, Alma, se quiser podemos comer alguma coisa juntas depois da escola — diz Seline, extraordinariamente alegre. Está com um vestido de florzinha, que não me lembro de ter visto antes. Agora só restou ela. Naomi voou para longe, Agatha está na gaiola. Seline é a única ligação que tenho com um passado que não tenho vontade de abandonar.

— Obrigada, mas estou ocupada. Está de vestido novo? Lindo! — acrescento para deixá-la feliz.

— Foi minha mãe quem me deu. Ontem fomos ao shopping no novo City Mall. Devia ir. É uma ótima terapia.

— Quem sabe no fim de semana...

— Não tem nada de novo para me contar?

— Não, nada de novo, Seline. E você e Adam, ainda estão se vendo?

— Não muito. Só aqui na escola mesmo.

— E não está chateada?

— Bem, não muito, na verdade... conheci uma pessoa.

— Ah, então é por isso!

— Por isso o quê?

— Por isso que não está arrancando os cabelos por causa do Adam.

— Ora, não ia arrancar mesmo, o que acha que sou? — diz, meio ofendida.

— E quem é essa nova paixão?

— Você não conhece. Frequenta outra escola.

A campainha nos interrompe antes que ela possa me afogar com todos os detalhes de seu mais recente troféu, que durante algum tempo reinará no olimpo dos meninos perfeitos, no país dos maiores amores da sua vida, para depois cair no inferno dos esquecidos, como todos os que vieram antes dele.

Seline é assim mesmo: quando um vestido sai da moda, compra outro. Mas não queria de jeito nenhum que ela fosse diferente, porque é justamente nessas bobagens que ainda encontro um pouco da vida de todo dia que me faz tanta falta.

Do lado de fora da escola, vejo Sarl. Está de pé perto de um carro que poderia ser o seu: um velho Spider vermelho com capota preta, mais rodado do que bonito, o clássico carro que o dono adora como se fosse uma linda namorada.

— Lindo, é seu? — pergunto, certa de que vou acertar o alvo.

— Sim, é a menina dos meus olhos. Foi meu presente quando passei no exame de fim do ensino médio.

— Nossa, pais generosos, os seus!

— Meu pai era apaixonado por carros e esse aqui era o máximo, na época — explica ele, todo orgulhoso.

O interior também não decepciona: bancos de couro preto, gastos e impregnados de cheiro de cigarro. Um gravador, blocos de anotações e uma pilha de jornais entopem o banco traseiro. Uma pequena gnoma com seu pontiagudo chapéu vermelho vigia, presa ao painel pelo pedestal adesivo.

— E essa aí, quem é?

— É a Emma. É meu amuleto.

— Parece um objeto especial...

— E é, por causa da pessoa que me deu.

Entendo que se trata de uma mulher que, no entanto, não faz mais parte de sua vida.

— Fala dela com saudade. Morreu?

— Não, o que morreu foi o sonho que ela representava para mim. Emma é a lembrança positiva, o resto não interessa mais. Muitas vezes as pessoas são diferentes daquilo que você pensa que são. E isso acontece porque a gente tem tendência a interpretá-las segundo o nosso próprio jeito de pensar, nossa própria sensibilidade. Devíamos ficar observando, como se faz numa peça de teatro, e deixar para fazer os comentários no final, quando o espetáculo chega ao fim.

— É o que está fazendo com Jenna?

Ele me olha meio sem graça.

— Interpretações geram expectativas, que por sua vez geram desilusão. Você ainda é muito jovem para entender, mas vai acabar aprendendo na própria pele. As relações entre homens e mulheres são a coisa mais difícil do mundo.

— Se você acha... — observo.

— Investigar um crime não é nada perto de tentar entender uma mulher! — o tenente ri, ligando o motor.

O motor ronca com uma energia inesperada e, com as mãos no volante, Sarl parece um rei. Pelo menos pode escolher a direção, pode governar alguma coisa, nem que seja o seu velho carro adorado.

Entrar na casa de detenção sozinha é uma coisa, mas com Sarl a música é outra. Entre um "bom dia, tenente" e um "que prazer em vê--lo!", somos recebidos com todas as honras. As cartas deixaram de ser necessárias, só vejo sorrisos e muita cortesia.

— Deve ser um peixe grande a julgar pelos tapetes vermelhos que estão desenrolando para o senhor hoje! — comento sem conseguir evitar a ironia.

— Na verdade, não sou nenhum peixe grande — ele ri, divertido. — De vez em quando, aqueço as gargantas deles com uma boa garrafa. Eles bebem juntos quando acaba o turno e são sempre muito gentis quando venho aqui.

— Isso quer dizer que, se pedisse um favor, eles fariam de bom grado?

— O que está tramando?

Acabei de ter uma ideia, e conto para ele sem me preocupar com a reação.

— Queria levar Agatha para fora daqui. Por pouco tempo, só para respirar um pouco de ar livre.

Sarl olha para mim como se, de repente, não me reconhecesse mais.

— Ela só pode sair daqui com uma permissão do juiz. Impossível.

— Foi o que pensei, mas achei que talvez desse para fazer uma pequena exceção, sem muita publicidade.

— Uma pequena exceção, você disse? É um crime — rebate ele a meia-voz.

— Acho que Agatha ficaria muito agradecida. Vai passar dessa gaiola para uma espécie de hospício, onde vai ficar trancada com um bando de gente pirada por não sei quanto tempo.

— Se está tentando despertar minha piedade, não vai colar.

— Só por uns minutinhos...

— E se ela tentasse fugir? Tem pelo menos uma vaga ideia do que aconteceria?

— Não vai fazer isso.

— Não posso e ponto final.

— Tudo bem, talvez tenha razão e isso não passe de uma ideia idiota. Desculpe... — digo friamente.

Quando o guarda chega para abrir a porta da sala de encontros, Agatha já está sentada esperando. Assim que me vê, percebo um brilho em seu olhar sombrio.

Acho que ficou feliz em me ver.

— Vou esperar lá fora — diz Sarl, fechando a porta.

Afinal estamos sozinhas. Nenhum guarda nos ouve. Estranho.

— Oi — digo, sentando diante dela.

— Não pensei que fosse ver você de novo.

Agatha fala com voz tranquila. Parece calma e não noto nenhum sinal dos efeitos de um calmante.

— Queria falar com você antes da transferência.

— Então já soube?

— Soube, o tenente me contou. Queria dar notícias do Gato.

Seu rosto se ilumina como um caça-níqueis acionado de repente.

— Como ele está?

— Bem, muito bem. Já se adaptou perfeitamente à nova casa.

— É um gato legal.

— E minha irmã, Lina, adora ele.

— Obrigada por cuidar dele.

— É um prazer, realmente.

— E... encontrou de novo aquele cara, o da foto?

— Por acaso, uma vez... pelo menos acho que era ele. Foi lá perto do consultório do dr. Mahl.

Agatha arregala os olhos.

— E o que você estava fazendo lá?

— Queria conversar. Fiz um tratamento com ele depois do acidente. Jenna me obrigou, por causa de todas aquelas bobagens de ficar traumatizada porque vi minhas amigas mortas... bem, ele é um cara legal.

— E o que você disse? Posso saber?

— Que você não é do tipo que quer se matar, que encheram você de calmantes aqui dentro, mas que não precisa dessas coisas.

— Então foi recomendar minha alma? Muito bem, ele vai fazer o que pediu, tenho certeza — comenta irônica.

— Só queria ajudar.

— Escute, da última vez que tentou me ajudar, acabei aqui dentro. Portanto, por favor, pare de tentar.

— E fui pegar o Gato.

— E eu lhe dei uma informação importante sem fazer perguntas. Diria que estamos empatadas, certo?

— Na verdade, não. Ainda lhe devo uma coisa...

De repente, a porta se abre às minhas costas. Agatha e eu olhamos para ela, mas não aparece ninguém. Trocamos um olhar interrogativo. Levanto para ir ver. O corredor está deserto.

No começo, não sei como explicar, a menos que... Sarl tenha resolvido ajudar! Talvez seja um jeito de ele dizer que posso levar Agatha até lá fora, mas sem dar nenhuma autorização formal ou demonstração que sabia da coisa. Não pode saber do que não viu. Esperto. E generoso.

— Que coisa é essa que você me deve? — pergunta ela.

— Venha, ande.

— Mas... onde estão os guardas?

— Vamos, já falei.

— Para onde?

— Lá fora, só alguns minutos.

— Perdeu a cabeça, Alma? Se me pegam lá fora, vão me deixar apodrecer aqui dentro.

— Confie em mim. Venha.

— Não confio em ninguém.

— Pois abra uma exceção dessa vez — digo, puxando seu braço. É como segurar um galhinho seco que está prestes a cair da árvore. — É a coisa que estava lhe devendo.

Arrasto Agatha pelo corredor, atravesso uma porta aberta até a entrada, também deserta. Ela olha ao redor meio perdida, como um náufrago que acabou de dar na praia de uma ilha deserta.

Estou cada vez mais convencida de que nada disso é casual. O que se confirma quando descubro que até o policial da guarita externa desapareceu num passe de mágica.

Assim que põe os pés do lado de fora, Agatha olha para o céu de um lado e de outro como se verificando as coordenadas de uma posição. Inspira um bocado de ar, com gosto. E pela primeira vez, a vejo sorrir.

— Aqui fora é completamente diferente.

— Não vai ficar lá dentro para sempre.

— Não me venha com o sermão da boa samaritana. Sabemos muito bem o que vai acontecer comigo, mas aprendi a viver cada dia de uma vez, sem esperar droga nenhuma. Foi assim que sobrevivi até agora.

— Não fuja, por favor.

— Não vou fugir. Só quero aproveitar esse pedacinho de liberdade. Quanto tempo temos?

— Alguns minutos.

Agatha suspira.

— O que vai lhe dar em troca?

— A quem?

— A Sarl.

— Nada, só pedi um favor.

— Ninguém faz nada de graça, ainda não entendeu isso?

— Pois eu fiz isso por você. Porque é minha amiga, queira ou não.

Agatha me olha de um jeito estranho, como se minhas palavras tivessem aberto um buraquinho em seu coração fechado a vácuo.

Ela não diz nada. Chega mais perto e me abraça. Aperto seu corpo magro, sem saber bem o que fazer, com medo de quebrar alguma coisa. Dura um segundo, o máximo de tempo que ela se permite.

— É melhor voltar agora. Sei por experiência própria que as coisas boas não duram para sempre.

Diz isso e se encaminha para o interior. Tem um passo mais firme, como de uma doente que resolveu se curar.

Olho para ela e penso: está enganada, Agatha, tem gente que faz as coisas sem pedir nada em troca.

61

A última visita a Agatha me deixou como herança uma estranha sensação, como uma película que grudou em minha pele e não deixa que ela respire. É mais ou menos o que sinto cada vez que me viro para olhar meu passado e comparo com o que me espera. No fundo eu também, como Agatha, vivo dia após dia, mirando uma única coisa diante de mim: a sobrevivência.

A decisão de voltar à redação do jornal onde Roth trabalha é imediata, assim que deixo para trás a casa de detenção de menores. Saio de um quadro e entro em outro, esperando que um dia eles se unam numa coisa que se pareça com uma verdadeira vida.

A zona do Porto Velho me recebe com seu jeito tétrico e inquietante, o abandono gritante dos vidros quebrados dos depósitos desertos, o cinza do cais que se confunde com o cinza da água do rio, impenetrável e revolta como sempre.

Ando sem olhar para trás. A lembrança do Master que me seguiu da última vez, da luta com Morgan e do que aconteceu em seguida são como brilhos distantes no horizonte.

Vejo a água correr à minha esquerda e não sinto medo nem aversão. Mantenho uma distância respeitosa e sigo adiante para a minha meta.

Quando chego perto da entrada do jornal, me escondo rapidamente atrás da parede de tijolos daquele depósito transformado em redação. A poucos metros de mim, semiescondidos por um tronco, vejo Roth e uma moça. Ela está de costas, mas tem algo de familiar em seus cabelos presos num rabo de cavalo fofo e cacheado, nas sapatilhas pretas com um laço na ponta... Claro, é Ariel!

Não entendo o que pode estar fazendo com Roth. Parece uma nota desafinada e nada tranquilizante.

Só me estico o suficiente para poder olhar. Estão conversando, um na frente do outro. A expressão de Roth é muito concentrada, como se o assunto entre os dois fosse importante e sério. Mas não percebo sinais de confronto ou conflito, apenas certa familiaridade que torna a atmosfera entre eles confidencial e íntima.

Resolvo ir embora, renunciando à ideia de pedir explicações de qualquer tipo.

E volto para casa.

— Onde esteve?

Morgan se aproxima pelas minhas costas, como um ladrão, me dando um susto mortal.

— Estive na sua escola hoje, mas você não estava. Não combinamos que me avisaria quando fosse fazer alguma coisa?

Seu tom é de censura e seu olhar é tão sério que, se eu não soubesse que só está preocupado comigo, poderia pensar que era cruel.

— Fui visitar Agatha. Sarl veio me pegar e foi comigo até a casa de detenção.

— O tenente Sarl?

— Ele mesmo. Foi jantar lá em casa ontem à noite. Falei de Agatha e ele se ofereceu para ir comigo. Foi muito gentil. Imagine que até...

— Alma, Sarl é um policial! Será que não percebe o risco que está correndo?

— Se está se referindo ao meu caderno, ele está sempre comigo, bem guardado.

— Como bem guardado? Se acontecesse alguma coisa com você, o caderno ia parar direto nas mãos dele! Já pensou o que seria de você? E de todos nós?

— Está exagerando.

— E você subestima a situação — afirma ele num tom que não admite resposta.

Ando atrás dele pela longa avenida atrás de casa, que leva ao estádio e que parece uma enorme rosca vazia dominando o meio da cidade.

É Morgan quem fala primeiro.

— Fomos enviados para cá com um único objetivo: matar. Isso nos transforma em assassinos, que os policiais como Sarl prendem e jogam na cadeia. Os caçadores não se misturam com a caça.

— Mas não matei ninguém... acho. E não sou um caçador! Agatha está presa com uma menina que pode ser uma Não Nascida — explico. — Ela e o irmão gêmeo tentaram matar os pais. A menina foi presa, mas o irmão conseguiu fugir. E a irmã garante que ele é o assassino do Parque Norte e...

— E...?

— Que eu estava lá com ele naquela manhã.

— É verdade?

— Não... quer dizer, sim. Fui ao parque, mas depois que cheguei lá tive um ataque de pânico e fugi.

— A menina não disse que foi você, disse apenas que estava lá, não foi?

— Bem, acho que sim. Nunca falei com ela, só com o irmão.

— Esteve com ele?

Procuro a foto dele e o bilhete escondido no maço de cigarros dentro da mochila.

— Olhe, é ele. E me deu isso aqui na primeira vez em que nos encontramos.

Morgan para, examina a foto com atenção, e depois lê o bilhete.

— Encontrou com ele de novo?

— Ontem, perto do consultório do dr. Mahl.

— Falou com ele?

— Não, ele fugiu. Corri atrás até a estação, mas ele subiu num trem e não consegui alcançá-lo. Sabe quem é?

— Alguém de quem deve manter distância.

Devolve a foto e o bilhete e recomeça a caminhar.

— Não vai dizer mais nada?

— É um assassino e sabe quem você é. Isso já deveria ser suficiente. Nem todos os Não Nascidos são “bons” ou “inconscientes”. Tem alguns que se sentem muito bem no papel de matador. Precisa tomar muito cuidado com eles. São os “lúcidos”.

— O que quer dizer?

— Quando o Leviatã dá suas ordens, entramos numa espécie de transe e agimos de acordo com o que sua voz nos diz, sem vontade consciente. É por isso que não lembramos o que fizemos. Mas nem todos são assim. Alguns de nós têm uma sintonia tão grande com o mal que os gerou, que podem agir de acordo com ele sem precisar de condicionamentos adicionais.

— E ele poderia ser um deles?

— É. Seja como for, fique alerta.

Caminhamos em silêncio por um bom tempo.

— Queria lhe perguntar uma coisa sobre os assassinos. Por que matam desse modo? Por que amarram o corpo das vítimas num lugar alto... E como conseguem fazer isso?

Ele responde com outra pergunta:

— Quando as pessoas morrem, onde são sepultadas?

— Debaixo da terra.

— E por quê?

— Sei lá! É uma tradição, não será porque viemos da terra e voltamos à terra?

— Os corpos são pendurados no alto porque nós não temos contato com a terra que, ao contrário, é o elemento que gerou as nossas vítimas. Nós usamos seus corpos como uma bandeira, exposta ao olhar dos humanos.

— E como eles conseguem carregar os corpos para lugares tão absurdos? — pergunto de novo.

— Quando agem sob as ordens do Leviatã, os Não Nascidos ganham uma força enorme. É uma energia maligna que dá poderes extraordinários.

— Fala deles como se não fizesse parte do problema.

— O Leviatã não tem mais muito poder sobre mim.

— Então... é possível se libertar dele?

— Ninguém nunca se libertou completamente e quase todos morreram... tentando.

— Como o homem da papelaria?

— Descobriu que também era um de nós?

— Nessa altura dos acontecimentos, basta juntar as peças para ficar evidente. O caderno e a caneta comprados com ele; a loja esquisita, às vezes cheia de mercadorias, às vezes vazia e, de repente, fechada; o Master que me seguiu até lá dentro e a morte absurda do dono. O Master sugou a alma dele, não? Por isso estava com os olhos transparentes...

— É o que eles fazem.

— Então nem o dono da papelaria conseguiu se tornar totalmente humano?

— Como disse, nenhum de nós conseguiu ainda. Ele nos ajudava a reconhecer novos Não Nascidos e a aproximá-los do grupo.

Seguimos um ao lado do outro na calçada cinzenta.

Mais alguns minutos de silêncio se perdem no ar. Tento contar as pedrinhas de cimento espalhadas pela superfície, mas são muitas e perco a conta no caminho.

Não tenho mais nenhuma vontade de me reencontrar.

62

Quem sofre de sonambulismo sabe disso muito bem. Não há como reprimir o impulso de acender a luz da mesinha de cabeceira, sair das cobertas e abandonar a cama quentinha, de vestir as roupas com cuidado, arrumar a mochila com tudo o que é necessário, passar rapidamente pela cozinha para pegar um último e fundamental objeto, abrir a porta de casa e sair para a noite escura e funda, guiada por um objetivo enfiado como um prego em sua cabeça.

É nesse estado que me encontro caminhando pelas ruas da cidade, que me parecem mais desertas e desoladas do que nunca, como uma perfeita projeção do vazio que carrego dentro de mim.

Não tenho medo, não me sinto nem cansada. Sinto, no entanto, uma estranha energia que não parece minha e que percorre todo o meu corpo. Minha cabeça está leve e o olhar rápido.

Nomes das ruas, carros, pessoas.

O resto é como um cenário de papelão.

Olho a rua diante de mim, executo passos que engolem o chão movidos pela determinação de cumprir minha missão, uma missão que deixará marcas, que abrirá a milésima rachadura na casca arrebentada dessa cidade.

Um velho mendigo me vê passar e se aproxima, estendendo a mão suja e murcha. Examino seus olhos negros, afundados nas órbitas inchadas e cobertas por uma máscara de rugas escurecidas pela fumaça das ruas. Seus lábios finos como os de um réptil se abrem num sorriso podre e corrupto, que fede a álcool barato. As roupas, duras de sujeira, emanam um cheiro acre que o velho usa, satisfeito, como uma velha armadura.

Avança para mim com a extrema lentidão de uma criatura habituada a se movimentar nas trevas. Continuo andando sem parar de encará-lo. Não tenho medo dele, nem pena daquele pedido nojento de esmola. Mas sinto uma coisa estranha, algo como um bolo de metal que se agita contra as paredes do meu estômago e começa a subir até a garganta, gélida e perfeita. O bolo quer sair e atacar a cara do velho, bem no meio dos olhos, quer apagar aquele olhar mesquinho para sempre.

Quando entro na luz de um lampião, o mendigo consegue me ver bem, talvez pela primeira vez. Arregala os olhinhos pretos, tão aterrorizados que parecem que vão sair voando de dentro das crateras onde estão.

Começa a recuar com a mesma lentidão, agora mais incerta, trêmula.

Por que tem medo de mim?

Em seguida desaparece, engolido pela sombra que o gerou, deixando no ar o rastro nauseabundo de sua existência.

Estou na Ponte de Ferro. Embaixo de mim, o rio flui implacável como o sangue nas veias. A água é escura e carregada de força. Arrasta consigo tudo o que encontra no caminho, sem distinções. Corrói as paredes do próprio leito, com sua passagem suave, mortal e harmoniosa como os dedos da mão nas cordas de um instrumento.

Não seria difícil pular o parapeito, descer e chegar à água. Juntar-me ao seu fluxo, ser parte dela, como ela é parte de mim.

Encosto no parapeito e aperto as mãos na barra de ferro da grade. Olho o rio, a água que vira água e mais água, hipnotizada.

Em seguida, uma pontada na cabeça, lancinante, racha minha visão como um raio caindo no céu noturno. Fecho os olhos, mas continuo a vê-lo. A luz do raio me deixa cega e produz um calor que envolve meu rosto como a carícia de uma chama. É suave e insuportável. Tenho vontade de gritar, mas alguma coisa, talvez o bolo de metal que sinto na garganta, me impede.

Depois um toque, a mão que aperta a minha que está agarrada ao parapeito.

Viro num salto e por um momento penso que estou em meu quarto, em minha cama, vítima de mais um pesadelo.

Mas não é nada disso.

Diante de mim, Adam parece muito real apertando meu pulso, quente, humano.

— Está me ouvindo, Alma?

Ele me sacode como um velho vestido empoeirado.

— Sou eu! Adam!

Balança a mão diante de meus olhos, que eu acompanho como se fosse um pêndulo hipnótico.

Então, com delicadeza, segura minha outra mão.

— Pode soltar — me diz.

O que devo soltar?

— Devagar, vamos... solte.

Naquele instante, sinto alguma coisa apertada em meu punho fechado, que Adam está tentando retirar.

Não quero.

Aperto mais. Depois levanto a mão.

Seja o que for, Adam recua. Seus olhos são percorridos por um briho de terror, como na noite no rio. E aquela imagem é uma chicotada em meus sentidos, que despertam bruscamente, me lançando para fora do sonho, fora da minha cama e para dentro de uma cena real na qual não me reconheço.

Começo a sentir frio e muito cansaço. A coisa que aperto na mão é pesada.

Finalmente, olho para ela.

E deixo cair no chão na mesma hora, como se queimasse. O som metálico ressoa no pavimento de pedra da ponte e repercute em meus ouvidos.

É um enorme facão.

Sem hesitar, Adam dá um chute no facão, jogando-o longe. Depois aperta meus braços e me sacode de novo.

— O que diabos você estava fazendo? O que queria fazer com essa faca, Alma?

Olho para ele com os olhos arregalados de terror.

— Não sei... Juro que não sei!

Ele me abraça para me acalmar quando começo a tremer espasmodicamente.

— O que tem na mochila?

A mochila? É pesada... Só agora sinto seu peso no ombro.

— Nada.

Adam tira a mochila de mim à força.

— Não! — grito em seu rosto. — Devolva!

— Primeiro quero ver o que tem dentro.

— Não se atreva! Fique longe disso.

Pulo em cima dele e tento arrancar a mochila de sua mão, mas estou muito fraca, fraca demais para enfrentá-lo. Ele leva a melhor.

Abre e tira lá de dentro o que eu preferia nunca ter visto: pregos, martelo, uma corda...

Assassina.

Mata.

Sem piedade.

Mata.

As palavras começam a dançar em minha mente como um refrão mortal, que conheço bem demais. E ganham forma e corpo com uma clareza que me deixa sem ação. Ouvi essas palavras antes, inclusive essa noite. A lembrança chega mais rápido que um veneno.

Agarro a mochila e começo a correr, voltando para o lugar de onde saí. Mas sou muito lenta, Adam me alcança com facilidade.

— Pare! Aonde vai?

A lugar nenhum. Eu me rendo. Caio de joelhos. Já não me sinto mal. Já não sinto mais nada.

Ele se agacha a meu lado, como se pudesse entender melhor o que está acontecendo ficando na mesma altura.

— Se não quer dizer por que estava andando por aí, no coração da noite, com um facão na mão e uma mochila com instrumentos para crucificar alguém, não importa. Mas não vá embora, por favor. Quero levá-la para casa. Está completamente fora de si. Entende o que estou dizendo?

Na confusão dos pensamentos que passam pela minha cabeça, consigo perceber que tem razão.

— Entendi... Tudo bem... Vamos para casa.

— Espere aqui um segundo.

Vejo que retorna ao lugar onde estávamos, recolhe as minhas coisas, inclusive o facão, e enfia numa bolsa de ginástica.

Em seguida, ele me ajuda a levantar e me leva até a moto.

Sento no banco de trás sem dizer mais nada.

A moto desliza veloz, mas não o suficiente para deixar tudo para trás. Não interessa quem está comigo agora, quem estará amanhã, nunca vou conseguir me libertar do que está dentro da minha cabeça, da voz do Pai que substitui minhas emoções, meus sentidos e que vai me matar lentamente se eu não fizer o que ele manda.

Estou de novo diante do portão de casa. A escuridão está abandonando o céu como uma tinta que se dissolve na água. Um novo dia está para nascer.

— Como conseguiu?

Adam não responde.

— Estava me seguindo?

— Com certeza não estava passando por acaso.

— Por que insiste em me seguir? O que quer de mim?

— Saber o que tanto tem para fazer no Velho Aqueduto.

Não. Isso não. Não podia acontecer. Quando Morgan souber, vai ficar simplesmente furioso. Mesmo que eu lhe conte antes que fique sabendo por conta própria.

— Adam, vou falar da maneira mais clara que puder: fique longe de mim e de tudo o que me diz respeito. Estou falando isso como um favor e como um aviso: se continuar, vai ser pior para você.

— Está me ameaçando, esqueceu que vim ajudar você?

— Agradeço tudo o que fez, de verdade. Mas é para o seu próprio bem. Fique longe dessas coisas.

— Não sei de que coisas está falando.

— Precisa acreditar na minha palavra.

Tem um olhar intenso, cheio de uma ternura que me fere.

— Talvez seja melhor eu ir embora — diz finalmente.

Sobe na moto enquanto cruzo a porta de entrada. Fico olhando sua moto se afastar. Não sei por quê, mas não gosto de vê-lo ir embora.

Chegando em casa, ainda com o coração inchado de lágrimas, abro o caderno roxo e verifico se escrevi alguma coisa. As páginas cor de marfim estão intactas.

A última coisa impressa no caderno foi o desenho de Lina.

Dois homens. E um fio vermelho.

63

O Velho Aqueduto aparece hoje em toda a plenitude de sua desolação. Sob uma cobertura cinzenta de nuvens altas e compactas como a tela de uma televisão antiga, o edifício de tijolos não é muito mais do que um esqueleto arquitetônico.

Esta manhã, antes de sair, coloquei a echarpe vermelha. Ela ficou amarrada em meu pescoço como o fio desenhado por Lina, mas Morgan não apareceu. E agora não tenho outra escolha senão desobedecer às ordens que me deu. Preciso entrar no Refúgio para contar o que aconteceu ontem. Bem, na verdade, foi ele quem pediu que o mantivesse informado.

Durante todo o caminho prestei atenção para que ninguém me seguisse. Vi que Adam teve que ficar na escola depois do horário para cumprir algumas tarefas que o querido Scrooge arranjou para ele. Acho que vai ficar um bom tempo por lá.

Os Masters parecem ter desaparecido da vizinhança há alguns dias.

Empurro a porta de madeira, ou o que resta dela, e penetro no prédio.

A luz do dia guia meus passos ao longo das duas primeiras salas. Em seguida, desço a escada correndo, enfrentando com coragem a primeira escuridão. Só quero que os degraus acabem o mais rápido possível. Quando chego ao primeiro corredor, paro e tento me concentrar. Ficar perdida aqui dentro seria o fim. Caminho lentamente, acompanhada pelo zumbido das luzes fluorescentes ao fundo. Os corredores parecem todos iguais, mas não são. Quando encontro o caminho percorrido pelos canos enferrujados, vejo que estou no rumo certo e dou um suspiro de alívio. Não ouço barulho de água, nem de motores ou bombas hidráulicas, só a minha respiração acompanhando meus passos.

Depois, de repente, ouço um som agudo: parecem gritos distantes, abafados pelas paredes das salas, cujos tons se misturam numa coisa que lembra o canto dilacerante das sereias. Nunca tinha ouvido esses gritos antes e não imagino de onde podem vir. Mas assim como surgiram eles somem, como se as vozes tivessem se afogado em seu próprio lamento. E aquele silêncio pesado e surdo cai sobre mim como um manto. Preciso chegar logo à porta do Refúgio, ficar sozinha naquele labirinto me enlouquece. Lá está ela, finalmente! Pego a caneta e enfio na fechadura. Giro 180 graus e a porta abre. Estou dentro. Nenhuma voz, nenhum sinal de vida.

A cisterna me recebe com sua calma líquida e inquietante.

— Onde está todo mundo? — pergunto a mim mesma em voz baixa.

Vou até a sala das camas. Talvez Morgan esteja lá. A porta está entreaberta, acho que é um bom sinal. Empurro muito de leve e enfio a cabeça para dentro. Está escuro, mas o raio de luz que vem das minhas costas ilumina uma fatia do interior, revelando a presença de um par de pernas abandonadas sobre uma das camas. Abro um pouco mais e vejo que aquelas pernas vão dar no corpo de Morgan, deitado de lado com o rosto virado para a parede.

Está dormindo.

Queria me afastar sem acordá-lo, mas assim que dou um passo atrás, ouço as molas da cama rangerem e ele surge à minha frente.

Está simplesmente lindo, apesar de expressão dura que marca seu rosto.

— Você me desobedeceu.

— Eu sei, mas é uma emergência, porque...

— Disse que não viesse aqui sem que eu chamasse. Nunca.

— Está vendo isso aqui? — digo, batendo com a echarpe em sua cara. — Estou com ela, como combinamos, mas você não apareceu. E tenho uma coisa para lhe dizer. Não tive escolha.

— Foi uma noite longa e difícil. Tinha que descansar.

— A minha também foi, ora, e aqui estou para contar o que houve. Se não estiver irritado demais para me dar ouvidos, claro!

Eu mesma me surpreendo com a determinação com que o enfrento. Estou cansada de viver com medo de tudo e de todos, para mim chega! Resolvo reagir.

— Estou ouvindo — diz ele, a boca relaxada e o olhar suave de quem está disposto a ouvir.

— Ontem à noite, bem no meio do meu sono, sem me dar conta, coloquei umas coisas na mochila e saí de casa. Não lembro para onde fui, mas sei que tinha um objetivo preciso, uma missão a cumprir. Não ouvia nada a meu redor, olhava unicamente para a rua. Cheguei à Ponte de Ferro e parei para observar o rio. A água me atraía como se fosse um ímã, tanto que só desejava pular lá dentro, mergulhar e deixar que me tirasse a vida. Botei as mãos no parapeito e senti o ferro gelado em minha pele. Era agradável.

Morgan me olha com o rosto contraído como uma máscara de preocupação.

— Foi então que Adam me deteve. Fiquei surpresa ao vê-lo ali, mas não tinha plena consciência do que estava acontecendo. Um estado de semiconsciência filtrava minhas sensações e as devolvia completamente enevoadas. Adam parecia preocupado, na verdade assustado com alguma coisa que eu tinha na mão. Pediu que eu lhe entregasse. Só então percebi que estava com um facão na mão. Estava passeando pela cidade armada com um facão, no meio da noite! E isso não é tudo. Na minha mochila, encontrei pregos, cordas e um martelo. E quem colocou tudo lá dentro fui eu!

— Escreveu alguma coisa no caderno?

— Não, já verifiquei.

— Talvez o Leviatã quisesse obrigá-la a sair de casa, a ir até o rio...

— Para me obrigar a pular?

— Pode ser. E Adam? Viu o facão e todo o resto?

— Isso e, infelizmente, mais alguma coisa. Descobri que está me seguindo. E que sabe da existência desse lugar.

Morgan não diz uma palavra.

— Perguntou o que tenho para fazer aqui.

— Isso não é nada bom — comenta ele com um ar solene que me assusta. — O imbecil está apaixonado por você!

Fico olhando para ele de boca aberta.

— Imagine, que bobagem!

— Pois é o que penso, e acho que temos um problemão.

— O que quer dizer com isso?

— Que se continuar desse jeito, não vai acabar nada bem.

Morgan tem o tom frio de um soldado que segue um protocolo: a cada ação corresponde uma reação.

— Só queria avisar. E dizer que vou dar um jeito de mantê-lo longe daqui. Eu lhe devo isso.

— Você não lhe deve porcaria nenhuma. Fique longe dele e ele ficará longe de você. É uma regra muito simples.

— E se suas regras não funcionarem dessa vez?

— Nesse caso, eu darei um jeito.

— Não está pensando em fazer alguma coisa contra ele!

— Trate apenas de não deixar que ele se meta.

Abaixo o olhar e depois olho em volta.

— Onde estão os outros?

— Em casa, exceto Raul. Saiu, queria pegar um pouco de ar. Como disse, foi uma longa noite. É o que eu devia fazer também. Quer vir comigo? — Parece relaxado de novo. Suas feições, agora sem a raiva e a tensão de antes, voltaram a ser suaves e harmoniosas.

Caminhamos ao longo do corredor. No caminho, tenho uma ideia.

— E se fizéssemos exatamente o contrário com Adam? Em vez de tentar afastá-lo, podíamos lhe mostrar o aqueduto.

— Ficou maluca? Nem pensar!

— Não aqui, no andar de cima. Podíamos encenar alguma coisa. Algo que justifique minhas vindas aqui de vez em quando. Se pensar que sabe o que fazemos aqui, vai ficar convencido de que está tudo bem e vai ficar na dele.

— Qual é o seu plano?

— Uma sessão espírita, por exemplo.

Ele pensa um pouco.

— Pode dar certo — diz em seguida. — Mas para ter credibilidade todo mundo tem que participar, e não gosto da ideia de que nos veja juntos. É muito arriscado.

— Não vai conseguir distinguir os rostos, no escuro. Basta que me reconheça, e talvez você também. Quem sabe a gente não se beija; se pensar que estamos juntos, vai perceber que não tem a menor chance, se é que está mesmo apaixonado.

— Beijar como? Assim? — pergunta ele, olhando para mim de um jeito estranho. Passa o braço pela minha cintura e me aperta contra o seu corpo. Com a outra mão, acaricia meu rosto com decisão. E, com seus lábios nos meus, sua língua abre caminho em minha boca à procura da minha. Ninguém tinha me beijado assim antes. Mas o que sinto é esquisito, como se aquilo fosse um "dever", não uma coisa espontânea, e ele estivesse interpretando um papel de maneira quase mecânica, sem ter estudado o texto direito.

Ele me guia pelo corredor. Dobramos algumas esquinas e chegamos a outros corredores e, finalmente, a uma nova porta. Além dela, vejo um quartinho com alguns colchonetes empilhados no chão. Morgan acende a luz. É pequena e fraca, pouco mais que uma vela presa na parede. Ele me beija novamente, no pescoço também, e me deita no colchão.

— O que está fazendo? — pergunto num sussurro. — Os Não Nascidos não sentem emoções, lembra?

— Quero tentar descobri-las junto com você, se quiser.

Não respondo, mas também não resisto. Ele está em cima de mim, sinto o peso de seu corpo. Nenhum cheiro. E seus beijos também não têm sabor. Tira minha jaqueta e desenrola a echarpe. Suas mãos me apalpam por baixo do moletom, explorando avidamente. É uma sensação estranha, como se aquele corpo não fosse meu de verdade, como se deixasse ele continuar porque o que ele toca não me pertence de fato.

Permito que tire o moletom, depois a camiseta e o sutiã. Não para de beijar cada centímetro de pele nua. Faz isso com método. E não sinto calor algum. Tira a camiseta e aperta o corpo contra o meu. Ele também está nu, pele contra pele. Somos frios. Quando sua mão desce para o meu jeans, sinto seus dedos abrirem o botão e deslizarem abaixando o fecho. Não sei o que pensar, nunca fiz isso. Não deveria pensar. Ele não para, toca o elástico da minha calcinha, brinca um instante com ele antes que seus dedos toquem em mim.

Posso sentir sua excitação, cada vez mais forte e evidente, que me deseja, que me assusta.

De repente recuo, puxo o fecho da calça e enfio o moletom.

— Não consigo. Não sinto o que deveria sentir... não sei, não quero. Não é uma matéria da escola, Morgan!

Ele parece decepcionado, mas depois sorri.

— Não tem importância. Vai precisar de tempo para se habituar.

— Habituar a quê?

— Às emoções, a senti-las e vivê-las. É um longo caminho, Alma, que também estou percorrendo. Todos nós temos que aprender a senti-las, cada um no seu ritmo.

Meio tonta, eu me sinto frustrada por não ser como todas as outras meninas. Tenho amigas que dariam a mão direita para fazer amor com Morgan e eu sinto apenas um medo enorme.

Vamos passear fora do Refúgio, conversando bobagens, talvez porque nenhum dos dois tenha vontade de pensar no que aconteceu naquele quartinho.

Nenhuma emoção.

Exceto o medo.

Só agora começo a entender o que significa realmente ser uma Não Nascida.

64

A encenação que armamos para enganar Adam foi marcada para hoje à meia-noite.

Portanto, aqui estou eu, pronta para representar meu papel.

Escondida atrás do tronco de uma árvore, como um traficante de meia-tigela, vejo Adam chegar, estacionar a moto e tirar o capacete. Só tenho alguns segundos para agir e preciso escolher o momento certo. O tempo é muito importante para que as coisas funcionem bem. Começo a correr, pensando em tudo de mau que me aconteceu nesse último período, o que não requer nenhum esforço. Tenho que parecer aterrorizada, perturbada. E tenho que fazer isso muito bem, pois Adam não é nenhum idiota e já viu cara a cara a Alma em versão trágica, ou seja, a verdadeira.

Portanto, faço de conta que estou sendo seguida por um Master, talvez o mesmo que matou o homem-anjo. Corro o mais rápido que posso e quase tropeço numa rachadura que se abriu na calçada, perto da raiz de uma árvore, e que parece uma ferida aberta.

Adam me vê quase no mesmo instante e corre ao meu encontro.

Os olhos! Não podem me trair. Caio em seus braços e escondo o rosto em seu peito. É quente e tem cheiro de roupa lavada. Oferece um consolo que não pedi, mas que no fundo é necessário.

— O que houve, Alma? Por que está correndo desse jeito? — pergunta ele num tom angustiado. Não sei se está surpreso por me ver fugindo de alguém ou por me ver cair em seus braços.

Tento recuperar o fôlego, mas com calma, para dosar a eficiência de minha representação.

— Um homem... está me seguindo.

Ele estica o pescoço e começa a olhar ao redor como um felino pronto para a caça.

Quase sorrio, mas me reprimo e continuo concentrada no meu papel de desesperada.

— Não estou vendo ninguém... Tem certeza?

É o momento de usar minha arma secreta. Ergo o olhar, brilhante de emoção, e encaro Adam com os olhos mais arregalados, mais assustados e infantis que consigo fazer.

— Juro. Estava no ônibus e desceu no mesmo ponto que eu... era um sujeito esquisito... resolvi acelerar o passo, mas ele veio atrás de mim. Então, comecei a correr. E ele também. Fiquei apavorada!

Ele estranha. Talvez eu tenha exagerado no papel de mocinha em dificuldades. Afinal ele já me viu no meio da noite, armada com um facão.

De repente, me afasto dele, como se algo dentro de mim tivesse recuperado o controle da situação e a Alma de sempre, a malvada, tivesse agarrado a boazinha pelo colarinho e tomado seu lugar, despeitada.

— Não está acreditando, não é?

— Estou, claro!

— Não, estou lendo em seus olhos. Se pensa que sou uma dessas patricinhas que choram a toda hora, está muito enganado. Pensei que depois da outra noite... — me interrompo.

— Pensou o quê?

— Deixe para lá. Só sei de uma coisa: não dá para confiar em vocês, homens. Só servem mesmo para estufar o peito e se exibir como pavões idiotas, mas quando a gente precisa de vocês bate a meia-noite e o coração de leão vira uma abóbora! De hoje em diante, faça-me um favor, Adam: se me vir em dificuldade, dê meia-volta e desapareça!

Dito isso, com todo o veneno e a raiva de que sou capaz, vou embora e deixo Adam ali, paralisado, os olhos arregalados como um cadáver com rigor mortis.

Vai funcionar.

Quando Morgan passa para me buscar em casa, às 23h30, tenho certeza de que Adam está escondido em algum lugar, no escuro, vigiando.

Depois de minha pequena atuação de hoje de manhã, me comportei como uma louca descontrolada pelo resto do dia, tanto dentro quanto fora da escola, em todas as ocasiões em que ele pudesse me ver. Mergulhei com tanta convicção no papel que já nem sei se foi só fingimento ou se a tampa que prendia toda a minha angústia no fundo do coração não aguentou mais essa prova e explodiu. O pior é que agora não consigo recolocar tudo lá dentro de novo.

De todo modo, o plano é esse e tenho que segui-lo.

Assim que entro no carro, percebo que Morgan está com cara de enterro.

— Aconteceu alguma coisa?

— Talvez.

— O que quer dizer?

— Não houve mais nenhum assassinato, mas o número de suicídios aumentou.

— Como é que sabe disso?

— Procuramos ler os jornais, nos informar, é um dado muito importante para nós. Para saber o que devemos esperar.

— Uma nova onda de Não Nascidos.

— Temo que sim. As coisas andam calmas demais, como aquele silêncio irreal antes de um tsunami que arrasta tudo o que encontra, sem deixar escapatória.

— Está me assustando.

— Não precisa ter medo. E o Adam? Caiu na sua história?

Sorrio.

— Posso dizer que caiu.

— Então, segundo as suas previsões, deve estar nos seguindo?

Faço que sim, dando uma olhada no espelhinho lateral do carro. Vejo o farol duplo de uma moto atrás de nós, nos seguindo como os olhos de um predador faminto.

— Fiz o melhor que pude. Não vai falhar, você vai ver...

Deixamos o carro no lugar de sempre, perto do cemitério. As lápides de pedra continuam ali, imóveis, enfiadas na terra como cartões de plástico que os floristas enfiam nos vasos para informar os nomes das plantas.

— Lá está ele — murmuro, quando entramos numa das ruazinhas que levam ao aqueduto.

Morgan vira para trás e, como eu, vê dois pequenos faróis redondos se apagarem apressadamente às nossas costas.

Continuamos a caminhar como se nada tivesse acontecido.

— Estou nervosa.

— Eu sei, mas esteve ótima. As coisas estão caminhando como esperávamos. Ele está nos seguindo e logo tudo terá chegado ao fim.

— Espero.

— Como assim, espero? A ideia foi toda sua.

Olho para ele e fico me perguntando se alguma vez já se sentiu inseguro, se por trás daquela segurança também não se esconde um pouco de dúvida. Talvez não.

Em forma de foice a lua brilha no céu, mais luminosa e altiva do que nunca.

Uma vez, li a respeito de um povo que acreditava que o sol era devorado diariamente por um grande leopardo que vivia no céu e que a noite descia sobre a terra por causa disso. A lua, segundo essa lenda bizarra, não seria nada mais que o sol engolido pelo leopardo. No fundo, a fantasia é muito mais interessante do que a realidade. Mas talvez seja apenas mais verdadeira.

Rua após rua, chegamos ao velho prédio do aqueduto. Morgan abre a porta, cada vez mais desconjuntada, bem devagar e tira uma lanterna do bolso da jaqueta. O feixe de luz penetra na escuridão como uma broca. Caminhamos para a segunda sala. Por um segundo, embora já tenha vindo aqui um monte de vezes, estremeço com medo de encontrar alguma coisa terrível.

— O que há com você?

— Nada. Tive uma sensação ruim.

— É Ele, Alma, tentando influenciar você em pensamento. Sei que é difícil, mas deve ignorá-lo. Não aceite o medo, recuse, não deixe que leve a melhor.

Parece que estou usando uma máscara que me envolve e cria uma barreira entre mim e o que está a meu redor: cores, cheiros, sabores, todas as coisas. Tudo passa através do seu filtro, nada chega em mim como era na origem.

— Tudo bem. Vamos — digo, tentando criar coragem.

O resto do pessoal está na segunda sala e todos estão bem. Estão sentados em círculo, e só esperam por nós. Seus rostos parecem fantasmagóricos na luz amarelada e trêmula das velas colocadas no centro do círculo. Observo o rosto de Ariel. O que estaria conversando com Roth? O ar está carregado com um cheiro muito forte de incenso, que flutua sob a forma de uma fumaça densa e nebulosa. Ela sai da boca de um vasinho de metal colocado bem ao lado das velas.

Quando nos veem chegar, todos os olhos se voltam para nós, atentos. Não dizem nada, não é necessário.

Morgan e eu tomamos lugar, um ao lado do outro, ele com Ariel do outro lado, eu com Raul.

Damos as mãos. A mão de Morgan é familiar, mas a de Raul é dura e áspera. Naquele exato momento, percebo que não sei nada sobre ele: onde vive, o que faz, o que gosta de fazer, quem são seus amigos, se é que os tem. Mas talvez seja melhor assim, talvez seja a nossa regra: ninguém sabe nada de ninguém, porque aquilo que vivemos aqui na Terra como seres humanos não conta. Somos apenas os Não Nascidos.

Morgan é o primeiro a falar, recitando seu papel:

— Espíritos que povoam o mundo do além, almas perdidas nas terras desoladas feitas de água e vazio, espíritos que um dia viveram e respiraram como nós fazemos agora, ajudem-nos a entender. Ajudem-nos a não desistir, digam o que devemos fazer para nos tornarmos fortes e espertos...

Nunca assisti a uma sessão espírita antes, mas as palavras de Morgan se enfiam sob minha pele como uma agulha finíssima e injetam toda a tristeza do mundo em minhas veias. É como se ele realmente pedisse ajuda a alguém, como se nós fôssemos os verdadeiros objetos daquela prece. Está tão concentrado em seu papel que não está mais fingindo.

Será que Adam já está escondido em algum lugar? Fico de orelhas em pé para tentar captar algum som além da voz de Morgan. Ouço um silêncio mais distante, retorno mentalmente para a primeira sala e, com os olhos da imaginação, vejo uma figura escondida na escuridão poeirenta, tomando cuidado para não mover nem o ar, com medo de ser descoberta. Sinto as batidas de seu coração humano, sua respiração quente se transformando em fumaça na fria umidade em que estamos mergulhados.

Estamos sentados aqui de olhos fechados. Adam está atrás de uma parede, espiando.

Morgan continua a falar, nós a recitar até que, de repente, alguma coisa acontece. A mão de Raul fica mais tensa de um lado, a mão de Morgan também, do outro. Com os olhos, só vejo a escuridão, mas com o coração sinto que não estamos sozinhos. Dura pouquíssimo, o tempo de um batimento. Sinto um fluxo de ar e de energia entre nós, como uma corrente contínua que percorre o círculo que formamos. O fio de incenso se debate como se quisesse fugir para longe. Reabro os olhos de repente e percebo que todos os outros fizeram o mesmo.

As velas se apagam naquele exato momento.

Está tudo acabado.

— O que houve? — pergunta Ariel, assustada.

— Não sei — responde Morgan —, mas seja o que for estava aqui e era muito forte.

Soltamos as mãos uns dos outros. As minhas estão rígidas e dormentes.

Morgan acende a lanterna.

Estamos confusos. Nós, os atores, viramos personagens.

Nenhum som chega da outra sala, nenhum sinal de vida. Não há como saber se Adam ainda está lá.

Levanto e dirijo-me para a saída.

— Pare! — diz Morgan.

Não dou ouvidos. Está quase escuro, mas, sem saber como, consigo distinguir os contornos, que na outra sala não são mais que sombras incertas. Está vazia. Abro a porta e vou para a rua. Graças à luz dos lampiões, vejo que não estou sonhando, que estou acordada. E estou procurando alguém. Vou para o cemitério. No começo, estou caminhando, depois começo a correr.

Não vejo ninguém. Só ouço o ronco de um motor que parte à distância.

Só pode ser a moto de Adam.

65

Elsa dorme tranquila em seu quartinho todo rosa, abraçada a seu fiel Bib, o cachorrinho de pelúcia que sua mãe lhe deu exatamente hoje, dia do seu aniversário. Que dia maravilhoso: um montão de presentes, a festa com os amiguinhos e os primos, e tia Mannie e tio Richi, que não via fazia tanto tempo. Pena que papai esteja viajando a trabalho. Mas não tem importância, vai voltar para casa daqui a alguns dias e vai lhe trazer um supermegapresente para pedir desculpas. Esses são os pensamentos de Elsa, orgulhosa por ter chegado aos 7 anos e por ter conseguido todas as bolinhas de gude do distribuidor do bar embaixo de sua casa. Adora sua coleção de bolinhas de gude, embora as outras crianças não se interessem mais por elas: seus amigos só gostam dos brinquedos modernos, de pilha. Elsa sempre pensou que pode brincar com as bolinhas de gude sempre que quiser, não importa o que acontecer, mas os seus amigos, eles vão ficar de mãos abanando se a pilha descarregar. Bem, não é problema meu, pensa satisfeita a cada vez que examina os enormes vasos transparentes cheios de bolinhas coloridas. E também não liga quando dizem que bolinha de gude é coisa de menino. Não é culpa sua se nasceu menina e gosta de gude e, de qualquer jeito, ela é a prova viva de que as duas coisas podem conviver na mesma pessoa.

É assim que Elsa adormece na noite de seu sétimo aniversário, pensando nas coisas maravilhosas do seu dia, enquanto o abajur-aquário de sua mesinha de cabeceira reflete um brilho azulado nas paredes e faz os peixinhos vermelhos, amarelos, verdes e azuis nadarem sem parar, um atrás do outro como os personagens daquele desenho animado que Elsa adora, aquele do peixinho que se perde no grande oceano infinito.

Um leve cheiro de biscoito ainda flutua no ar, aqueles que sua mãe assou no forno na própria tarde da festa, misturado com o perfume das mães das crianças convidadas. Elas sempre usam perfume demais, pensou Elsa mais uma vez. Quando for grande, vou usar sempre o mesmo e só algumas gotinhas de cada vez, atrás da orelha, como vovó me ensinou. Ela disse que as grandes damas de antigamente faziam assim, e que escovavam os cabelos não sei quantas vezes antes de dormir, para que ficassem brilhantes e macios. É por isso que costuma pedir à mãe que escove seus cabelos: fica tão relaxada que acaba quase dormindo. Mas não naquela noite. Estava excitada demais para se lembrar das escovadelas, e só deu uma última olhada em seus presentes, em suas bolinhas de gude, antes de se enfiar debaixo dos lençóis, pensando que era mesmo uma menina muito sortuda.

O quarto de Elsa fica no segundo andar de uma casinha toda amarela, num pequeno subúrbio localizado logo ao norte da cidade. É uma casa bonita, cercada por um jardim bem-cuidado, dominado por uma gigantesca magnólia que estende seus ramos sobre a casa. Fica num bairro tranquilo, de pessoas de bem.

Talvez por isso e porque o frio está começando a perder o fôlego, às vezes a mãe de Elsa deixa uma pequena fresta da janela do quarto de dormir da filha aberta, para que o ar fresco entre e ajude a menina a dormir melhor.

Foi o que fez naquela noite, a noite do aniversário da sua menina, quando sentiu o ar da primavera, talvez de verdade, talvez apenas em sua imaginação.

É por essa fresta que, lenta e silenciosamente, alguma coisa começa a se insinuar dentro do quarto junto com o ar de noite. É um fio de fumaça branca e quente que vem lá de baixo, do jardim, mas depois sobe, sobe, sobe mais e mais, até lá em cima, até a janela, e depois penetra pelo quarto até a cama de Elsa, até sua boquinha miúda e frágil demais para lutar contra aquela mão enorme que a impede de gritar. Seus olhos esbugalhados são duas grandes bolas de gude que só contêm terror...

66

Quando acabo de ler o conto, entro em pânico. Mais uma vez, percebo como o que acabei de escrever é monstruoso, me dou conta das atrocidades que somos capazes de cometer sob o comando do Leviatã. Tremo que nem vara verde, mas não quero cair, não antes de ter feito alguma coisa para impedir que mais um assassinato seja cometido.

Estamos no Refúgio. Todos, menos o Professor K. Não consigo pensar em nada que não seja a pequena Elsa. Poderia ser Lina em seu lugar. Não sei o que faria se alguma coisa acontecesse com ela. Temos nos visto muito pouco nos últimos tempos. Quando tiver que abandonar minha vida, vou perder minha irmã também, nunca mais verei aqueles olhos grandes e compreensivos, não terei chance de ouvi-la falar... O grupo me ouviu com atenção, como se estivesse lendo as previsões de um profeta.

— Querem matar uma menininha! Entenderam? Não podemos deixar de jeito nenhum — quase grito.

— Como vai conseguir deter o assassino se nem sabe quem é? Não há nenhum detalhe útil no seu conto — observa Ariel.

— Ela sabe quem é o assassino, mesmo que não tenha escrito na história — se antecipa Morgan. Adivinhou perfeitamente em quem eu estava pensando, sem que eu precisasse dizer nada.

— O que você quer dizer com isso? — pergunta Raul.

— Ouça, o Não Nascido que vai cometer esse assassinato me abordou alguns dias atrás. Estávamos na estação ferroviária, ele estava fumando um cigarro e...

Resumo para eles tudo o que aconteceu naquele dia.

— Acha que esse indício será suficiente?

— Temos outras informações, cuja procedência não tenho tempo de explicar agora. De qualquer jeito, tenho absoluta certeza de que o assassino será ele — responde Morgan.

— E como podemos reconhecê-lo? — insiste Raul, cético. — Alma o viu, mas nós não.

— O assassino é esse aqui — digo, estendendo a foto que Agatha me deu.

Todos parecem muito impressionados com a minha eficiência, sobretudo Ariel. Embora continue a lançar olhares cheios de desconfiança, respondo com a mais completa indiferença. Mais cedo ou mais tarde, ficarei sabendo o que ela pensa realmente.

— E quando esse homicídio vai acontecer? — pergunta ela, justo ela.

— Em geral, meus contos têm uma antecedência de uma noite. No início, era de alguns dias, mas ultimamente o intervalo de tempo ficou bem menor.

— Então... se você escreveu ontem à noite, poderia ser essa noite?

— Isso mesmo, Christian.

— Não temos tempo a perder — explode Raul.

— Claro, mas como vamos fazer para descobrir de que subúrbio ou cidadezinha estamos falando? Existem vários no norte da cidade — observa Ariel.

— Da última vez que o encontrei, o assassino estava na estação. Eu o segui e vi quando entrou num trem, na plataforma 19, às dez da manhã. Poderíamos verificar a tabela de horários e ver quais os trens que saem nessa hora para os subúrbios do norte da cidade. Talvez tenha ido fazer um reconhecimento do local.

— Acho que não. Não agimos assim, vamos direto ao alvo. É o Leviatã quem nos guia — retruca Ariel.

— Mas esse cara não é como a gente — intervém Morgan. — Entregou um bilhete a Alma, um aviso para que ficasse longe da água; portanto, sabe quem ela é, conhece sua natureza.

— Consciente — murmura Christian.

— Mas não rebelde — acrescenta Morgan, sombrio.

— Então acha que é um inimigo? Alguém que escolheu deliberadamente ficar com o Leviatã?

— É possível. Na dúvida, precisamos ficar atentos. Minha intuição me diz que é um sujeito perigoso. Vamos verificar os horários e, se necessário, teremos que nos dividir. Casa amarela e magnólia. Preparem-se, ânimo!

Quando nos separamos, concluo que é uma boa ocasião para me aproximar de Ariel.

— Tem uma coisa que gostaria de perguntar — digo.

Ela me olha surpresa e um pouco na defensiva.

— Conhece um sujeito chamado Roth?

A pergunta atinge Ariel com uma precisão cortante. Sua reação é evidente.

— Acho que não é assunto seu. Por que quer saber?

— Pura curiosidade.

— Então, também o conhece?

— Digamos que sim.

Olha para mim cheia de suspeita.

— Então digamos que eu também.

— Não quero me meter na sua vida particular, mas se vocês ficam...

Ariel explode numa gargalhada, com um forte componente nervoso que me deixa meio sem graça.

— Não seja ridícula.

— Ridícula por quê?

— Roth é meu irmão!

Como pode? Roth tem uma irmã? E é justamente Ariel? O que vi naquela tarde, fora da redação, era apenas uma conversa de família? Será que Ariel sabe alguma coisa a meu respeito?

Naquele exato instante, Morgan me convoca.

— Coragem, precisamos ir!

Ele percebe que interrompeu alguma coisa e nos observa cheio de curiosidade, mas sem dizer nada.

— É, é melhor irmos andando. Só estamos perdendo tempo por aqui — comenta Ariel, se afastando irritada.

— Vai amolecer, você vai ver — me consola Morgan, sem que ninguém tenha lhe pedido nada.

* * *

Observo o vaivém dos trens chegando e partindo, examino as pessoas subindo e descendo. Imagino que todos tenham um objetivo e um destino. Se alguém um dia resolvesse representar a complexidade das situações humanas, encontraria um grande material aqui na estação.

Procuramos os quadros com os horários. Eu e Morgan abrimos caminho na multidão, analisamos as chegadas e partidas e, depois de obter as informações necessárias, fazemos nossos planos.

Temos dois trens diferentes indo para o norte da cidade, por volta desse horário. Morgan e eu iremos no trem das 10h20, os outros no trem que parte logo em seguida.

Ariel me olha com ar de desafio. Cada grupo segue seu caminho.

Nossa despedida é só um olhar. Estamos concentrados em nossa missão e, embora ninguém tenha coragem de admitir, sentimos medo de fracassar. No vagão, Morgan e eu ficamos batendo papo, falando de coisas superficiais, sem importância, como acontece quando as pessoas têm pensamentos bem mais profundos, mas inconfessáveis. Depois de um tempo, paramos completamente de falar, entregues ao movimento regular do trem e à paisagem que desfila fora da janela.

Descemos numa pequena estação de província, daquelas que ficam cheias quando um trem chega e logo em seguida, quando ele parte, voltam a ficar vazias e silenciosas.

Caminhamos lado a lado. Mais adiante, sinto sua mão pegar a minha, como se quisesse me guiar. Aperto sua mão sem dizer nada. Apesar de tudo, meu coração está feliz.

Do lado de fora da estação há várias bicicletas estacionadas, daquelas que se pode alugar com uma moeda.

Pegamos duas. As bicicletas são todas iguais, vermelhas e azuis, com o quadro de mulher, mas sem cestinha ou porta-bagagens. Quando monto no selim, lembro imediatamente da minha: coitada, hoje em dia não passa de um amontoado de ferrugem. Se um dia conseguir sair dessa história, vou deixar minha velha bicicleta novinha em folha. Uma nova Alma, com uma nova bicicleta. E talvez uma nova vida também.

Pedalamos por ruas desconhecidas e tranquilas. Alguns carros, algumas outras bicicletas, alguns pedestres. Vejo pessoas que se cumprimentam. Como deve ser estranho morar numa cidade onde todo mundo se conhece. Tranquilizador e ao mesmo tempo angustiante. Em comparação com a cidadezinha onde Markos vive, essa parece mais alegre e sorridente.

— Em que está pensando? — pergunta Morgan chegando mais perto.

— Em nada...

— Ah, é? Porque dá para ouvir o motor roncando aí dentro de sua cabeça...

— Está fazendo tanto barulho assim?

— E como!

Caímos na risada. É verdade que a tranquilidade do ambiente em que estamos condiciona a nossa, mas é perigoso confiar nisso. Se essa calmaria sumir de repente, o que vai ser de você?

— Estava pensando em Markos.

— Foi o que imaginei.

— Deu para ler meus pensamentos agora?

— Não, é que somos muito próximos. Não somente eu e você. Vai acabar percebendo que pode... sentir os outros também. Estamos sempre em comunicação, querendo ou não. Mas estava falando do fotógrafo...

— Mora numa cidadezinha parecida com essa, mas só no tamanho. Quando fui falar com ele, vivi uma coisa parecida com o que estou vivendo agora: peguei um trem e desci numa estação pequena, quase deserta. Só que a atmosfera de lá era pesada, como se a cidade tivesse sido embrulhada a vácuo. Não havia ninguém na rua, ninguém a quem pedir uma informação. Finalmente, encontrei uma loja daquelas que vendem de tudo porque é a única num raio de muitos quilômetros. Lá dentro tinha uma mulher... Pensando bem, parecia uma bruxa. Perguntei onde ficava a casa do fotógrafo, mas ela começou a me olhar de um jeito muito esquisito. Em seguida, sem mais nem menos, teve um ataque, começou a me xingar e me expulsou, me chamando de maldita. Fiquei apavorada. Mas não era uma reação tão absurda: o suicídio daquelas meninas virou uma espécie de maldição para o lugar. E envenenou a cidade para sempre. Não quero que isso aconteça aqui também.

Olhamos ao redor.

— E então, acha que esse poderia ser o bairro do conto?

Sem que me desse conta, tínhamos chegado a uma zona residencial feita de casinhas, cada uma com seu próprio jardim, algumas com carros estacionados ao lado: pareciam saídas de uma propaganda de margarina, daquelas em que a família inteira toma café da manhã junto, ao redor de uma mesa cheia, com bolos, pães e leite, e se despede com um carinho que é puro sentimentalismo.

Elas me dão enjoo.

— Vou pela direita, você pela esquerda, certo? — propõe Morgan.

— Certo.

Examino as casas em busca das paredes amarelas e da magnólia. Não sei com certeza como é feita uma magnólia, mas isso parece um mal menor, pois não encontro nada que corresponda ao meu conto.

Morgan também está parado do seu lado da rua e me olha desapontado.

— Talvez o lugar não seja esse — diz.

— Vamos dar outra volta, para ter certeza.

Pedalamos e pedalamos, percorrendo cada rua e cada viela, mas, nada, a casa de paredes amarelas com uma magnólia no jardim não está aqui.

— Só podemos esperar que os outros tenham tido mais sorte que nós — comenta Morgan, deixando a bicicleta.

Não quero nem pensar no contrário.

Voltamos à cidade e em seguida ao Refúgio com uma estranha sensação. Uma sensação que se parece com uma esperança.

67

O Velho Aqueduto está deserto.

Os corredores vazios devolvem o eco dos nossos passos. A água está imóvel nos canos, o Refúgio vazio.

— Estão atrasados.

Vamos nos sentar, mas a espera é desgastante.

Observo a superfície impenetrável da piscina e tenho a impressão de que o tempo simplesmente não passa. Morgan também está começando a ficar preocupado, mas tenta não dar na vista.

Depois, finalmente, ouço o barulho da fechadura da porta blindada. O pessoal chegou.

Levanto e vou ao encontro deles, mas meu entusiasmo dá de cara com o rosto pálido do Professor K.

O professor está sorrindo. Tem dentes pequenos, regulares, como se tivessem sido lixados. Seu sorriso é enigmático, com um tom levemente irônico.

— Oi, Alma. Morgan... não parecem muito contentes em me ver.

— Estamos esperando por Raul, Christian e Ariel.

— Aconteceu alguma coisa?

Explicamos a história resumidamente.

Mas antes que consiga terminar a explicação, Ariel, Raul e Christian entram no Refúgio. Tento ler em seus rostos se trazem boas notícias ou não. Mas a expressão dos três é impenetrável, como aquelas placas de pedra com inscrições antigas numa língua já esquecida.

— Encontramos a casa — limita-se a dizer Raul, sucinto. Nenhum sorriso, nenhum sinal de satisfação.

Mas eu, ao contrário, me sinto aliviada. Ainda não evitamos o pior, mas é sempre um ponto de partida.

— Ótimo trabalho, pessoal — cumprimenta o professor.

— Aqui está o endereço — diz Ariel, estendendo uma folha de papel a Morgan. — Como nos organizamos para hoje à noite?

— Acho que todos devemos ir — observa ele. — Será mais fácil pegá-lo.

Querem prender o assassino?

— Concordo — diz Raul.

— Eu também — dizem os outros dois em coro. Com um olhar duro e determinado que chega a dar medo.

Começamos a elaborar um plano bem básico e de repente Morgan vira para o meu lado:

— Você se sente em condições de vir conosco, Alma?

— Claro que sim! Acha que ia conseguir ficar aqui esperando? Além disso, acho que posso ser útil.

— Não acham que é gente demais? — observa Raul.

— Eu fico no Refúgio — diz o professor.

— Se necessário, também posso ficar — diz Christian, mudando de ideia.

Morgan olha para nós um instante.

— Tudo bem. Está decidido.

A noite cai no final do dia, como sempre, desde que o mundo é mundo. Mas não é uma noite como todas as outras. Deixamos o carro estacionado não muito longe da casa da magnólia.

Depois, vamos nos aproximando a pé.

Finalmente, nos instalamos perto do objetivo que temos que vigiar, Morgan, Ariel, Raul e eu. Uma tensão sutil e contínua flutua entre nós. O ar tem perfume de flor, das primeiras que tiveram coragem de brotar. Fico olhando os galhos da magnólia, tão fortes na base e mais delicados e flexíveis à medida que se aproximam da extremidade. Energia que se transforma em leveza, que alimenta a vida.

Esperamos.

Pacientemente.

Tenho medo, mais do que nunca tive em toda a minha vida. Ariel, ao contrário, ostenta tranquilidade. Raul é como um robô à espera de que alguém lhe dê a ordem de entrar em ação.

E a ordem chega, clara e imediata, assim que vemos uma sombra se aproximando do jardim da casa. É veloz e muito ágil. Deixa atrás de si um rastro de fumaça branca que se espalha rapidamente no ar. O cara do maço de cigarros. Pula o portão como um felino e se confunde com o gramado escuro e úmido.

Sinto o cheiro do meu medo misturado com a fumaça: é como um musgo antigo, verde e picante, como a água das piscinas do aqueduto.

Morgan faz um sinal com o braço. Vamos atrás dele, em fila, velozes e silenciosos. O assassino desaparece na parte de trás da casa, onde fica o quarto da pequena Elsa.

Damos a volta na casa, espremidos contra a parede áspera e fria. Nossas jaquetas deslizam contra a pintura amarela que deixa uma esteira de poeira no tecido.

De repente, Morgan, que abre a fila, se detém. Sinto a respiração dos outros se unir à minha numa estranha sinfonia. Olhamos uns para os outros pela última vez.

O assassino está pronto para subir na árvore. Um pouco mais acima, a janela entreaberta.

Morgan levanta a mão e conta até três com os dedos: um dedo, dois dedos se levantam. Quando o terceiro dedo vem ocupar sua posição, partimos. Ocupamos o espaço decididos, em direção ao nosso objetivo. Raul agarra o sujeito quando está subindo no tronco. Puxa para si com energia e consegue arrastá-lo para o chão. Ele começa a se contorcer como um doido. Seus movimentos são frenéticos, mas ele não grita. Conhece as regras dos Não Nascidos: o mais importante é não deixar que o vejam. É uma luta sem tréguas, mas silenciosa. Voam os primeiros socos: Morgan está em cima dele de um lado, Raul do outro. Conseguem imobilizá-lo. Mas ele consegue acertar Morgan em pleno rosto e, tomando impulso com as costas, levanta e joga Raul para trás. Então, se vira para Ariel e para mim, encarando-nos com dois olhos que dão medo. São azul-gelo, luminosos, capazes de perfurar a escuridão. Olha para nós, mas tenho a impressão de que não nos vê: para ele, representamos apenas um obstáculo em seu caminho de fuga. Mas eu o vejo muito bem e reconheço. É ele mesmo, o cara da estação. É só um instante, antes que Raul caia em cima dele de novo e consiga imobilizá-lo com um golpe. Mas ele consegue acertar uma cotovelada muito violenta entre o queixo e o ombro de Raul, que resiste e não larga. Morgan também se adianta e acerta um chute em seu estômago. Ele se dobra sobre si mesmo. Raul o joga no chão. O quase assassino, de cara na grama, não se mexe mais.

Ariel e eu nos aproximamos.

— Desmaiou. Vamos amarrá-lo — ordena Morgan. — Pegue a corda na minha mochila. Ande!

Obedeço com as mãos tremendo.

Tento entregar a corda a Morgan, mas Raul arranca de minha mão, corta um pedaço com uma faca que não sei de onde veio e enrola os punhos do assassino. Ariel faz o mesmo com os tornozelos. Agora ele está amarrado como um animal selvagem capturado por caçadores. Seus olhos ainda estão fechados.

Raul e Morgan carregam seu corpo nos ombros e vão em direção ao portão.

— Vão levá-lo para onde?

— Para o Refúgio.

Antes de segui-los, dou uma última olhada na janela do primeiro andar e imagino Elsa dormindo seu sono tranquilo, que ninguém mais vai interromper.

Sorrio: não se vê nenhuma fumaça do lado de fora da janela.

Ela não será vista nunca mais.

68

Normalidade. Isso significa ir à escola, fazer de conta que ouve com atenção as conversas dos colegas, as aulas dos professores, quando na verdade você está pensando numa casinha amarela, ou no Velho Aqueduto, ou ainda em seu Refúgio subterrâneo. Essa é a minha normalidade. E a sua?

Na saída da escola, meu olhar cruza com o de Adam, distante e observador, como se tivesse decidido que pertenço a um mundo que não tem nada a ver com ele. Mas também noto algo triste em seu olhar que me faz pensar que, no fundo, ele se importa comigo.

Imagino o que deve ter pensado quando viu a encenação daquela sessão espírita. E sinto uma pontinha de remorso por tê-lo enganado. Mas, na verdade, é melhor para ele. Adam tem uma possibilidade de salvação. E eu ainda preciso conquistar a minha.

Com esse pensamento pregado no meio da testa como um lampião, sigo para o aqueduto a pé. Estou tranquila, sei que Adam não vai mais me seguir. Depois de tudo o que viu, deve achar que sou uma pobre imbecil e que não vale a pena perder tempo comigo. É muito provável que eu também faça o mesmo.

Ao longo do caminho, olho para trás umas poucas vezes, só por segurança. A partir de agora, preciso olhar para a frente, para My Land.

Quando chego ao Refúgio, já estou preparada para ouvir a bronca de Morgan por ter aparecido sem ter sido chamada, mas logo noto que a reunião que estou interrompendo tem problemas muito mais urgentes para resolver. O Professor K está no meio dos outros como se estivesse fazendo um sermão.

Assim que me veem, todos se calam.

— O que houve? — pergunto. — Algum problema?

O professor sorri para mim.

— Não. Venha até aqui, Alma.

Obedeço sem abaixar os olhos.

— O assassino está num local seguro — diz Morgan.

— Onde?

— Nós o colocamos na área de quarentena — especifica o professor, como se eu tivesse obrigação de saber do que se trata.

Morgan se sente obrigado a acrescentar alguma coisa:

— Para sua própria segurança, é melhor que não saiba de tudo, pelo menos por enquanto. Só precisa saber que aquele sujeito não vai mais fazer mal a ninguém. Agora está sob vigilância.

— Mas eu precisava falar com ele, saber por que me deu aquele bilhete e o que deseja de mim.

— Isso é impossível.

— Morgan, não pode simplesmente...

— Pode sim! — interrompe secamente o professor.

— De qualquer maneira, temos problemas mais urgentes para resolver, nem tudo gira em torno de você e de seu bilhetinho — acrescenta Ariel, gélida.

— Que problemas?

— Problemas em My Land.

Sacudo a cabeça com raiva.

— Vocês continuam a falar de My Land, mas eu não sei nem onde isso fica!

Morgan começa a olhar para o piso de ladrilhos.

— Embaixo de você. Em toda parte, embaixo de seus pés. Você caminha em cima dela todo dia, como todos nós, e My Land está sempre lá, nas profundezas da terra, onde ninguém ousa se aventurar. É um lugar escuro, inundado pela água em que as almas flutuam como num líquido amniótico. My Land é seu ventre materno e o Leviatã é seu Pai.

Todas as perguntas que estavam para explodir na minha garganta recuaram diante das palavras de Morgan. O tom solene com que as pronunciou me assusta.

— Morgan, Raul, vocês precisam se preparar. — A voz do professor é forte e segura.

— Preparar para quê?

— Vamos a My Land — responde Morgan, sem expressão.

— Mas... para fazer o quê? — balbucio. — Não entendo.

— Vou explicar da maneira mais simples... Você está em contato com a mente dos Não Nascidos na Terra. Ariel, ao contrário, ouve as ordens dadas às almas que estão em My Land. O Leviatã está preparando uma verdadeira avalanche de chegadas à Terra e estamos muito preocupados.

— E o que pretendem fazer?

— Vamos tentar libertar algumas almas.

— Mas como?

— Imagine um ímã colocado perto do metal. Se conseguirmos afastar os elementos mais distantes... o ímã não vai conseguir atraí-los.

Continuo sem entender nada.

Fico olhando Morgan e Raul se aproximarem da beira da piscina. Mais uma vez ouço aquele rumor mecânico, que hoje parece um rugido desesperado que invade a sala inteira.

O nível da água da piscina começa a descer, descobrindo as paredes esverdeadas e cobertas de podridão. A câmara de transição aparece.

Os olhos de Morgan e Raul parecem hipnotizados por ela e refletem uma luz estranha, como uma chama sagrada.

— Já podem descer — diz o professor.

Apoiando-se no corrimão da escada de aço, eles descem, seguidos pelo Professor K.

Os três entram na câmara e fecham a porta às suas costas.

— Como é que os dois vão poder viajar se só tem uma cama na cabine? — observo.

— É só para Raul. Morgan já consegue viajar sentado. Seu corpo se habituou e não se rebela mais ao sentir a alma se separando — explica Christian.

— Ah... então normalmente o corpo se rebela?

— Claro — rebate Ariel, como se estivesse dizendo a coisa mais óbvia desse mundo. — Um corpo sem alma não é nada; portanto, ele se agarra a ela até por uma questão de sobrevivência, não quer deixá-la partir. Luta e se debate contra o veneno que o professor injeta em suas veias. Olhando de fora, parece uma pessoa possuída pelo demônio. Já viu um endemoniado, Alma?

— Não... quer dizer, acho que não.

— Quando o demônio toma posse de alguém, ele é muito violento, ataca e agride até dominar a pessoa. E continua até que fique manso como um carneirinho.

— Por que está sempre tentando me assustar? — pergunto à queima-roupa.

— Porque um dia você vai estar naquela cama, se batendo feito uma doida, sentindo a vida se paralisar lentamente em suas veias.

— Chega, Ariel! — interrompe Christian. — Dessa vez ela tem razão!

Ariel cala a boca, mas sua expressão deixa claro que as coisas entre nós não acabam por aqui.

Por que será que me odeia tanto?

Depois de alguns minutos vejo o professor sair e fechar a porta.

Sobe a escada rapidamente e volta à cabine. Com a caneta de aço, aciona a alavanca da água mais uma vez e a cisterna volta a encher.

— Agora só nos resta esperar — diz ele.

Prefiro não fazer mais perguntas.

Começo a achar que as palavras também têm um poder obscuro, o poder de criar coisas, de dar vida a situações. Portanto, digo a mim mesma que é melhor não falar na possibilidade de Morgan e Raul não voltarem, pois assim eles correrão menos riscos.

Quem sabe não falar no Leviatã, não pronunciar seu nome, possa ajudar a destruí-lo...

Mas, por outro lado, o melhor truque do diabo é fazer todo mundo acreditar que ele não existe.

69

A tensão às vezes nos prega peças terríveis.

Só quando ouço o barulho da bomba de água é que percebo que adormeci.

Ariel e Christian estão de pé ao lado da piscina. A água está se retirando novamente.

Tenho a impressão de que dormi dias, mas olhando o relógio vejo que não foi mais do que meia hora.

— Já estão voltando?

— Já — responde Christian.

— Foi uma viagem rápida.

— O tempo não passa da mesma maneira nas duas dimensões. Na Terra um minuto é um minuto, mas em My Land pode equivaler até a uma hora. Tudo depende.

— Depende de quê?

— Do Leviatã. Quanto mais fraca for a alma que viajou para My Land, mais a sensação de tempo vai se ampliar. Em alguns casos, pode até se tornar eterna.

— Mas nesse caso seria impossível voltar para cá, não é?

— Nota dez com louvor! — comenta Ariel, debochada.

Viro para ela num salto. É demais! Encaro diretamente aqueles seus olhos escuros e ferozes.

— Ouça bem, não sei qual é o seu problema comigo ou talvez até saiba, mas acho que não me importa nem um pouco. Fui jogada numa situação que, para dizer pouco, é alucinante, e não tenho nenhuma intenção de ficar ouvindo suas piadinhas azedas ou suas alfinetadas venenosas. Pelo que pude entender, estamos todos no mesmo barco; portanto, tente fazer a sua parte e me deixe em paz. Certo?

Ariel fica imóvel, calada. Mas seu olhar, cortante como uma lâmina, já é suficiente.

— Alma tem razão — apoia Christian, mais uma vez. Mas isso só serve para deixar Ariel ainda mais despeitada. Ela se afasta e vai para o outro lado da piscina, sem dizer uma palavra.

Enquanto isso, a câmara reapareceu completamente. Vejo a porta se abrir e Morgan sair primeiro, seguido por Raul. Caminham com passo incerto e vacilante, como se estivessem bêbados.

Quando afinal chegam mais perto, examino seus rostos exaustos e pálidos, os olhos sem brilho dentro das órbitas marcadas por olheiras profundas. A impressão é de que estou diante de duas pessoas esgotadas.

— Como foi? — se apressa a perguntar Christian.

A voz de Morgan brota com dificuldade da garganta:

— Havia muitas almas... Vocês não fazem ideia. Estão perdidas, assustadas... Quanto desespero! — exclama levando as mãos aos olhos.

— E conseguiram libertar algumas? — pergunta o Professor K, saindo da cabine.

— Conseguimos.

— Quantas?

Por um instante, Morgan dá a impressão de que vai desmaiar, sua cabeça balança, mas em seguida ele ergue os olhos para nós novamente e, sem falar, mostra os cinco dedos da mão direita.

Estou confusa e pergunto:

— Como se faz para libertar uma alma?

Ele me olha de lado, cansado.

— Acho que esse não é o momento...

Mas Raul toma a palavra:

— Tivemos que agir com rapidez. O Leviatã estava muito forte. Foi duro. Teve um momento em que pensei que não ia conseguir. Ele se concentrou em mim. Queria me pegar de volta para Ele, e teria conseguido se não fosse a ajuda de Morgan.

— Também foi difícil para mim... — recomeça Morgan. — Havia uma força incrível criando obstáculos de todo tipo. Quando chegamos ao Átrio estávamos exaustos.

— O que é o Átrio? — pergunto.

É Morgan quem responde:

— É onde se reúnem as novas almas. Estavam todas lá, em fila, e nós queríamos avisar, libertá-las, mas... Ele logo nos descobriu. Tivemos pouco tempo, infelizmente.

— Precisam descansar agora — diz o professor, estendendo dois copos d'água para eles.

Mais água, penso comigo, enquanto tento imaginar como será My Land, qual será a sensação de estar lá. E naquele exato momento, uma pontada fortíssima transpassa minha cabeça.

— Ah...! — grito me agachando.

— Alma? O que houve? Está se sentindo mal? — acode em seguida o professor.

— Minha cabeça! Ele está tentando entrar em minha cabeça! — berro, completamente em pânico.

— Feche os olhos.

O professor aperta minhas têmporas entre as mãos, depois apoia a palma em minha testa. Só o que vejo é uma grande flor negra que se abre lentamente ocupando toda a minha visão. É como um abismo que engole todas as cores em sua escuridão. Mas engole também a dor.

— Está melhor?

— Estou... sim... Bem melhor, mas... o que fez?

— Nada, foi apenas o contato. Ele nos mantém separados, nos educa para a solidão, para rejeitar as emoções. Os sentimentos são uma arma que precisamos aprender a usar sozinhos, como se faz com uma língua estrangeira. Senti pena e compaixão por você e transmiti isso através da minha mão. E Ele teve que partir.

— É simples assim?

O professor sacode a cabeça negativamente.

— Não, na verdade não é nada simples, sobretudo para um Não Nascido. E você vai aprender isso às suas próprias custas, infelizmente. Mas agora fique calma, está tudo certo.

Levanto.

— Vou levar você em casa — diz Morgan, exausto.

— Não precisa, descanse.

— Um pouco de ar vai ser muito bom para me sentir melhor.

Um minuto depois estamos do lado de fora. Morgan ergue os olhos para o céu, abre os braços e fecha os olhos. Ainda não escureceu de todo. É o momento da passagem, quando o sol e a lua trocam de papel e de hemisfério. São apenas alguns segundos de movimento e transformação, nos quais se percebe no ar a grandiosidade daquilo que nos cerca, a sua desarmante perfeição.

E o desejo de fazer parte daquilo é irrefreável.

Imito Morgan, fecho os olhos, abro os braços e, como diz o Professor K, tento estabelecer contato. Minha mão toca a de Morgan, meus dedos se entrelaçam aos dele. Sinto alguma coisa circulando entre mim e ele, e vice-versa, como um fluxo, e abraço a ilusão de que conseguimos, nem que seja por pouco tempo, deter aquele momento de perfeição.

— Era para isso que tinha tanta pressa de sair de lá? — pergunto depois.

— Estava com falta de ar. A sensação de claustrofobia que se sente em My Land é absoluta. É uma privação sensorial completa: não existe nenhum oxigênio, nem cheiros, sabores, cores... Ninguém que esteve lá — diz olhando ao redor — ia querer retornar. Mas você só vai entender quando experimentar tudo isso pessoalmente.

— Quando acha que estarei pronta?

— Ninguém pode saber com certeza. Você vai reconhecer sozinha, antes de todo mundo, o momento em que será capaz de chegar tão perto Dele e de enfrentá-lo.

— Por enquanto, só a ideia já me assusta mortalmente.

— O importante é não ter pressa. E depois, eu estarei com você — diz, passando o braço em meu ombro. Assim aconchegados um no outro, caminhamos serenos em direção ao rio.

Vai ser uma noite linda, o ar é suave e tudo parece ocupar o lugar certo na ordem das coisas.

Chegamos ao rio e atravessamos a ponte. Dou uma olhada inquieta para a água que escorre embaixo de nós.

Só então vejo que tem um sujeito bem na nossa frente. E que está vindo em nossa direção.

— O que é isso? — pergunto.

Morgan não responde. Observo melhor o sujeito: seus olhos emanam uma luz estranha. E tem alguma coisa na mão... Uma faca!

— Fuja!

Começamos a correr o mais rápido que podemos, e Morgan, mais veloz, quase me arrasta pelo braço. Corro, corro sem nem me virar para ver se o Não Nascido — porque não tenho dúvida de que é disso que se trata — está nos seguindo ou não. Só consigo pensar que isso nunca tinha acontecido antes. Por que um de nós está nos atacando? Talvez porque não seja *como* nós...

Continuo a correr, até ver que Morgan parou.

— Vou tentar detê-lo. Continue!

É o que faço, por alguns metros, mas não consigo continuar. Não posso. Viro e vejo que Morgan se move lentamente. Está exausto e não vou abandoná-lo.

— Vá embora! — grita, quando o sujeito já está praticamente em cima dele.

Não sei o que fazer. Preciso agir rápido. Remexo na mochila e pego a caneta de aço. Lembro que já funcionou uma vez contra um Master, talvez também funcione com um Não Nascido. Empunho a caneta como um punhal e me lanço contra ele.

O rio desliza ao nosso lado.

Dou uma punhalada em suas costas, bem no meios dos ombros. O moletom que ele usa rasga e se tinge de vermelho-escuro. Ele deixa a faca cair e Morgan dá um chute, jogando-a para longe. É então que o Não Nascido se volta contra mim e me dá um soco no rosto. Caio no chão. Sinto uma dor horrível, como se alguma coisa tivesse explodido no meu nariz e começado a queimar. Tento focalizar melhor o que está acontecendo: Morgan e o sujeito estão abraçados e balançam perigosamente em direção ao parapeito. Ataco o agressor mais uma vez e consigo atingi-lo. Ele vacila e Morgan consegue acertar um soco que o faz voar para trás. Seus olhos não param de brilhar. Tenho que atingir os olhos, tenho que apagá-los, como fiz com o Master no parque. Mas quando me aproximo levo um chute que de novo me joga no chão, sem fôlego.

Assim que levanto os olhos, vejo Morgan tentando empurrar o Não Nascido da ponte, por cima da grade.

— Morgan!

Mas ele nem me ouve. Está usando suas últimas forças para lutar. Mais uma vez, consigo ficar de pé. Minha cabeça gira, a visão fica enevoada. Os dois formam uma massa indistinta diante de mim, debruçada sobre a água, cada vez mais inclinada até desaparecer completamente num único e desesperado grito. Chego ao parapeito com um esforço imenso e olho para baixo. NÃO! NÃO!, começo a berrar.

A correnteza carregou os dois.

Esfrego os olhos enevoados e olho de novo. Não é possível!

— Morgan!

Caio no chão, desesperada. Não entendo mais nada, nada mais me importa.

Depois, alguma coisa me faz levantar. Uma esperança. Uma esperança que me diz que devo voltar ao Refúgio. Não pode estar morto. Vamos encontrá-lo. Vamos procurar ao longo do rio. Ou em My Land. Sim... vamos conseguir salvá-lo.

Morgan... Ele precisa ficar perto de mim. Ele me prometeu!

Caminho vacilando. É com muito esforço que consigo manter o equilíbrio.

Estou quase caindo de novo, mas alguma coisa me segura. São dois braços. Olho para eles. Não pertencem a Morgan.

Levanto a cabeça e vejo um rosto.

— Meu Deus, Alma! Quem fez isso com você... Alma! É o Adam.

Ouço os sons misturados, dentro e fora. Tudo roda à minha volta numa velocidade inacreditável e me sinto perdida no centro do nada.

— Adam... quem? — pergunto, olhando para a frente.

Não consigo ver nada. Só uma grande sombra.

AGRADECIMENTOS

Escrevi, risquei e reescrevi estes agradecimentos mais de mil vezes. A verdade é que *Sombra* ganhou forma num momento muito particular e, sob certos aspectos, difícil de minha vida. O livro foi a minha catarse; e os amigos, o apoio indispensável. Portanto, perdoem-me se esses não são os agradecimentos mais normais e canônicos. Foram registrados assim, sem ordem precisa, mas vindos do coração.

Obrigada a Elido, pela confiança e pelo afeto, e pelos deliciosos jantarzinhos romanos.

Obrigada a Ambretta, Paola, Livia e Maia (embora estejam agora em outras praias), que formamos, juntas, o time invencível da assessoria de imprensa Fazi e que tiveram o mérito de divulgar *Escuridão* para todos e em toda parte.

Obrigada a Christian e aos rapazes da redação, por melhorarem tudo o que escrevo e pelas divertidas batalhas de corte e costura.

Obrigada a Marcella, que me lê e nunca deixa faltar o conselho mais oportuno.

Obrigada a Brando, pelas longas conversas sem objetivo e por tudo o que poderemos criar juntos.

Obrigada à minha mãe, por ter me acompanhado na descoberta da maravilhosa Guatemala, e a meu pai, por ter permitido que eu escrevesse o romance no lugar mais sugestivo e encantador que conheço.

Obrigada a Alessandro, pelos preciosos conselhos legais, pelos biscoitinhos *all'amarena* e por sua discreta e já insubstituível presença.

Obrigada a meus avós, pela companhia e pelos ótimos pratos naqueles dias em que teria esquecido até de comer.

Obrigada às pessoas que estiveram perto de mim, a meu irmão Michele, a Stefano, a Tristana, a Mauro, a Sebastiano e seus quebra-cabeças, a Giulia e Chicca, a Piero e sobretudo a Beatrice, a melhor amiga que se pode ter.

Obrigada aos meus dois tesouros, Watson e Muttley, que com sua simples existência me oferecem a cada dia um mundo de serenidade e sabedoria canina.

Obrigada também a quem me acompanhou até aqui. Se alguma coisa fica para sempre, é a memória de um bem recebido. E eu recebi muitos.

E obrigada a todos vocês, que tiveram ou terão vontade de ler a minha história.

Realmente, obrigada.

EDITORA OBJETIVA LTDA.
Rua Cosme Velho, 103
Rio de Janeiro — RJ — CEP: 22241-090
Tel.: (21) 2199-7824 — Fax: (21) 2199-7825
www.objetiva.com.br

Título original
Ombra

Capa
Fabio Imhoff/2Fi Comunicação

Imagens de capa
© Iofoto/Dreamstime.com
© Nejron/Dreamstime.com

Preparação de original
Elisabeth Xavier de Araújo

Revisão
Fátima Fadel
Tamara Sender
Raquel Correa

Editoração eletrônica
Abreu's System Ltda.

CIP-BRASIL. CATALOGAÇÃO-NA-FONTE
SINDICATO NACIONAL DOS EDITORES DE LIVROS, RJ

M485s

Melodia, Elena P.
Sombra / Elena P. Melodia; tradução Eliana Aguiar. - Rio de Janeiro: Objetiva, 2011.

Tradução de: *Ombra*
Sequência de: *Escuridão*
339p. ISBN 978-85-8105-000-3

1. Ficção italiana. I. Aguiar, Eliana. II. Título.

11-2797. CDD: 853
CDU: 821.131.3-3

markgraph

Rua Aguiar Moreira, 386 - Bonsucesso
Tel.: (21) 3868-5802 Fax: (21) 2270-9656
e-mail: markgraph@domain.com.br
Rio de Janeiro - RJ